Arno Mieth

Déjà-vu

Die Rache der Toten

Der Rödermark-Mystery-Krimi

Urheberrechtsvermerk © 2023 Arno Mieth

Der vorliegende Text darf nicht gescannt, kopiert, übersetzt, vervielfältigt, verbreitet oder in anderer Weise ohne Zustimmung des Autors verwendet werden, auch nicht auszugsweise, weder in gedruckter noch elektronischer Form. Jeder Verstoß verletzt das Urheberrecht und kann strafrechtlich verfolgt werden.

Impressum

Herstellung und Verlag:
BoD – Books on Demand, Norderstedt
ISBN: 9 783735 741691
Cover: Sonja Jochem / Herbert Wallner/ Arno Mieth,
Kontakt: arno.mieth@googlemail.com
Layout: A. Mieth, Rödermark

ISBN:

Aus dem Buch

Im März 1999 wird die Kleinstadt Rödermark durch einen Doppelmord erschüttert. Die Psychologin Zivar Kurz und ihr Mann Henry Kurz werden in ihrem Haus brutal ermordet.

23 Jahre später ist der Fall noch immer nicht geklärt und schlummert in den "Cold Case" Akten der Kriminalpolizei Offenbach unter Leitung von Hauptkommissar Eric Schwab.

Die junge Biologiestudentin Sarah Winter leidet plötzlich unter grässlichen Bauchschmerzen. Die Schulmedizin ist ratlos. Schließlich landet sie bei Professorin Chrissi Roth, Leiterin des Instituts zur Erforschung des Phänomens der Reinkarnation in Freiburg. Sie versucht Sarahs Krankheit durch hypnotische Rückführungen in ein früheres Leben zu lindern. Die Erlebnisse während der Rückführungen bringen Sarah Winter und Eric Schwab zusammen. Gemeinsam rollen sie den Doppelmord neu auf, immer wieder unterstützt durch hypnotische Rückführungen in das Jahr 1999.

Fast noch dramatischer als der Doppelmord sind die Hintergründe. Ein Reisetagebuch von Henry Kurz wird gefunden und die Hinweise führen nach Rumänien in eine geheimnisvolle Höhle des Bucegi-Gebirges, nach Rom und schließlich nach Boston, USA.

Mussten Zivar und Henry Kurz wegen der Geheimnisse der Höhle sterben und wer steckt hinter dem Doppelmord? War der Mord an Zivar und Henry nur ein Kollateralschaden? Welches "große Rad" wird bis heute im Hintergrund gedreht?

Handelnde Personen

In diesem Buch wird der komplette Name meistens nur einmal erwähnt. Nach der Ersterwähnung wird oft nur noch der Vorname verwendet. Folgende Namensliste gibt eine Übersicht und hilft bei der schnellen Zuordnung der Protagonisten.
Auch wird dem Leser auffallen, dass durchweg "typografische Anführungszeichen" ("...") benutzt werden, um den Lesefluss nicht zu stören.

Achim Seluschko, Dr. Ing.
Geschäftsführer von Erck-Pharma Deutschland

Bogdan
Anführer der Bruderschaft "Custodes Veritas", "Wächter der Wahrheit"

Bruno
Besitzer des Eiscafés in der Dieburgerstraße in Rödermark

Chrissi Roth
Professorin, Leiterin des Instituts zur Erforschung des Phänomens der Reinkarnation, IEPR, Freiburg

Charles Lind
CEO des Pharmakonzerns Erck-Pharma

Danielo Alto
Historiker und Leibwächter des Kardinals Marcello

Dirk Rain
Chef der Forschungsabteilung des Pharmakonzerns Erck-Pharma

Eric Schwab
Hauptkommissar und Chef der Abteilung "Cold Cases Südost-Hessen"

Henry Kurz
Deutscher Ehemann von Zivar Kurz, Reiseleiter

Slavojka
Besitzerin des Cafes "Süße Ecke am Rathaus" in Rödermark

Zivar Kurz
Gebürtige Iranerin, Dr. med., Diplom-Psychologin

Nic Snider
Chief Global Security des Pharmakonzerns Erck-Pharma

Reisegruppe in die Bucegi-Berge
Frank
Erck-Projektleiter, Deutschland
John
Reserveoffizier, USA
Marcello
Priester, Vatikanstaat

Sarah Winter
Biologiestudentin, leidet plötzlich unter grässlichen Bauchschmerzen

Tim Baumgar
Diplom-Biologe, Doktorand bei Erck-Pharma, Frankfurt/M.

Die Wahrheit wird euch frei machen

Die Freiburger Universitätsdevise – ein Glaubenswort als Provokation der Wissenschaft

Rödermark 1999

Prolog

Die Mordfälle Zivar und Henry Kurz, Rödermark 1999

Zivar schaute aus dem Behandlungszimmer hinunter auf den Marktplatz des Ortskernes von Ober-Roden. Im Fensterglas spiegelte sich ihr zartes, lächelndes Gesicht und ihre roten langen Haare wider. Auch wenn es gerade ein sehr trüber Märztag mit Regenschauern und einem kalten Ostwind war, liebte sie diesen Ausblick auf den Brunnen, der von den alten Wappen der Stadtteile Rödermarks und der Partnergemeinden geziert wurde. Die frisch gepflanzten Bäume bogen sich leicht und je nach Stärke der Windböen konnte man ein leichtes Summen aus den Baumkronen hören.

Zivar Kurz, Dr. med. und Diplom-Psychologin, war auf die Behandlung von psychosomatischen Erkrankungen spezialisiert. Sie behandelte ihre Patienten ganzheitlich. Seele und Körper waren für sie eine Einheit und wurden nie unabhängig voneinander behandelt. Auch war sie eine Anhängerin der Hypothese, dass viele Krankheiten ihren Ursprung in Vorleben hätten und durch eine Rückführung in diese Leben analysiert und auch geheilt oder zumindest gemildert werden könnten.

Geboren in Teheran, führte sie die Flucht vor dem fundamental islamischen Regime zunächst nach Moskau, wo sie ihr Studium der Psychologie mit der Promotion zum Doktor der Medizin abschloss. 1988 wanderte sie nach Deutschland aus und ließ sich in Hessen, Rödermark-Ober-Roden, nieder. Schon bald eröffnete sie im Ortskern von Ober-Roden ihre Praxis, entgegen dem Rat vieler Kollegen, die lieber in den nahen Metropolen Frankfurt, Offenbach oder

Darmstadt wirkten. Sie aber war verliebt in den alten Ortskern von Ober-Roden und suchte dort ihr Glück im Schatten der katholischen Kirche St. Nazarius, im Volksmund auch Rodgau-Dom genannt. Und das Glück kam wirklich über sie. In den folgenden Jahren vergrößerte sich ihr Patientenstamm und ihre Praxis wurde schnell über die Grenzen Rödermarks hinaus bekannt.

Ein Blick auf den Terminkalender zeigte Zivar noch einen Eintrag. Nach diesem Patienten hatte sie sich mit ihrem Mann, Henry, um 18 Uhr im Gasthaus "Zum Löwen" zum Abendessen verabredet. Sie liebte die dunkelbraunen Bratkartoffeln, Käseschnitzel und die leckere Jägersoße, auch wenn die Schinkenschnitzel Schweinefleisch enthielten, das sie normalerweise verschmähte.

*

Pünktlich um 18 Uhr betrat sie das Gasthaus. Die Schanktheke war gut besucht und Zivar konnte Gesprächsfetzen der bierseligen Gesellschaft verstehen. Vereinspolitik, Kommunalpolitik und jede Menge Tratsch, also alles treffliche Themen, über die man sich immer austauschen und oft auch aufregen konnte. Sie musste lächeln, denn so unterschiedlich waren die Kultur ihrer Heimat Iran und die deutsche Kultur gar nicht, zumindest wenn man sie auf der Ebene von Restaurants, Kneipen und Cafés verglich. In einem unterschieden sich beide Kulturen jedoch fundamental. Niemals würde eine Frau im Iran alleine ein Restaurant besuchen oder dort alleine auf jemanden warten.

Aber das Restaurant war nur einen Steinwurf von ihrer Praxis entfernt und es wäre Zeitverschwendung gewesen, noch einmal vor 18 Uhr zurück zur Wohnung, ins Wohngebiet Breidert, zu fahren. Sie setzte sich an den für sie beide reservierten Tisch und bestellte ein kleines Pils, um die Wartezeit zu überbrücken.

Sie wartete nun schon 15 Minuten und wurde langsam etwas ungeduldig. Es war eigentlich nicht Henrys Art, zu spät zu kommen. Sie versuchte ihn anzurufen, aber seltsamerweise meldete sich mehrmals nur das "Besetzt"-Signal. Gegen 18.30 Uhr entschuldigte sie sich beim Wirt, dass ihrem Mann wohl irgendetwas dazwischengekommen sei und sie nun nachschauen müsse, wo er bliebe. Sie verließ das Restaurant mit einem Unbehagen in der hungrigen Magengegend und fuhr ins Breidert zu ihrem gemeinsamen Haus.

*

Zivar betätigte schon kurz vor ihrem Haus das elektrische Garagentor, so dass sie ohne anzuhalten weiterfahren konnte. Da sie die Verbindungstür von der Garage ins Innere des Hauses nahm, bemerkte sie nicht, dass die Haustür nur angelehnt war und nicht verschlossen, wie sonst üblich. Im Parterre war es dunkel. Sie spürte etwas Unheimliches. Nervös tastend fuhr sie mit der linken Hand an der Wand entlang, betätigte den Lichtschalter und begann nach Henry zu rufen. Keine Antwort. Irgendetwas stimmte nicht. Langsam drückte Zivar die Türklinke zu Henrys Arbeitszimmer herunter, denn sie sah einen Lichtschimmer unter dem Türspalt. Auch glaubte sie ein leises Röcheln zu

hören, was sie aber letztlich für eine Täuschung hielt. Sekunden später wich sie entsetzt zurück, als ob sie gegen eine unsichtbare Wand geprallt wäre. Henry saß mit blutüberströmtem Kopf und gefesselt auf seinem Bürostuhl. Er schien noch zu leben, war aber dem Tod wohl sehr nahe.
"Mein Gott, wer hat dir das angetan?"
Gerade als Zivar Henry zu Hilfe eilen wollte, sprang aus der Ecke rechts neben der Tür zum Arbeitszimmer eine schwarz gekleidete Gestalt in Zivars Rücken. Sie fiel zu Boden. Der Eindringling drehte ihr beide Arme auf den Rücken, fesselte sie mit einem Kabelbinder und schrie sie dabei an:
"Ich war das. Meinen Namen wirst du nie erfahren! Dein Mann hat schnell die Sprache verloren. Wenn ich gewusst hätte, wie schwach er ist, hätte ich ihn etwas zarter behandelt. Aber er wollte nichts sagen", spottete er.
In Zivars Kopf drehte sich alles. Blackouts und ein hyperventilierender Atem wechselten sich ab. Sie drohte das Bewusstsein zu verlieren. Aber ihr Wille war stärker.
"Was wollen Sie denn von uns? Wir haben nur ganz wenig Geld im Haus, fast keinen Schmuck und keine Wertgegenstände."
Das Gesicht des Eindringlings war hinter einer Sturmhaube verborgen. Die Augen sahen bösartig durch den Sehschlitz auf Zivar herab. Er setzte Zivar neben den schwer misshandelten Henry auf einen weiteren Stuhl und fuchtelte mit seinem Kampfmesser vor ihrem Gesicht herum. Genüsslich zog er die zwanzig Zentimeter lange und spitze Klinge langsam quer über Zivars Wange. Sie spürte, wie ihr Blut über den Hals floss, dann wurde ihr schwarz vor Augen. Ein Schwall Wasser, den der Einbrecher ihr übers Gesicht schüttete, holte sie jedoch schnell wieder in die grausame Realität zurück.
"Nicht schlapp machen. Wo sind die Reiseandenken der letzten Rumänienreise?"

Zivar ahnte, wonach er fragte. Klar, Henry brachte immer Reiseandenken von seinen Touren mit. Diesmal war es ein Gastgeschenk einer einheimischen Bruderschaft. Das Gastgeschenk sollte er wegschließen und niemandem zeigen. Sie beschloss zu lügen.
"Ich weiß nicht, was Sie meinen."
Und wieder zog der Peiniger mit sadistischem Genuss das scharfe Messer durch ihr Gesicht.
"Falsche Antwort", schrie er.
Schmerzerfüllt erwähnte Zivar stammelnd und zitternd den Kellerraum unter der Garage.
"Am Schlüsselbrett neben der Haustür hängt der Schlüssel. Vielleicht ist dort das, was du suchst."
"Aha, die Dame verliert ihre guten Manieren. Jetzt sind wir schon per Du. Schön, dann schaue ich zuerst mal, was der Kellerraum so zu bieten hat und dann kümmere ich mich wieder um dich."
Er drehte sich schnell um, eilte zur Haustür und von dort zu dem Kellerraum. Zivar konnte etwas verschnaufen, aber in ihrem Kopf überschlugen sich die Gedanken. Fieberhaft überlegte sie, wie sie sich befreien könnte. Mit aller Kraft stemmte sie ihre Handgelenke gegen die Kabelbinder. Sie schnitten ins Fleisch. Aber die Fesselung war zu professionell. Sie konnte ihre Lage um keinen Deut verbessern. Nach einigen Minuten kam der Einbrecher zurück. Sein mitgebrachter Rucksack aus Armeebeständen war ausgebeult, also musste er gefunden haben, was Henry ihm vorenthalten wollte. Er stellte sich breitbeinig vor Zivar, sah verächtlich auf sie herab.
"Das hättet ihr euch alles ersparen können. Warum nicht gleich so?"
Er begann zu lachen und schaute dabei nochmals in den Rucksack, bevor er ihn schulterte. Zivar packte in diesem

Moment unbändige Wut. Reflexartig trat sie ihrem Peiniger zwischen die Beine. Er sackte vornüber und landete mit dem Kopf auf Zivars Knien. Sie stieß ihm das rechte Knie ins Gesicht. Seine Sturmhaube verrutschte, so dass Zivar seine blutige Nase und das Gesicht sah. Sie prägte es sich ein, aber es sollte ihr nichts mehr nützen. Ein stechender Schmerz durchfuhr ihren Bauch.
"Du Dreckschlampe, auch das müsste nicht sein."
Voller Wut hatte der Eindringling sein Kampfmesser in ihren Bauch gerammt und zog es geübt von links nach rechts. Er traf sofort die Bauchschlagader. Zivar wusste, dass es aus war, bemerkte aber noch, wie sich ihre Kleider mit ihrem warmen Blut vollsaugten und schließlich sich ein riesiger Blutschwall aus ihrem Bauch auf den Boden ergoss. Sekunden später war sie tot, in sich zusammengesackt. Ihre Seele löste sich aus dem Körper, schlang sich um ihren Mörder, als ob sie ihn erwürgen wolle. Aber sie verspürte in diesem Zustand weder Hass noch Schmerzen und ließ von ihrem Peiniger ab.
Sie beobachtete die Szene wie aus weiter Ferne und war doch dem Geschehen noch so nah. Sie sah, wie er ihr mit einem Ruck das Messer aus dem Körper zog. Er schaute sich suchend um, als ob er ahnte, dass Zivars Seele ihn beobachtete. Wie von Sinnen blickte er zum bewusstlosen Henry und schrie ihn kreischend an.
"Du bist an allem schuld". Eine schnelle Bewegung mit dem Kampfmesser, quer durch Henrys Kehle, beendete dessen Martyrium. Wutentbrannt und im Blutrausch, trennte der Eindringling dabei fast Henrys Kopf vom Rumpf.
Zivars und Henrys Seelen waren jetzt frei. Für den Mörder unsichtbar, tat sich für beide in einer anderen Ebene der von vielen Menschen schon so oft beschriebene typische Tunnel des Todes zur Zwischenwelt auf, mit einem leuchtenden Licht

im Zentrum. Zivars und Henrys Seelen kämpften nicht gegen den Sog im Tunnel an. Sie ließen sich treiben, schwebten immer schneller dem Licht entgegen. Vergessen waren jetzt alle Schmerzen und Hassgefühle, die sie noch vor wenigen Augenblicken gehabt hatten.

*

Rödermark 2022

23 Jahre später
Rödermark-Ober-Roden

Der Ortskern von Ober-Roden befand sich im Umbau, eigentlich seit 2017, als eine kleine Gruppe interessierter Bürger der Stadtverwaltung unter die Arme griff und tatkräftig in Form schriftlicher Eingaben und Antragsentwürfe mithalf, eine staatliche Förderung in Höhe von sage und schreibe 10 Millionen Euro zu erlangen. Die Mitglieder der Gruppe nannten sich "IGORIANER" und ihr Ziel war ein restaurierter und lebenswerter Ortskern von Ober-Roden.

Die Bagger rollten aber schließlich erst 2022. Immer wieder versuchte die Stadtverwaltung zu erklären, warum alles so langsam ging. Wortschwall über Wortschwall seitens des städtischen Bauamtes mussten die nachfragenden Bürger über sich ergehen lassen. 2020 war es dann soweit, es mussten keine Ausreden mehr erfunden werden, denn es kam die große Infektionswelle Corona über den Globus und damit auch über Rödermark. Sofort machte die Stadtverwaltung alle Schotten zum Rathaus dicht, alles wurde heruntergefahren, die Angestellten größtenteils in die Homeoffices geschickt und immer wenn sich Bürger bezüglich des Stadtumbaus erkundigten, wurde die Pandemie als großer Bremsklotz vorgeschoben.

Das alles ging Sarah Winter durch den Kopf, als wieder einmal der Boden unter ihren Füssen vibrierte, weil ein Bagger laut polternd im ersten Ring rund um den Rodgau-Dom St. Nazarius, die Pfarrgasse aufgrub.

Sarah war eine junge Biologiestudentin im 8. Semester, 23 Jahre jung, schwarze lange Haare und sehr schlanke Figur, ja fast zerbrechlich wirkend. Sie schrieb an ihrer Masterarbeit, die sich mit der Thematik der "Irrwege der Virologie in der Corona-Krise" befasste. Zurzeit war sie noch mit dem Quellenstudium befasst, das sie von ihrem Zuhause, dem ehemaligen Pfarrhaus, online bewältigen konnte. Sie versank fast hinter dem von ihrem Vater geerbten wuchtigen Schreibtisch ihres Arbeitszimmers. Es lag genau über der Pfarrgasse, gegenüber einer alten, aber sehr schön restaurierten Hofreite, dem "Dinjer Hof". Immer wieder zuckte sie unwillkürlich zusammen, als der Bagger alte Pflastersteine, die unter der Asphaltdecke verborgen waren, aus dem Untergrund hob und in einen bereits wartenden LKW poltern ließ. Sarah war sich aber bewusst, dass sie wirklich Glück gehabt hatte, als die Wohnung im ersten Stock des ehemaligen Pfarrhauses frei wurde und sie im Losverfahren von der Stadtverwaltung als Mieterin gezogen wurde. Das Pfarrhaus war auch nur frei und von der Stadt Rödermark gekauft worden, weil immer weniger katholische Priester die verbliebenen Katholiken betreuten. Nicht nur das Bistum Mainz kaschierte das mit dem sogenannten "Pastoralen Weg", indem es den Gläubigen einredete, dass ein Priester fünf bis zehn Pfarreien betreuen könne. Andere Bistümer hatten ähnliche Probleme. Die freigewordenen Pfarrhäuser wurden meistens von den Stadtverwaltungen gekauft oder, falls der Bauzustand zu marode war, abgerissen. Das Ober-Rodener Pfarrhaus gehörte zu den besseren Häusern. Nach dem Kauf durch die Stadtverwaltung gab es ein Problem: das Entrümpeln des Hauses, denn es war vollgestopft mit Utensilien aus über 60 Jahren Tätigkeit der verschiedenen Seelsorger. Jeder dieser Pfarrer hinterließ im Pfarrhaus, je nach Steckenpferd, Reiseandenken aus Indien, manchmal kaufmännische Akten oder auch Andenken aus Bundeswehrbeständen.

Sarah klappte ein Buch genervt zu. Sie entschloss sich, eine großzügige Pause einzulegen, bis die Bauarbeiten und der Lärm gegen 17 Uhr enden würden.
Sie beschloss, die Zeit mit Schlendern durch den Ortskern zu verbringen und dabei über ihre Masterarbeit nachzudenken. Das Eiscafé, nicht weit von ihrer Wohnung entfernt, und das Café "Süße Ecke" waren ihre Ziele. Danach sollte wohl endlich Ruhe auf den Baustellen des Ortskerns eingekehrt sein. Sie schaute aus dem Fenster Richtung Urberach und schnappte sich eine Regenjacke, denn dunkle Wolken kündigten schlechtes Wetter an. Als sie aus der Haustür trat, ließ sie nachdenklich ihren Blick zum Kirchturm des Rodgau-Doms schweifen.
"Und wenn sie den ersten Straßenring neu gepflastert haben, wird ja nach dem Willen der Stadtplaner das Areal um die Kirche neugestaltet. Das wird auch wieder Monate, wenn nicht gar ein oder zwei Jahre dauern. Dann kann ich ja vielleicht noch im Lärm promovieren", seufzte sie still in sich hinein.
Sie ging durch den schmalen Verbindungsweg, der direkt vor der Haustür zwischen Pfarrgasse und Heitkämper Straße begann, und landete im Eiscafé an der Dieburger Straße.

*

"Ciao Bella", wurde Sarah vom Eiscafé-Besitzer Bruno begrüßt. "Was darf ich dir bringen? Du siehst erschöpft aus. Wahrscheinlich lernst du zu viel?"
"Schön, dass du dich um mich sorgst, bitte eine Erdbeermilch und einen Cappuccino. Das wird Balsam für meine

gepeinigten Ohren und Nerven sein."
"Kommt sofort."
Sarah setzte sich an den zweiten Tisch links neben dem Eingang und schaute von ihrem Platz aus den Passanten durch die großen Scheiben draußen zu. Dann beobachtete sie Bruno, wie er hinter der Theke zunächst Erdbeeren zerkleinerte und dann alles mit Erdbeereis und Milch in einem Mixer zum Erdbeershake mischte. An einer Säule vor der Theke hing oben, kurz unter der Decke, ein großer TV-Flachbildschirm. Es wurde gerade das gestrige Abendprogramm wiederholt.
"Seit wann schaust du dir tagsüber das Abendprogramm nochmal an?", wollte Sarah von Bruno wissen.
"Normalerweise mache ich das nicht, aber gestern hatte ich keine Zeit und in Aktenzeichen XY brachten sie nochmals den Rödermärker Mordfall "Kurz" von 1999. Sie rollen diesen alten ungelösten Fall nochmal auf. Die ermordete Psychologin Zivar Kurz hatte ja ihre Praxis etwa 50 Meter von deiner Wohnung entfernt. Ermordet wurde sie zusammen mit ihrem Mann im Ortsteil Breidert. Das war aber alles vor meiner Zeit in Ober-Roden und ich kenne deshalb keine Details."
"Mir läuft es da eiskalt den Rücken runter", erwiderte Sarah. "Stell dir vor, du fährst heim, gut gelaunt, und dann wirst du im eigenen Haus ermordet."
"Sie haben gestern Abend neue Details der Öffentlichkeit gezeigt. Vielleicht tut sich ja jetzt etwas. Nach 23 Jahren wird es zwar immer schwieriger den oder die Mörder zu finden, aber der Ermittler der damaligen SOKO ist hartnäckig, er gibt nicht auf", nickte Bruno anerkennend.
Sarah starrte auf die XY-Reportage. Es wurden wirklich neue erschreckende Informationen mitgeteilt. So war auch erstmals von Folterungen die Rede und dass es sich

wahrscheinlich nicht um einen Raubmord gehandelt hatte, da im Keller unter der Garage offensichtlich nur wenige oder dem Augenschein nach unwichtige und wertlose Dinge geklaut worden waren. Eine Amphore, einige Kristallkugeln, eine Tafel mit Schriftzeichen und einige Silbermünzen.
Sarah schaute wie gebannt auf den Bildschirm.
"Als der Mord passierte, war ich noch gar nicht geboren, aber er wirkt auf mich, als ob alles gerade gestern erst passiert wäre. Schon seltsam."
Die XY-Reportage dauerte rund 5 Minuten, danach schaltete Bruno den Bildschirm aus, denn er hatte bemerkt, wie Sarah mit den Mordopfern mitgelitten hatte.
"Ich will dir mal nicht den Appetit verderben, Sarah. Genieße die Erdbeermilch und den Cappuccino. Vergiss die Mordszenen, das liegt ja schließlich lange zurück. Du kannst sowieso nichts zur Lösung beitragen."
So einfach sah das Bruno mit typisch italienischer Leichtigkeit.
"Du hast recht Bruno. Schließlich bin ich Biologin und keine Ermittlerin."
Sarah ließ es sich schmecken und der Cappuccino brachte ihr endgültig neue Energie zurück. Nach einer Weile zahlte sie.
"Mach's gut Bruno, bis demnächst. Ich schaue nochmal vorne in der "Süßen Ecke" vorbei und dann ist wohl hoffentlich Ruhe in der Pfarrgasse. Ich muss heute noch einiges für meine Masterarbeit tun."

*

Sarah arbeitete noch bis spät in die Nacht hinein. Zufrieden

mit ihrem Tag- und Nachtwerk ging sie zu Bett. Trotzdem wollte es mit dem schnellen Einschlafen und dem erholsamen Schlaf nicht klappen. Sie warf sich im Bett hin und her, hatte sogar Alpträume. Sie sah eine verschwommene Gestalt, die mit einem Kampfmesser auf sie einstach. Mitten in der Nacht stand sie dann sogar auf, um sich zu beruhigen. Sie holte sich ein Glas Wasser, öffnete ein Fenster, um frische Luft zu atmen. Sie schaute hinüber zum nahen Marktplatz, an dessen Peripherie das Haus stand, in dem sich die Räume der ehemaligen Praxis der ermordeten Zivar Kurz befanden. Sarah starrte nachdenklich zur dortigen ersten Etage.
"Was war nur der Hintergrund des Doppelmordes? Es ist wirklich schon zu lange her. Ich glaube kaum, dass man den oder die Mörder noch finden wird. Vielleicht sind sie ja auch schon tot?"
Sarah schloss das Fenster und legte sich wieder hin, schlief aber weiter unruhig.

*

Frankfurt, Goethe-Universität – Erck-Pharma Höchst

Trotz einer wenig erholsamen Nacht hatte Sarah an diesem Tag viel vor. Sie musste eine wichtige Statistik-Vorlesung besuchen und danach hatte sie einen Termin mit dem jungen, gutaussehenden Doktoranden Tim Baumgar, der sie im Rahmen seiner Doktorarbeit mit betreute.
Sarah saß nun schon fast eine Stunde in der Vorlesung, notierte sich Hinweise, Ableitungen und Erklärungen. Die Vorlesung heute befasste sich mit den verschiedensten Arten von Daten, wie man sie sammelt, wie man sie validiert und

schließlich in Hypothesen einbettet, die dann wiederum mit den jeweiligen Hypothesentests auf die Höhe der Eintrittswahrscheinlichkeit geprüft werden müssen.

"Alles beliebig schwierig, Modellrechnungen eben, und man kann viele Fehler machen oder auch böswillig fälschen", dachte sie sich.

"Wenn Medikamente und Impfstoffe getestet werden, spielen ja genau diese Datensammlungen und die anschließende statistische Verarbeitung eine große Rolle", erkannte sie den Sinn der Vorlesung.

In Gedanken und Notizen versunken bemerkte Sarah nicht, wie sich ihr Körper veränderte. Ein leiser Gongschlag kündigte nach 90 Minuten das Ende der Statistikvorlesung an. Papierflieger segelten in Richtung Professor und lautes Gelächter, teilweise auch Flüche, zeigten, dass von vielen der Stoff nicht verstanden worden war. Sie packte ihren Notizblock in die Tasche und gerade als sie aufstehen wollte, spürte sie einen stechenden und zerrenden Schmerz im Unterleib. Sie musste sich fast krümmen, so stark wurde sie gepeinigt.

"Verdammt", sie biss die Zähne zusammen.

"Meine Tage können es nicht sein, die kommen doch erst noch. Vielleicht die Erdbeermilch von gestern? Oder ist es auch nur der Stress?"

Sie atmete ein paar Mal tief ein und aus und dann ging es wieder. Sie machte sich keine weiteren Gedanken, denn der Schmerz verging so schnell, wie er gekommen war. Sie konnte wieder schmerzfrei aufstehen und verließ den Hörsaal in Richtung Mensa, wo sie noch schnell ein kurzes Mittagessen einnehmen wollte, bevor die Besprechung mit Tim bei Erck-Pharma in Höchst anstand.

"Wenn nach dem Mittagessen der Schmerz wiederkommt,

mache ich mir weitere Gedanken, vorher nicht", beruhigte sie sich.

*

Sarahs Masterarbeit sollte ein Baustein von mehreren in Tims Doktorarbeit werden. Er hatte für die Dauer der Doktorarbeit einen dreijährigen Zeitvertrag im weltweit tätigen Erck-Pharma Global Konzern erhalten. Erck-Pharma hatte in Frankfurt-Höchst eine große Niederlassung, Erck-Pharma Deutschland. Der Hauptsitz war allerdings in Boston, USA.
Es gehörte schon lange zur Geschäftspolitik großer Pharmaunternehmen sehr gute Absolventen früh an sich zu binden, wie auch jetzt im Falle Tims. Ja sogar vielversprechende Studenten wie Sarah, bekamen für ihre Masterarbeit vom Unternehmen ein ordentliches Stipendium, alles Investitionen in die Zukunft.

*

Sarah saß Tim gegenüber und zeigte ihm die bisher gefundenen Texte sowie ihre kritischen Bemerkungen und Schlussfolgerungen dazu. Während Tim Sarahs Ausarbeitungen überflog und überlegte, wie er diese in seine Doktorarbeit einbauen könnte, wurde er von Sarah beobachtet. Tim war ein körperlich durchtrainierter Doktorand. Kurze schwarze Haare, ein markantes Gesicht und ein umwerfendes Sport-Deo ließen Sarahs Gedanken abschweifen. Doch Tims mahnende Stimme holte sie schnell wieder in die schnöde akademische Welt zurück.

"Sarah, Sarah, wenn ich so einige Textpassagen von dir wortwörtlich übernehmen würde, würde ich wahrscheinlich großen Ärger hier mit der Firma und auch mit meinen zwei Doktorvätern bekommen, und du würdest das auch zu spüren bekommen. Du kennst doch den Satz: "Wes Brot ich esse, des Lied ich sing! Oder nicht?"

Sarahs Gesichtsfarbe wechselte schlagartig von Blässe in ein angriffslustiges Rot.

"Natürlich kenne ich den Satz! Aber die Zeit der Minnesänger, die nur nach dem Geldbeutel der sie beauftragenden Fürsten sangen, ist doch Gott sei Dank vorbei. Ich kann mir schon vorstellen, welche Passagen du meinst. Aber in der Zeit der Corona-Pandemie wurden viele falsche Schlussfolgerungen gezogen und diese waren frühzeitig von hochrangigen Virologen kritisiert worden. Leider wurden sie mundtot gemacht, ja sogar hinterhältig in rechte politische Ecken verdammt oder als Querdenker verunglimpft. Wobei man feststellen muss, dass der Begriff Querdenker vor noch gar nicht mal allzu langer Zeit ein Ehrbegriff war."

Dieser heftige Wortwechsel zwischen Studentin und Doktorand war unüblich, ja fast schon aggressiv. Sarah konnte sich dies aber erlauben, denn beide verband mehr als nur das Arbeitsverhältnis. Sie fanden sich beide sympathisch und anziehend, waren auch schon ein paar Mal miteinander Essen gewesen, aber im Bett waren sie noch nicht gelandet, denn das hätte Tim und auch Sarah unter Umständen die Unterstützung durch den Mutterkonzern gekostet.

Tim beruhigte Sarah.

"Jetzt komm mal wieder runter. Ich sage ja nicht, dass wir diese Professoren nicht erwähnen sollen. Wir müssen ihre

Aussagen, und du musst mir glauben, dass ich das wirklich so will, nur geschickter verwenden, so dass am Ende eine Win-Win Situation zu erkennen ist. Vielleicht lohnt es sich sogar, im Rahmen deiner Arbeit die Rolle der öffentlich-rechtlichen Sender in diesem Zusammenhang zu hinterfragen und dann deine Aussagen mit knallharten Fakten zu unterstreichen."

Sarah war so in Rage, dass sie diesen geschickten Einwand Tims gar nicht registrierte. Zu sehr hatte sie sich auf die Rolle der Pharmakonzerne in der Corona-Krise eingeschossen.

"Mann Tim, wenn ich mein ganzes zukünftiges Leben nur nach Meinung eines Pharma-Konzerns ausrichten muss, dann gute Nacht. Warum sträubst du dich denn so? Erck-Pharma hat doch nie Corona-Impfstoffe hergestellt oder vertrieben. Sie hatte doch mit den Irrungen nichts zu tun."

Tim verteidigte seinen Einwand.

"Verstehst du das denn nicht, eine Krähe hackt der anderen kein Auge aus. Viele Virologen arbeiteten gestern noch bei der Konkurrenz, die Impfstoffe herstellten."

Aber auch Sarah argumentierte heftig.

"Trotzdem, Erck-Pharma beschäftigt sich doch schon fast ein Vierteljahrhundert hauptsächlich mit Medikamenten, die den Alterungsprozess aufhalten sollen."

Tim atmete tief durch. Er wusste mittlerweile, dass es sinnlos war, mit Sarah weiter zu diskutieren, wenn sie so in Rage war. Sie sollte sich erst mal wieder abregen.

"Also Sarah, nimm deine Ausarbeitungen und lass dir meine Einwände nochmal durch den Kopf gehen und dann treffen wir uns in einer Woche wieder."

Sarah wollte gerade frustriert aufstehen, aber Tim hielt sie mit einer Geste der Beruhigung zurück.

"Was machst du am Wochenende? Hast du Lust, mit zu einer Party zu gehen?"

"Aha, der Herr Doktorand will einlenken, bevor er mich rauswirft?", platzierte Sarah keck eine Gegenfrage. Aber schnell ergänzte sie, dass sie natürlich Lust habe. Dann verschwand sie schnell aus Tims Büro, denn sie schaltete auf stur und hatte keine Lust auf ein weiteres Gespräch. In gewisser Weise fühlte sie sich in einer stärkeren Position. Tim sah ihr nachdenklich nach.
"Sie versteht noch nicht, wie das in der Industrie läuft. Sie ist zu idealistisch. Ich bin gespannt, ob sie meinen Rat befolgt und die öffentlich-rechtlichen Sender hinterfragt."

*

Rödermark-Ober-Roden

Sarah war fleißig und wenn sie in einem gewissen Schreibflow war, konnte sie stundenlang am Schreibtisch sitzen und ihre Finger flogen schnell über die Tastatur des Laptops. Gerade als sie aufstehen und sich eine Tasse Kaffee holen wollte, sackte sie wieder schmerzverzerrt zurück in den Schreibtischstuhl. Da war er wieder, dieser stechende Schmerz, als ob man ihr ein Messer in die Eingeweide rammen würde. Diesmal nützte auch mehrmaliges Ein- und Ausatmen nichts. Ja, sie bekam auch noch unerklärliche Schmerzen im Gesicht. Sie verharrte mehrere Minuten regungslos. Als sie nach einigen Minuten wieder schmerzfrei war, fasste sie den Entschluss, einen Arzt aufzusuchen.
"Das geht so nicht weiter. In der Vorlesung war der Schmerz im Vergleich zu eben noch harmlos. Hoffentlich ist das nichts Neurologisches."

Sarah telefonierte sofort mit ihrem Hausarzt und schilderte ihm die Symptome.
Er versuchte sie zu beruhigen.
"Viele Studenten haben in der Endphase des Studiums vegetative Störungen. Das geht über Phantomschmerzen bis hin zu massiven Kreislaufproblemen. Manche glauben sogar, an Herzversagen zu sterben, wenn sie urplötzlich einen Druck auf der Brust verspüren. Kommen Sie morgen in der Praxis vorbei, dann machen wir zunächst eine Ultraschalluntersuchung und ein paar neurologische Tests. Dann schauen wir weiter. Vielleicht sollten Sie einen Gang runterschalten."

*

Sarah wurde von ihrem Hausarzt, einem Internisten, gründlich untersucht. Großes Blutbild, Ultraschallaufnahme des Bauchraumes, EKG und abschließend sogar ein Enzephalogramm ergaben alle jeweils negative Befunde. Vom organischen Standpunkt aus war Sarah gesund. Den Ratschlag, sich einer Darmspiegelung im Klinikum Darmstadt zu unterwerfen, beherzigte sie auch, aber auch dort konnte der behandelnde Arzt Sarah beruhigen. Sie freute sich zwar über die guten Ergebnisse, war aber dennoch ratlos, denn die Schmerzattacken verfolgten sie auch in den nächsten Tagen weiter. Die Abstände zwischen den Attacken verringerten sich sogar und die Schmerzen wurden noch größer.
Auch glaubte sie, dass sich ihr seelischer Zustand verschlechterte. Nachts schlief sie kaum noch und manchmal

nickte sie deswegen sogar tagsüber am Schreibtisch ein. Als sie wieder einmal mittags eingeschlafen war, träumte sie vom Mord an Zivar Kurz. Sie sah eine Garage und ein Büro mit einem geschundenen Mann. Eine Angst einflößende Gestalt mit Sturmhaube über dem Kopf fuchtelte mit einem Kampfmesser vor ihrem Gesicht herum und fügte ihr im Traum eine Schnittwunde zu. Der empfundene Schmerz war so stark, dass sie sogar stöhnend wieder aufwachte. Im ersten Moment war sie ganz desorientiert, aber sie fing sich schnell wieder.
"Ich muss das in den Griff bekommen."
In ihrer Verzweiflung rief sie Tim an und schilderte ihm ihre seelische Notlage.
"Tim, ich weiß nicht mehr weiter. Ich bin auf gut deutsch gesagt, total am Arsch. Ich kann mich nicht mehr konzentrieren, weil ich kaum noch schlafe und wenn ich dann mal einnicke, habe ich sogar Alpträume. Ich sage jetzt mal die Party am kommenden Wochenende ab und du musst mir ein paar Wochen Aufschub mit der Masterarbeit geben. Ich schicke dir auch das Attest meines Hausarztes."
Tims Antwort überraschte Sarah, aber sie versetzte sie auch in eine gewisse Euphorie und lenkte sie von den Schmerzattacken ab.
"Das musst du mir nicht schicken, ich komme bei dir vorbei und bemuttere dich. Ich kann dir etwas Gutes kochen, auch wenn das jetzt nicht ganz so passt zu deinen Bauchschmerzen. Wenn du einverstanden bist, schildere ich deinen Fall einem Freund von mir, der ist Assistenzarzt in der Uniklinik Frankfurt. Er ist übrigens nicht nur der westlichen Schulmedizin verbunden, sondern versucht eine Brücke zur fernöstlichen Medizin zu schlagen. Vielleicht kann der noch einen Rat geben."

"Das ist lieb von dir. Klar, schildere ihm den Fall. Und übrigens, wenn du schon kochen willst, ungarisches Gulasch mit Nudeln esse ich sehr gern", versuchte sich Sarah von ihren trüben Gedanken abzulenken. Auch musste sie trotz ihrer misslichen Lage schmunzeln, denn Tim war noch nie bei ihr zu Hause gewesen.

*

Tim stand am folgenden Wochenende mit Lebensmitteln und Wein vollgepackten Einkauftaschen vor dem Eingang des alten Pfarrhauses in Ober-Roden. Er klingelte und Sarah öffnete ihm schwungvoll die Haustür.
"Mein Gott, was schleppst du denn da an, alles für das Gulasch und die Nudeln?"
"Du kannst mich ruhig weiter Tim nennen", konterte er den Vergleich mit Gott.
"Naja, Nachtisch und Rotwein sind auch dabei", erklärte er augenzwinkernd die vollen Taschen.
"Und morgen müssen wir doch auch etwas essen."
"Morgen?", blickte sie ihn fragend und zugleich lächelnd an.
"Dann muss ich mal sehen, wo du pennen kannst. Komm, ich helfe dir tragen, nicht dass du mir noch zusammenbrichst."
Sie nahmen schnell die wenigen Stufen in den ersten Stock zu Sarahs Wohnung.
"Ich bin genügsam, ich kann in jeder Ecke schlafen."
Da er noch nie Sarahs Wohnung betreten hatte, stand er etwas verloren im Flur.
"Da vorne links ist die Küche. Stell dort alles ab und dann zeige ich dir, wie ich so wohne."

Tim stellte alle Einkäufe in der Küche ab. Was er nicht sofort brauchte, verstaute er sofort im Kühlschrank. Dabei musste er laut lachen.

"Platz ist da ja noch genug drinnen. Von was ernährst du dich denn eigentlich?"

"Och, weißt du, in meiner direkten Umgebung im Umkreis von 200 Metern gibt es ein gutes Döner-Restaurant, zwei Pizzerien, das Gasthaus "Zum Löwen", ein gutes Eiscafé und das Café Süße Ecke. Verhungern muss man in Ober-Roden nicht, auch wenn die Küche nicht der Lieblingsplatz in der Wohnung ist."

Tim ging mit Sarah durch die Wohnung. Er lobte Sarahs Geschmack bei der Auswahl der Wohnungseinrichtung.

"Man merkt sofort, dass hier eine Frau wohnt. Viele Blumen und eine gemütliche Wohnatmosphäre. In meiner Wohnung sieht es wesentlich nüchterner aus und auch nicht so aufgeräumt."

Nach dem Rundgang begann er sofort gekonnt und zügig mit der Zubereitung des Gulaschs.

"Ein Mann, der kochen kann - der Traum aller Frauen!" lobte Sarah.

*

Sie saßen an der kleinen Küchentheke und schauten dem köchelnden Gulasch zu. Der Rest der Flasche Primitivo, die Tim zum Ablöschen des Gulaschs geöffnet hatte, schmeckte beiden so gut, dass sie gar nicht merkten, wie schnell sie leer war.

"Was hat denn dein Freund zu meinem Problem gesagt?",

wollte Sarah wissen, obwohl sie in der momentanen Stimmung eigentlich am liebsten alles verdrängt hätte.
"Ich soll dir sagen, dass du Glück hast, dass du so gesund bist. Aber, er sagt auch, dass du die Schmerzen ernst nehmen sollst und die Ursachen beseitigen musst. Er ist der Meinung, dass du da ohne professionelle Hilfe nicht weiterkommst. Allerdings seien Internisten oder gar Chirurgen die falschen Adressen. Da die Ursache irgendwo in den Tiefen deiner Seele verborgen ist, solltest du einen Psychiater oder Psychologen aufsuchen. Bevor du nun erschrickst, sagte er mir, soll ich dich beruhigen, du seist nicht verrückt. Die meisten Patienten, denen er sagte, sie sollen einen Psychologen oder Psychiater aufsuchen, sind frustriert und viele ziehen sich dann in ihr Schneckenhaus zurück mit dem Ergebnis, dass sie depressiv werden oder sogar eine Psychose entwickeln."
"Im ersten Moment dachte ich wirklich, ob er mich als verrückt einstuft", erwiderte Sarah angespannt. "Hat er dir eine Adresse empfohlen?"
"Nicht nur empfohlen. Er hat sogar mit einer Professorin gesprochen, die mit der Uni Freiburg kooperiert, und ihr deinen Fall geschildert."
Sarah verschlug es die Sprache und gleichzeitig war sie sehr dankbar, dass Tim und sein Freund ihre Probleme ernst nahmen.
"Die Professorin heißt Chrissi Roth und ist Leiterin des Instituts zur Erforschung des Phänomens der Reinkarnation, kurz IEPR genannt. Ihr Spezialgebiet sind Schmerztherapien durch Rückführungen der Patienten in frühere Leben, während sie hypnotisiert sind."
"Freiburg? Das wirft mich in der Ausarbeitung der Masterarbeit zurück. Jedes Mal 300 km hin und zurück, eventuell auch noch dort übernachten. Und ist das nicht

esoterischer Hokuspokus?"
"Da kann ich dich beruhigen, das Freiburger IEPR ist international anerkannt. Die Kollegin geht streng nach wissenschaftlichen Regeln vor. Du bist nicht die erste, die sie hypnotisiert und das, was ihr die Probanden in Hypnose erzählen, wird auch überprüft, sofern das alles nicht zu weit in der Vergangenheit liegt. Selbst diese Überprüfung wird streng nach anerkannten Checklisten und Standards ausgeführt. Amerikaner und Russen forschen übrigens auch dazu und für Buddhisten und Hindus sind Reinkarnationen oder auch Krankheiten aufgrund eines schlechten Karmas nichts Abwegiges. Und was den Zeitverzug in deiner Masterarbeit angeht, mache dir darüber keine Sorgen. Ich kläre das mit dem Lehrstuhl für Biologie in Frankfurt und auch mit Erck-Pharma. Jetzt musst du erst mal wieder gesund werden."
"Okay, dann rufe ich gleich nächste Woche in Freiburg an und mache Termine aus. Ich bin wirklich gespannt, was die Frau Professorin so aus den Tiefen meiner Seele hervorholen wird. Aber jetzt möchte ich mich nur noch entspannen und ein schönes Wochenende verbringen."
Tim lächelte sie an, ging zum Herd und rührte das Gulasch. Sarah schaute ihm nach und fragte sich, ob er rührte, weil er verlegen war oder aus Sorge um das Gulasch.
"An mir soll es nicht liegen", meinte er und schaute dabei noch angestrengter in den Topf.
Sarah nahm einen großen Schluck Primitivo, prostete Tim zu und dachte sich:
"Also doch verlegen. Das wird ein hartes Stück Arbeit."

*

Das Wochenende verging für beide viel zu schnell. Natürlich verbannte Sarah Tim nicht zum Schlafen in eine Ecke auf dem Fußboden. Irgendwann landeten sie in Sarahs Bett und Sarahs Bauchschmerzattacken waren zumindest für diese beiden Tage verschwunden, als ob es sie nie gegeben hätte. Als sie Tim am Montagmorgen verabschiedete, meinte sie noch scherzend, wenn es nach ihr ginge, könne Tim immer für sie kochen und da sein. Tim drückte sie fest an sich, schloss die Augen und wäre am liebsten wieder zurück in Sarahs Wohnung gegangen.
"Es nützt alles nichts, ich muss los. Ich werde den Aufschub für deine Masterarbeit noch heute beantragen und du kümmerst dich bitte um einen Termin in Freiburg. Wir telefonieren dann später."
Sarah nickte, jetzt war sie es, die etwas verlegen blickte, denn es war ihr klar, dass Tim ihre Gedanken und Gefühle kannte.
"Okay, du hast recht, aber bevor du wirklich verschwunden bist, wann wiederholen wir so ein schönes Wochenende?"
"Schon bald", war die kurze Antwort Tims.

*

Sarah setzte sich an ihren Schreibtisch und fuhr ihren Laptop hoch. Bevor sie mit Professorin Roth telefonierte, wollte sie im Internet Informationen über dieses Institut finden. Schnell fand sie einige Filmsequenzen, welche die Arbeit umrissen. Eine Textpassage aus der Homepage des Instituts zeigte ihr dann endgültig, dass sie dort bestimmt Hilfe finden würde. Die Homepage las sich wie eine Werbung, war sehr gut gemacht:

-Das "Institut zur Erforschung des Phänomens der Reinkarnation, IEPR" wurde 1974 in Freiburg gegründet und beschäftigt sich mit der systematischen, wissenschaftlichen Erforschung des unzureichend verstandenen Phänomens der Reinkarnation und den damit eventuell zusammenhängenden Bewusstseins- und Körperzuständen. Im weitesten Sinne wird auch von Karma-Forschung gesprochen. Die interdisziplinäre Kooperation unter Geistes-, Sozial- und Naturwissenschaften wird dabei gefördert.

Das IEPR berät Menschen mit der außergewöhnlichen Erfahrung oder des Verdachts der Reinkarnation. Dabei arbeitet es weltanschaulich neutral und unabhängig und kooperiert mit in- und ausländischen Universitäten und Forschungseinrichtungen.

Das IEPR unterhält eine umfangreiche Bibliothek, in dem alle eigenen Forschungsergebnisse und auch anderer Institute, die sich mit Grenzwissenschaften der Psychologie und Psychohygiene befassen, gespeichert sind. Sie sind frei zugänglich.

Das IEPR lehnt die Zusammenarbeit mit militärischen Instituten strikt ab.-

In Gedanken entwarf sie ihr Gespräch mit der Professorin. "Okay Frau Roth, in deine Obhut lege ich meine Seele. Das gibt ein Abenteuer und hoffentlich sind danach meine stechenden Schmerzen weg. Tims Freund scheint ja wirklich ein Mediziner zu sein, der nicht nur auf die Apparatemedizin vertraut."

Obwohl Sarah überzeugt war, dass sie bei Professorin Roth gut aufgehoben wäre, brauchte sie noch einige Minuten, bis sie sich endgültig durchgerungen hatte, deren Telefonnummer zu wählen.

*

"Guten Morgen, hier Professorin Chrissi Roth, was kann ich für Sie tun?", erwiderte sie Sarahs Anruf.
Sarah erklärte ihr in kurzen Worten, wer sie vermittelt habe und den Grund ihres Anrufes. Chrissi hörte zunächst nur zu und notierte sich die grundlegenden Daten. Sie überlegte kurz aufgrund der Informationen, ob Sarah in ihr Forschungsprojekt passte, denn nicht jeder war dazu geeignet.
"Frau Winter, ich kann mich an den Anruf aus dem Universitätsklinikum Frankfurt erinnern. Ich sehe Sie vorerst als Probanden für mein Forschungsprojekt vor. Eine endgültige Zusage kann ich aber erst geben, nachdem ich Sie näher kennengelernt habe und Sie eine erste Rückführungssitzung problemlos überstanden haben. Ach ja, noch etwas. Bei uns am Lehrstuhl ist es Usus, uns mit dem Vornamen anzureden, unabhängig vom akademischen Grad. Also, du kannst mich ruhig Chrissi nennen und ich werde dich nur noch Sarah rufen. Kannst du schon am kommenden Wochenende hier in Freiburg sein? Am besten Freitagnachmittag. Dann kannst du dich noch in der schönen Altstadt etwas umschauen, bevor wir dann am Samstagmorgen einsteigen und vielleicht schon eine erste Rückführung probieren. Freiburg hat abends für Studenten viel zu bieten. Du könntest sogar in der Gästewohnung des Instituts das Wochenende verbringen. Falls du einen

Begleiter oder eine Begleiterin hast, die könnten auch mitkommen."

"Puh. Das geht ja alles sehr schnell. Ich bin überrascht. Da ich ja quasi krankgeschrieben bin, kann ich natürlich kommen. Je schneller ich weiß, was die Ursachen für meine Schmerzen sind, desto besser. Das Angebot mit der Gästewohnung nehme ich sehr gerne an. Vielleicht bringe ich noch einen Begleiter mit."

"Gut, dann sehen wir uns am kommenden Samstag um 11 Uhr morgens hier im Institut. Meine Assistentin wird dir alle Adressen per Mail zukommen lassen. Ein Tipp noch: Falls die Schmerzen bis dahin erneut auftauchen, versuche zu entspannen und sprich die Schmerzen immer wieder wie in einem Mantra direkt an: "Schmerzen, ihr werdet mich nicht besiegen! Ich bin stärker als ihr und werde euch überstehen."
Also bis Samstag, ich drücke die Daumen."

*

Sarah war mit dem Ergebnis des Telefonats sehr zufrieden. Ja, sie war sogar so zufrieden, dass sie beschloss, an diesem Tag nicht mehr an ihrer Masterarbeit zu feilen. Da es noch recht früh am Morgen war, beschloss sie, die Zeit für ein kurzes Frühstück in der "Süßen Ecke" zu nutzen. Sie fühlte sich dort wohl, war bekannt und kannte auch viele Menschen, die immer etwas Neues aus Ober-Roden und Umgebung wussten. Vorher telefonierte sie kurz mit Tim, denn der musste unbedingt Bescheid wissen, außerdem wollte sie ihn zur Begleitung nach Freiburg überreden.

Nach dem Telefonat verließ sie ihre Wohnung und stöberte noch im nahegelegenen Blumenladen, der zwei Häuser weiter um die Ecke lag. Blumen und Dekoration waren wie Balsam für ihre Seele.
Wenig später kam sie im Café an. Es war wenig los, so dass Chefin Slavojka Zeit fand, sich zu Sarah an den Tisch zu setzen. Sie bemerkte den zufriedenen Ausdruck in ihrem Gesicht und fragte auch direkt ohne zu zögern: "Du schaust so verliebt?"
Da sich beide schon sehr lange kannten, gab Sarah bereitwillig Auskunft.
"Ja, ich bin verliebt, es tut richtig gut. Ich hatte ein gutes Wochenende mit Tim, meinem Betreuer der Masterarbeit. Und stell dir vor, kommendes Wochenende bin ich in Freiburg und treffe mich dort mit einer Professorin, die mich in ihr Forschungsprojekt einbezieht. Du musst wissen, über das Forschungsprojekt können eventuell meine krampfartigen Bauchschmerzen geheilt werden. Es sieht so aus, dass die Schmerzen seelischen Ursprungs sind. Körperlich sei ich zwar top fit, meinten alle Ärzte, die ich aufsuchte, aber das reicht eben nicht. Mens sana in corpore sano, war schon die Devise der alten Römer."
"Dann triffst du wohl eine Seelendoktorin. Pass nur auf, dass sie nicht aus Versehen hier oben", und dabei tippte sich die Gastgeberin an die Stirn, "eine Schublade öffnet, die sie besser zugelassen hätte."
"Na ja, die Gefahr besteht immer, aber das muss ich riskieren."
"Wird schon gut gehen. Wenn du nichts machen würdest, würdest du vielleicht immer mehr leiden", war der abschließende Kommentar, als ein neuer Gast das Café betrat und deshalb die Unterhaltung endete. Sarah genoss das folgende

kleine Frühstück und den Cappuccino und verabschiedete sich bis zur kommenden Woche.

*

Freiburg, IEPR

Sarah und Tim fuhren schon gegen 11 Uhr morgens in Rödermark los, um den freitäglichen Wochenendverkehr in Richtung Süden zu umgehen. In Gedanken war Sarah aber schon im IEPR. Nach den ersten euphorischen Tagen beschlich sie jetzt doch etwas Angst vor den Rückführungen in die tiefsten Tiefen ihrer Seele und Vorleben. Auch Tim starrte wortlos vor sich hin und lenkte den PKW eher wie ein Autopilot. Auch er war gespannt auf die nächsten Tage. Er versprach Sarah auch während ihrer Hypnose in ihrer Nähe zu sein, was sie beruhigte.
Am frühen Nachmittag waren sie schon am Ziel. Das Navigationssystem des PKW fand die Gästewohnung des Instituts auf Anhieb. Sie lag nicht weit entfernt vom Uni-Viertel, nämlich in der Wilhelm-Straße.
"Das ist ja total praktisch, da können wir morgen sogar hinlaufen und müssen nicht noch lange nach einem Parkplatz suchen."
Schnell trugen sie das kleine Gepäck in die Wohnung. Die Gästewohnung war praktisch eingerichtet. Ein kleines Bad, eine Kochplatte mit Spüle und ein kleiner Kühlschrank sollte den Gästen für einige Tage reichen, wobei der Zustand der Kücheneinrichtung zeigte, dass hier bisher höchstens Kaffee und Tee zubereitet wurden. Vom Wohnzimmer aus konnte man

hinunter in Richtung Dreisam blicken und das Universitätszentrum mit der riesigen futuristisch ausschauenden Universitätsbibliothek waren auch im Umkreis von rund 500 Metern angesiedelt.

"Komm, lass uns noch etwas unternehmen. Es ist noch früh und ich möchte dich aus dem Gedankenkarussell befreien. Ich kenn dich doch. Schwabentor, Martinstor, Freiburger Münster und der Münstermarkt sind die "must do's" für Touristen."

*

Am nächsten Morgen wurden beide von Professorin Dr. Chrissi Roth im IEPR begrüßt. Chrissi Roth war Anfang 50. Ihre kurzgeschnittenen dunklen Haare, bei denen kein graues Haar durchschimmerte, ließen sie sehr sportlich wirken. Sie liebte außerdem legere Kleidung und ihr gesamtes Erscheinungsbild wirkte auf Sarah und Tim unaufdringlich, aber in gewisser Weise doch charismatisch. Sie bot eine Tasse Kaffee mit etwas Gebäck an. So ließ es sich gut plaudern und nebenbei nahm sie so die Eingangsdaten von Sarah auf, die langsam ihre Nervosität ablegte. Chrissi erläuterte in Folge die Systematik, mit der im Projekt gearbeitet wurde.

"Generell werden im IEPR die Projekte genau definiert, das heißt, man muss sich klar werden, was man überhaupt ergründen will. Das klingt zunächst einfach, aber glaube mir, manchmal definieren und formulieren wir wochenlang. Danach folgen dann die Messungs- und Analysephasen. Das Forschungsprojekt, für das du dich angemeldet hast, führt den Titel

"**Déjà-vu – Das Phänomen Seelenwanderung – Ursachen von Krankheiten und Karma**",
wobei dieser Titel eigentlich im Zusammenhang mit Seelenwanderung und Karma nicht benutzt werden dürfte, denn Déjà-vu ist psychiatrisch gesehen eine Erinnerungstäuschung, bei der Kurz- und Langzeitgedächtnis nicht ausreichend aufeinander abgestimmt sind. Aber der Projektname "Déjà-vu" gefällt mir halt phonetisch so gut. Die Messungsphase ist eine unter Hypnose durchgeführte Rückführung des Bewusstseins in frühere Lebensabschnitte. Ich sage bewusst "frühere Lebensabschnitte" und nicht "andere Leben", denn manche Probanden schaffen diese Schwelle von einem Leben zum vorhergehenden nicht. In der sich anschließenden Analysephase werden die unter Hypnose geäußerten Erinnerungen auf ihren Wahrheitsgehalt geprüft. Das kann so weit gehen, dass Orte, die genannt wurden, aufgesucht oder in alten Zeitungsartikeln oder anderen Dokumenten nach den Spuren gesucht werden."

Die Frage, ob sie schon einmal etwas über Rückführungen unter Hypnose in frühere Leben gehört habe und wie sie diese Berichte einstufe, ließ Sarah zögerlich antworten. Sie entschloss sich zu einer ehrlichen Antwort. "Bisher hielt ich das für esoterischen Hokuspokus. Ich bin Wissenschaftlerin und lasse mich strikt von der Grundregel leiten, dass jedes Versuchsergebnis nur dann allgemein gültig ist, wenn es reproduzierbar ist."

Chrissi lächelte.

"Genau, wie eben erklärt, "Reproduzierbarkeit" wird auch bei uns großgeschrieben und wir prüfen die Aussagen auch nach, sofern es uns möglich ist. Deine zögerliche Antwort eben ist sogar wichtig, denn du bist nicht von vorneherein überzeugt, dass wir Erfolg haben. Es gibt nämlich auch Probanden, die sich schon vor der Hypnose auf bestimmte Aussagen oder Vorleben festlegen. Es ist schwierig, diese Probanden von den authentischen Probanden zu unterscheiden. So kann ich dir jetzt schon sagen, dass du durch dein Innehalten meinen Eingangstest bestanden hast. Welcome im Forschungsprojekt "Déjà-vu". Ob du längere Zeit oder für mehrere Rückführungen im Projekt bleiben kannst, wird deine körperliche und auch emotionale Reaktion nach den Rückführungssitzungen zeigen. Denn du musst wissen, nicht jeder Mensch verkraftet diese Rückführungen problemlos. Du wirst Dinge erleben und erfahren, die du dir vor ein paar Wochen noch nicht einmal vorstellen konntest. Deshalb musst du auch noch diese Einverständniserklärung unterschreiben."

*

Sie wechselten nach den Aufnahmeformalitäten ins Nachbarzimmer, in den sogenannten "Behandlungsraum" oder auch "Messungsraum". Die Wände waren mit einer warmen orange-beigen Farbe getüncht, die großformatige Bilder und Fotografien zierten. Die Bilder zeigten spiralförmige Tunnel, in denen sich menschenähnliche Gestalten verloren und immer wieder das Symbol für Unendlichkeit, die liegende Acht. Die Fotografien zeigten durchweg spiralförmige Galaxien oder auch einfache Planeten.
"Sind die Bilder nicht auch beeinflussend?", war Sarahs spontane Frage.

"Die Bilder wurden nach den Angaben von Probanden realisiert. Sobald die Hypnose wirkt, wird Raum und Zeit vergessen. Unerlaubte Beeinflussung wären verbales Drängen in eine bestimmte Richtung. Das darf der Hypnotiseur auf keinen Fall tun", antwortete Chrissi.

Die Mitte des Raumes wurde von einer gemütlichen Couch dominiert. Daneben stand ein großer Ohrensessel im Landhausstil und weitere Stühle für Zuschauer. Eine Kamera und ein Tonaufnahmegerät komplettierten das Versuchsequipment. Die farblich warmen Holzdielen des Fußbodens erdeten den Raum und die aus den Ecken indirekt beleuchtete weiße Decke öffnete ihn nach oben.

"Mache es dir auf der Couch bequem! Es gibt keine vorgeschriebene Position. Du kannst liegen oder sitzen, Hauptsache, du kannst dich gut entspannen. Aber, ohne dich beeinflussen zu wollen, die meisten Probanden bevorzugen die liegende Position. Einige wenige, die im Sitzen begannen, sind ganz schnell in die Horizontale gewechselt. Mit den Fleece-Decken kannst du dich jetzt schon etwas zudecken. Wenn es dir zu warm werden sollte, wird dein Körper auch während der Hypnose die Decken wegstreifen. So, jetzt will ich dich nicht länger auf die mentale Folter spannen. Beginnen wir. Was hörst du denn für natürliche Geräusche am liebsten? Wind, Meeresrauschen, Gewitter oder gar Vogelgezwitscher und andere Tiergeräusche?"

"Wind, der durch Bäume pfeift!", war Sarahs Wunsch. Sarah schaute dabei Tim an, als ob sie ihn jetzt brauchte. Er signalisierte ihr mit einem Daumen nach oben, dass er da sei und mit auf sie aufpasse.

Chrissi legte eine entsprechende CD ein, der Raum wurde abgedunkelt. Sie schaltete die Tonaufzeichnung an und wechselte ihre Tonlage in einen monotonen Erzählmodus:

"Proband Sarah Winter, 1. Rückführungssitzung, 2022."

Gleichzeitig stieß sie ein Metronom an, das langsam nach links und nach rechts schwenkte.

"Entspanne dich, höre den Wind und den Takt im Hintergrund. Lasse dich fallen und schließe die Augen. Dein Kopf wird schwer, aber dein Geist befreit sich. Atme tief ein, ins Zentrum deines Körpers."

Sarahs Augäpfel bewegten sich hinter den geschlossenen Lidern. Ihr Atem ging gleichmäßig und ab und zu konnte man erkennen, wie ihre Hände sich leicht bewegten, als ob sie damit etwas andeuten oder erklären wollte. Chrissi beobachtete Sarah aufmerksam, denn sie war bereit, sofort einzugreifen, falls der Beginn von Sarahs Reise in die tiefsten Schichten ihres Unterbewusstseins körperliche Überreaktionen zur Folge hätte. Chrissi fragte behutsam:
"Sarah, erkennst du schon etwas? Wo befindest du dich gerade?"

*

Und Sarah begann plötzlich mit kindlicher Stimme zu erzählen:

"Ich bin 11 Jahre alt und gerade von der Grundschule aufs Gymnasium nach Heusenstamm gewechselt. Mir gefällt es dort sehr gut. Meine Lieblingsfächer sind Biologie und Chemie."
"Kannst du noch weiter zurückgehen, in die Grundschule oder den Kindergarten?", wurde Sarah sachte auf dem imaginären Zeitstrahl in die frühe Kindheit versetzt.
"Im Kindergarten sind viele blöde Jungs. Raufen und Herumtoben sind ihre Lieblingsbeschäftigungen. Mich stört das, denn ich beobachte lieber und mache mir meine Gedanken über die Zusammenhänge im Garten des Kindergartens, wie die Blumen wohl entstehen, warum die Bienen immer in den Blüten verschwinden. Es gibt so viel zu erkunden."
"Geht es noch weiter zurück?"
"Ich flitze mit einem Bobby-Car über den Hof. Das macht unheimlich Spaß. Nur, zum Laufen lernen bin ich zu bequem. Lieber rutsche ich auf dem Hosenboden über das Pflaster im Hof meiner Eltern. Außerdem haben wir jetzt eine Katze, die schläft oft nachts in meinem Bett. Mein Vater meint, das sei besser für mein Immunsystem. Bevor wir eine Katze hatten, litt ich an Neurodermitis, jetzt nicht mehr."
Chrissi ließ Sarah weiter frei erzählen, ohne einzugreifen. Bisher gab es dazu auch keinen Grund. Sarah bewegte sich von alleine immer mehr in Richtung Geburt. Irgendwann veränderte sich die kindliche Stimme. Sie war gedämpft, als ob ein Taucher über ein Unterwassermikrophon spräche.
"Mich umgibt eine warme Flüssigkeit und ich hänge an einem Schlauch, aus dem ich Nahrung und Luft bekomme. Ich spüre jede Stimmungsschwankung meiner Mutter, Freude oder auch Trauer."
Chrissi wusste, dass die nächsten Minuten entscheidend über die Fortsetzung oder den Abbruch der Sitzung sein konnten,

denn Sarah bewegte sich zeitlich gesehen in Richtung Vorembryonalstadium. Seltsamerweise sprach Sarah nun wieder ganz klar und fest.
"Ich bin durch einen Strudel in meinen Körper und den Körper meiner Mutter gezogen worden. Davor war ich in einer Umgebung, die friedlich war. Es gab dort keine Probleme und das Wissen über alle Zusammenhänge des Seins stand mir offen. Ich wusste, woher ich gekommen bin und konnte mir aussuchen, wohin ich wieder gehen wollte. Am Horizont leuchtete ein strahlendes Licht zu dem ich eigentlich gehen wollte, aber etwas bedeutete mir, dass dazu meine Zeit noch nicht gekommen sei. Andere, fast durchsichtige, schemenhafte Wesen, waren um mich herum. Auch der Astralkörper meines Mannes. Er war noch erschöpft vom Todeskampf, den er kurz vorher überstanden hatte."
Dann schwieg Sarah. Es schien, als ob sie nachdächte. Chrissi war durch die lange Pause irritiert, wollte aber nicht hinterfragen, ob Sarah und ihr Mann gleichzeitig gestorben waren, etwa bei einem Autounfall. Gerade als Chrissi die erste Rückführungssitzung unterbrechen wollte, setzte Sarah ihre Erzählung fort, erneut mit fester Stimme:

*

"Wir sind beide fast gleichzeitig in dieser Traumwelt angekommen. Ich etwas früher und mein Mann nur wenig später."
Chrissi fragte mit monotoner, unaufgeregter Stimme, ob sich Sarah an seinen Namen erinnern könne, denn das war zum Beispiel ein Fakt, den Chrissi nachprüfen könne.
"Henry", hieß er.

"Und euer Familienname?", wollte Chrissi auch noch wissen.
"Kurz, und wir wohnten in Rödermark-Ober-Roden, im Ortsteil Breidert."
Auf Sarahs Stirn bildeten sich plötzlich Schweißperlen. Sie warf die Decke zur Seite und wollte mit beiden Händen ihr Gesicht schützen.
"Er quält und foltert mich, er zerschneidet mein Gesicht. Ich drehe mich zu meinem Mann um, der geschunden und gefesselt neben mir sitzt. Auch ich bin gefesselt und kann nur meine Beine bewegen. So gequält verrate ich dem Eindringling den Schlüssel und den Zugang zu einem Kellerraum, in dem mein Mann Reiseandenken aufbewahrt. Nach einer Weile kommt er wieder. Unbändige Wut packt mich, als er provozierend vor mir steht. Ich trete ihm in die Weichteile und stoße ihm, als er in meine Richtung fiel, ein Knie ins Gesicht. In diesem Moment verrutscht seine Sturmhaube und ich kann sein Gesicht erkennen. Ich präge es mir ein, aber...."
In diesem Moment schrie Sarah aus Leibeskräften und hielt sich den Bauch.
"Er rammt mir wutentbrannt das Messer in den Bauch und wie ein Verrückter zerschneidet er meine Gedärme und trifft die Bauchschlagader. Ich sehe nur noch Blut ... dann geht eine Veränderung vor, meine Seele entfernt sich schlagartig vom Ort des Massakers."
Sarah krümmte sich noch immer, bekam sogar Krämpfe und zuckte, wie nach Stromschlägen. Chrissi musste eingreifen, sonst hätte die Gefahr eines Kreislaufkollapses bestanden. Mit lauter und fester Stimme gab sie Sarah Anweisungen.
"Sarah, du bist nicht mehr in Gefahr. Komme zurück. Ich zähle bis drei, dann bist du in absoluter Sicherheit des Instituts. Eins, ... zwei ..... und drei."

Chrissi hielt den Taktgeber an und signalisierte Sarah mit einem lauten Gongschlag das Ende der Hypnose. Sarah öffnete langsam ihre Augen. Sie war noch vollkommen orientierungslos und auch körperlich völlig am Ende. Chrissi empfahl ihr, noch liegen zu bleiben.
"Sarah, alles ist gut!", beruhigte Chrissi. "Eine starke Leistung war das eben! Hier haben schon robust erscheinende Männer gelegen, wimmernd nach der ersten Sitzung. Du hast gerade das Schlimmste erlebt, was einem Menschen passieren kann, deine eigene Ermordung in einem vorherigen Leben."

*

Sarah setzte sich auf. Sie nahm ein Glas Wasser, zitterte aber noch so sehr, dass das Wasser überschwappte.
"Das war nicht nur eine starke Leistung und meine Ermordung. Ich habe gerade erfahren, dass ich mindestens schon einmal gelebt habe, verheiratet und ein ganz anderer Mensch war. Mein bisher so gefestigtes Weltbild gerät eben gerade total ins Wanken. Ich sah diese mir fremde Wohnung, trotzdem kannte ich mich dort aus. Als Biologin bin ich bisher von der einmaligen Existenz meiner Zellen ausgegangen. Geburt, Leben und Tod. Das war mein Weltbild. Ich bin kein gläubiger Mensch im Sinne der Theologie. Aber was ich eben in der Rückführung spürte, diese Präsenz des Guten, war so faszinierend. Der Kontrast zwischen Mord und Zwischenwelt war so brutal."
Sarah nahm einen weiteren Schluck Mineralwasser. Sie kam erst jetzt wieder in der Realität an.

"Ich sah alles wie ein Beobachter und trotzdem spürte ich die Schmerzen, die mir zugefügt wurden."
Chrissi konnte Sarah etwas beruhigen.
"Dieser Kontrast von Zwischenwelt und Gegenwart wurde bisher von allen so geschildert. Es gibt Probanden, die erleben und verinnerlichen das vorherige Leben völlig. Deine Seele schützt sich in gewisser Weise, indem sie sich "nur" als Beobachter sieht. Aber wechseln wir doch in mein Arbeitszimmer, dort können wir diese erste Rückführung besser aufarbeiten und auch erörtern.

*

Tim war geschockt von Sarahs Erzählungen. Als Naturwissenschaftler stand er den Methoden der Parapsychologie schon immer skeptisch gegenüber, auch wenn sie, so wie hier im IEPR, mit wissenschaftlicher Gründlichkeit angewandt wurden. Jetzt aber stand seine Skepsis auf wackeligem Fundament. Er wurde nachdenklich, denn das gerade Gehörte hinterließ bei ihm einen bleibenden Eindruck.
Sarah konnte sich zwar genau erinnern, was sie in der Rückführung gesehen und erlebt hatte, trotzdem war es für die sich jetzt anschließende Analysephase wichtig, das Audiogerät abzuspielen und genau hinzuhören. Weder Tim noch Chrissi wussten, dass Sarah bereits über Aktenzeichen XY die Namen Zivar und Henry Kurz gehört hatte. Dies wollte sie unbedingt beiden mitteilen. Sie fragte dabei auch Chrissi weiter, ob diese Sendung eventuell die Rückführung beeinflusst haben könnte.

"Ich kann dir das jetzt nicht auf Anhieb beantworten. Hatte Aktenzeichen XY so detailliert von der Folterung berichtet, wie du es eben geschildert hast?"
Sarah schüttelte vehement den Kopf.
"Nein, überhaupt nicht. Es wurde nur von Folter und brutalen Morden berichtet."
Chrissi gab trotzdem zu bedenken, dass die detaillierte Beschreibung der Folter und die Beschreibung der Messerattacke Sarahs Fantasie entsprungen sein könnte.
"Das ist jetzt so eine Situation, in der wir glücklicherweise nachprüfen können, wie der Mord genau geschah."
Sarah kannte die Kontaktadresse des ermittelnden Beamten aus der XY-Sendung und gab sie Chrissi.
"Vielleicht könnten wir über ihn die Folter- und Morddetails, die du geschildert hast, verifizieren. Wir haben zwar Wochenende, aber ich rufe jetzt schon den Kripobeamten auf seinem Handy an und bitte um einen Gesprächstermin für dich. Du könntest das auch alles alleine machen, aber ich glaube, die offizielle Anfrage von IEPR an Kripo ist zielführender. Wenn deine Rückführungserlebnisse dann mit den Daten in den Kripoakten übereinstimmen, steigt die Wahrscheinlichkeit, dass Sarah Winter die Reinkarnation von Dr. Zivar Kurz ist."

*

Da der Kommissar nicht sofort erreichbar war, hinterließ Chrissi Roth ihm auf dem Anrufbeantworter die notwendigen Informationen, warum sie für Sarah Winter so schnell wie möglich um einen Gesprächstermin in den Mordfällen Zivar und Henry Kurz bat.

Chrissi legte ihr Handy zur Seite und wandte sich wieder Sarah und Tim zu.

"Kommen wir zum zweiten Teil des Projektes, den Ursachen von Krankheiten und Karma. Wenn ich alle mir bekannten Fakten zusammenzähle, traten bei dir die starken Bauchschmerzen erst nach der XY-Sendung auf. Du hast das zwar nicht im Zusammenhang gesehen, aber jetzt nach der Rückführung könnte da eine Korrelation bestehen, wenn wir davon ausgehen, dass die Rückführungserlebnisse stimmen. Ich glaube jetzt nicht mehr, dass die Schmerzen wieder auftreten werden, denn du kennst jetzt die wahrscheinliche Ursache."
Sarah nickte.

"Ja, die Schmerzen, die mir mein Mörder zufügte und die Bauchschmerzen der Gegenwart waren gefühlt gleich. Wieso glaubst du, dass ich zukünftig zumindest diese Bauchschmerzen nicht mehr bekomme?"

Chrissi wusste, dass diese Frage hatte kommen müssen, ja sie war in gewisser Weise auf sie vorbereitet.

"Weißt du, in vielen Rückführungen habe ich die unterschiedlichsten Gründe und Hinweise auf Erkrankungen in der Gegenwart erkannt. In fast hundert Prozent aller Fälle waren die Erkrankungen dann, nach dem Erkennen in der Vergangenheit, in der Gegenwart geheilt. Den medizinischen Zusammenhang klären immer noch die Ärzte, mit denen wir zusammenarbeiten. Wir sind hier noch ganz am Anfang der Forschung. Es gibt sehr wahrscheinlich eine Verbindung von Seele und Karma über die verschiedenen Leben hinaus.

Aber kommen wir doch jetzt zum kriminologischen Teil deiner Rückführungserlebnisse. Als dir der Eindringling das Messer in den Bauch rammte, hast du bemerkt, dass er dir wie ein Verrückter die Därme durchtrennte. Kannst du dich dabei an Einzelheiten erinnern?"

Sarah überlegte nicht lange.

"Ja, er zog das Messer, aus seinem Blickwinkel gesehen, von links nach rechts durch."

Chrissi notierte sich diesen Hinweis.

"Merke dir das gut. Es kann sein, dass dazu in den Akten der kriminaltechnischen Pathologie ein Vermerk steht. Das wäre dann ja ein Beweis, dass du, das heißt deine Seele, wirklich im Körper des Mordopfers warst. Du hast dir außerdem das Gesicht gut eingeprägt. Vielleicht fertigen sie daraus ein Phantombild, auch wenn der Täter, sofern er noch lebt, jetzt viel älter ist."

Gerade als Sarah erwidern wollte, klingelte Chrissis Handy. Es war die Kripo Offenbach.

"Okay, sie soll also am Montag um 10 Uhr ihre Aussage im 2. Stock, Zimmer 213, Mordkommission, machen?", wiederholte Chrissi.

Dann hörte sie zu und erwiderte, dass Sarah jetzt nicht mehr am Institut anzutreffen sei. Sie sei schon auf der Autobahn, auf dem Weg nach Hause.

"Okay, aber übermitteln Sie ihr unbedingt den Termin. Wir greifen nach jedem Strohhalm, auch wenn die Spur erst mal unglaublich erscheint."

Chrissi beendete das Gespräch.

"So, diese Lüge musste jetzt sein. Sie tappten 23 Jahre im Dunkeln, da kommt es jetzt auf einen oder zwei Tage auch nicht mehr an. Wir sollten jetzt hier abbrechen und unseren Seelen ein wenig Ruhe und Entspannung gönnen. Gehen wir in die Stadt, mischen uns unter die Menschen, trinken und essen vielleicht noch etwas."

Sarah war aber nicht nach essen zumute.

"Ich bin auch für einen entspannten Nachmittag. Aber du kannst dir vorstellen, dass ich keinen großen Hunger habe. Ihr könnt gerne etwas essen, ich trinke dann nur etwas und erhole mich von den gruseligen Erinnerungen aus meinem Vorleben. In meinem Kopf arbeitet es aber immer noch. Mein Verstand weigert sich, Zivar in mir anzuerkennen. "

Sie verließen das Institut und gingen in eine nahe Studentenkneipe, die sich "Schwarzer Kater" nannte. Die Kneipe war in ein altes Gebäude integriert. Die Wände waren roh verputzt, die Bar bestückt mit hunderten von Flaschen verschiedenster Getränke. Sie waren dort fast nur von jungen Leuten umgeben, meistens wohl Studenten. Die Gesprächsthemen waren entsprechend. Philosophische Höhenflüge wechselten sich mit den politischen Niederungen der Realpolitik oder auch neuen naturwissenschaftlichen Erkenntnissen ab. Sarah entspannte sich langsam, was Chrissi sehr wichtig war. Sie beobachtete jede Reaktion Sarahs, ohne dass diese es merkte, denn sie fühlte sich für Sarahs seelische Gesundheit nach der Rückführung verantwortlich. Chrissi war irgendwie stolz auf Sarah. "Sie ist tough, sie steckt das weg und wird es packen."

*

Kriminalpolizei Offenbach

Sarah betrat das Backsteingebäude der Kriminalpolizei Offenbach durch den halbrunden Eingangsbereich. Sie meldete sich beim Pförtner, dass Hauptkommissar Eric Schwab sie um

10 Uhr erwartete. Der Pförtner wählte eine Nummer und gab Sarahs Ankunft durch.
"Zweiter Stock, Zimmer 213. Sie sollen auf dem Gang Platz nehmen. Er holt Sie dann ab."
Sarah ging den runden Treppenaufgang hoch zum 2. Stock und wartete vor dem Zimmer 213.
"Sieht hier aus wie in einem Kriminalfilm. Alles ein bisschen alt und es riecht muffig. Aber das ist vielleicht auch nur Einbildung", ging ihr durch den Kopf. Kurz nach 10 Uhr öffnete ein älterer Herr, Mitte der Fünfziger, graues Haar, faltiges Gesicht, aber durchaus sportlich wirkend, die Bürotür. Eine modische Jeanshose und die Polizeiwaffe im Schulterhalfter waren zunächst das Auffälligste, was sich Sarah einprägte.
"Guten Morgen, Sie sind Sarah Winter?" Sarah nickte und stand auf.
"Treten Sie ein und keine Angst vor meinem Beschützer Hasso, hier links." Hasso war ein ausgebildeter Polizeihund, ein Schäferhund, der auf einem Kissen direkt neben der Heizung ruhte. Als Sarah das Büro betrat, spitzte er die Ohren und begann leise zu knurren.
"Hasso, aus. Ist alles gut." Sofort beruhigte sich der Hund. Eric und Sarah nahmen Platz und musterten sich gegenseitig. Eric stellte sich als Leiter der Abteilung "Cold Cases Südost-Hessen" vor.
"Der Mordfall "Kurz" war mein erster Mordfall, den ich als verantwortlicher Kommissar bearbeitete, damals noch in der Mordkommission. Sie müssen wissen, alle Morde, die nicht aufgeklärt werden können, verschwinden nicht etwa in einem Archiv und verstauben dort. Nein, jeder dieser Fälle ist latent offen. Jederzeit können neue Hinweise die Ermittlungsmaschinerie wieder anlaufen lassen."

Eric holte dann ein Audiogerät aus der Schreibtischschublade.
"Möchten Sie einen Kaffee? Sie erlauben, dass ich unsere Unterhaltung aufzeichne?"
"Kaffee vielleicht später. Das Aufzeichnen ist kein Problem für mich", gab Sarah bereitwillig ihr Einverständnis. Eric begann mit der Befragung.
"Die Leiterin des Instituts zur Erforschung", jetzt unterbrach Eric, weil er noch einmal die genaue Institutsbezeichnung nachlesen musste und fuhr dann fort, "...des Phänomens der Reinkarnation hat Sie bei mir angemeldet, Sie könnten uns eventuell im Mordfall "Kurz" aus dem Jahr 1999 Insiderinformationen liefern."
Eric unterbrach schon wieder und schaute Sarah zweifelnd an.
"Bevor Sie im Detail berichten, eine Frage. Wie könnten Sie Insiderinformationen zu einem Fall liefern, wenn Sie damals noch gar nicht geboren waren? Zumindest schätze ich Sie sehr jung ein!"
Sarah lächelte.
"Ja, vor ein paar Tagen hätte ich das auch noch nicht gekonnt."
Dann begann sie detailliert Eric Schwab in die Erlebnisse der letzten Tage einzuweihen. Schon während Sarah erzählte, bemerkte sie, wie sich bei Eric eine gewisse ungläubige Unruhe bemerkbar machte. Als sie schließlich nach einer dreiviertel Stunde ihren Bericht beendete, hakte Eric das Gehörte nicht als Spinnerei ab. Aber er brauchte Beweise, die seine skeptische innere Stimme verstummen lassen würden. Seine Finger hasteten über seinen Laptop und er öffnete die Akte der Kriminaltechnischen Untersuchung zum Mordfall, speziell die Details aus der Pathologie.
"Wo hat Sie denn der Täter genau verletzt?"

"Er schnitt mir die linke und rechte Wange auf."
"Und auf welcher Seite rammte er Ihnen das Messer in den Bauch?"
"Von mir aus gesehen in die rechte, von Ihnen aus gesehen in die linke Seite. Bevor Sie weiter fragen: Er zog mir das Kampfmesser, ein langstieliges Messer, quer durch den Bauch. Also, von Ihrer Position aus, quer durch den Bauch nach rechts weg."
Kommissar Schwab war beeindruckt, aber seine Skepsis blieb. Es prallten zwei Welten aufeinander. Einmal seine reale Welt, in der nur Beweise zählten und dann die mystische Welt, vertreten durch Sarah Winter und Chrissi Roth. Verunsichert fixierte er Sarahs Augen und ohne seinen Blick zu lockern fuhr er mit seinen Ausführungen fort.
"Diese Details des Mordfalls sind nie kommuniziert worden. Ich kann mir aber auch nicht vorstellen, dass Sie das alles zufällig so erzählen. Man könnte ja wirklich fast meinen, Sie seien dabei gewesen."
Sarah bemerkte, dass er immer noch nicht ganz überzeugt war. Ohne zu dramatisieren, rückte sie näher zum Aufnahmegerät.
"So wie es aussieht, Kommissar Schwab, war ich nicht nur dabei, ich bin sehr wahrscheinlich die Reinkarnation des Mordopfers. Glauben Sie mir, für mich war das anfangs auch unfassbar und ich wurde als Naturwissenschaftlerin zwischen Akzeptanz und Ablehnung hin- und hergerissen."
Der Kommissar hatte schon sehr viel in seiner langen Laufbahn erlebt, aber das hier war absolutes Neuland für ihn.
"Nehmen wir mal an, ich glaube Ihnen das alles. Sie haben vor ein paar Minuten gesagt, dass Sie sich das Gesicht einprägten. Dann folgen Sie mir doch bitte zu unserem Gesichtserkennungssystem. Wir können mit Unterstützung

unserer Datenbank ein Phantombild anfertigen. Vielleicht nützt es uns."

*

Die Anfertigung des Phantombildes dauerte fast zwei Stunden. Der Täter hatte kurze schwarze Haare, blaue Augen, schwarze Augenränder, eine dicke, aber kleine Nase, schmale Lippen und eine querliegende Narbe am Kinn.
"So, das ist das erste Bild des Täters seit 23 Jahren, immer vorausgesetzt, dass wir uns in einer gewissen Realität bewegen. Das gebe ich jetzt mal zu Interpol weiter. Vielleicht können die mit speziellen Gesichtsalterungsprogrammen weiterhelfen und sogar eine Fahndung ausschreiben."
"Darf ich Ihnen jetzt einen Kaffee anbieten?"
"Gerne. Mit Milch und Zucker, bitte." Eric ging zur Kaffeemaschine und sah dabei nicht, dass Sarah aufstand und Hasso zu streicheln begann. Als er sich wieder umdrehte, erschrak er, denn ein Polizeihund lässt sich von Fremden nie streicheln.
"Hasso hat sich noch nie von jemandem streicheln lassen, der hier im Büro Aussagen machte. Normalerweise verbellt er jede Person, außer mir, die sich ihm nähert. Er mag Sie offensichtlich."
Beide tranken jetzt etwas entspannter den Kaffee.
"Können Sie sich erinnern, wie ..." und jetzt hielt Eric wieder inne ... "wie Ihr Mann ermordet wurde?"
"Als ich noch lebte, hatte er schwere Verletzungen am Kopf. Als sich meine Seele vom Tatort entfernte, sah ich, wie der Mörder ihm die Kehle durchschnitt."

Eric war verblüfft. Schon wieder offenbarte Sarah Opferwissen, das nie kommuniziert worden war.
"Stimmt, Zivar. Sorry, Ich meine Frau Winter. Auch die durchschnittene Kehle wurde nie der Öffentlichkeit mitgeteilt."
Sarah bemerkte den tieferen Sinn der Verwechselung. Erics Skepsis schien zu weichen.
"Wir können uns ruhig duzen", nickte ihm Sarah zu.
"Danke, das ist auch einfacher so, denn ich glaube immer mehr, wir könnten einen sehr weiten, gemeinsamen Weg vor uns haben. Vielleicht lebt der Mörder noch und wir können ihn endlich fassen."

Eric wunderte sich, wie selbstverständlich Sarah von sich als Zivar sprach. Sarah lebte im Hier und Jetzt. Sie akzeptierte zwar, dass sie einmal Zivar gewesen war, hatte aber mit Zivars Leben bereits abgeschlossen. Sie berichtete bei Rückführungen oder auch jetzt im Kommissariat immer in der Ich-Form, aber mit einer fühlbaren Distanz.
Trotz einer gewissen Unsicherheit war Eric von der Wende im Mordfall "Kurz" überzeugt. Seine Vorgesetzten musste er allerdings auch noch überzeugen.

*

"Darf ich dich noch zum Mittagessen einladen Ein paar Häuser weiter gibt es ein gutes türkisches Restaurant. Dort können wir uns weiter unterhalten, außerdem habe ich das ganze Wochenende kaum etwas gegessen", lud Eric Sarah ein.
"Gerne, ich bin krankgeschrieben und muss alles tun, um

schnell wieder fit zu werden. Ein gutes türkisches Essen hilft dabei bestimmt."
Eric gab Hasso einen Befehl, ihm zu folgen. Gemächlich stand er auf und trottete hinter den beiden her. Sarah musste deswegen lachen.
"Ein sehr dynamischer Hund."
Eric nahm seinen "Beschützer" in Schutz.
"Weißt du, erstens ist er schon etwas älter und bekommt von mir sein Gnadenbrot, zweitens läuft er etwas langsamer, weil er einmal angeschossen wurde, als er mir bei einem Einsatz das Leben rettete."
Sarah war so beeindruckt, dass sie Hasso sofort noch einmal streichelte, was dieser sich schwanzwedelnd gefallen ließ.
Nur wenige Minuten später wurden sie von Hasan, dem Besitzer des Restaurants, begrüßt und zu einem ruhigen Fensterplatz geführt. Freundlich half er Sarah Platz zu nehmen, legte zwei Speisekarten auf den Tisch und fragte beide nach einem Getränkewunsch.
"Eric, für dich wie immer eine Apfelsaftschorle und für die Begleiterin?"
"Ein Tonic Water, bitte", bestellte sie lächelnd.
Eric kannte Hasans Gedankengänge und klärte ihn vorsichtshalber auf.
"Bevor du ins Grübeln gerätst, mein Gast Sarah Winter ist nicht meine Tochter, obwohl sie das sein könnte."
Hasan fühlte sich ertappt, war aber sehr schlagfertig.
"Jetzt kannst du sogar schon Gedanken lesen. Meine Hochachtung vor der deutschen Kriminalpolizei wächst immer mehr."
Dann ging er zur Theke und gab die Bestellung an seinen Angestellten weiter. Eric wollte das Mittagessen nutzen, um Sarah aus kriminalistischer Neugier näher kennenzulernen. Er

konnte es immer noch nicht wirklich glauben, dass er wahrscheinlich der Reinkarnation des Mordopfers Zivar Kurz gegenübersaß. Er machte daraus auch keinen Hehl.
"Ich bin dauernd in der Versuchung, dich mit Zivar anzusprechen."
"Sarah ist mir lieber. Denn ich kann mich nicht an das gesamte Leben dieser Zivar oder besser gesagt, mein ganzes Leben als Zivar, erinnern. Die Rückführungshypnose durch Professorin Roth am vergangenen Wochenende hat mir erst ein ganz kleines Fenster geöffnet. Wenn wir noch mehr wissen müssen, muss ich mich wieder hypnotisieren lassen. Ich kenne das jetzt und habe keine Angst mehr davor, wie beim ersten Mal. Es ist so, als ob du in einen Zug steigst und am Ziel die Tür öffnest und in die neue Umgebung trittst."
Hasan brachte die Getränke und auch für Hasso eine Schale Wasser mit einem Leckerli.
"Was darf ich noch bringen?"
Eric bestellte wie immer einen Dönerteller mit Reis und Salat, Sarah wünschte Türkische Pasta mit Hackfleisch, Joghurt und Tomaten.
"Wieso kann man sich eigentlich nicht sofort nach der ersten Rückführung an alles aus dem Vorleben erinnern?", wollte Eric wissen.
"Ich habe darüber auch mit Chrissi gesprochen. Sie meinte, es gebe Menschen, bei denen kommen die Erinnerungen Stück für Stück automatisch zurück. Dann wiederum gebe es Probanden, die bräuchten öfters eine Rückführung, um immer mehr zu erfahren. Sie kann sich das auch noch nicht erklären, warum das so ist, hatte allerdings in der Literatur der alten Griechen und Römer gelesen, dass die Seele, bevor sie in einen neuen Körper eintritt, den Trank des Vergessens trinken müsse. Alles philosophisch verklärt umschrieben."

"Das klingt ziemlich abgehoben", erwiderte Eric.
"Wie gesagt, verklärt umschrieben durch Römer und Griechen", wiederholte Sarah.
Dann grinste Sarah Eric an.
"Ich kann mich auch nicht mehr an den Trank des Vergessens erinnern."
Eric konterte zurück.
"Dann achte mal bei der nächsten Rückführung darauf. Sag mir dann Bescheid, wie er schmeckte."
Hasan hatte in der Mittagszeit immer die gängigsten Gerichte vorbereitet, so dass man nie lange warten musste. Zehn bis fünfzehn Minuten und schon stand das Mittagessen auf dem Tisch. Ideal für Kunden mit kurzer Mittagspause.
"So, für die junge Dame die Pasta und den Herrn Kriminalkommissar den Dönerteller. Guten Appetit."
Nur für einen kurzen Moment genossen sie beide wortlos das nach Gewürzen duftende Mittagessen.
"Wir müssten mehr über den Täter und auch die Hintergründe in Erfahrung bringen können. Du hast ihn gesehen. War er vielleicht angemeldet? Wir hatten keine Einbruchspuren am Tatort entdecken können. Dein damaliger Mann hat dem Täter wohl die Tür geöffnet. Sorry Sarah, ich wechsele schon wieder munter zwischen den Personen Zivar und Sarah hin und her."
Sarah konnte sich nicht erinnern.
"Tut mir leid, für den Moment muss ich hier passen. Ich müsste dazu wieder nach Freiburg zum IEPR zur nächsten Rückführung. Ob Chrissi so schnell Zeit für mich findet?"
"Darum kümmere ich mich. Ich rufe sie an und erkläre ihr die Dringlichkeit. Am besten wäre es, wenn wir noch in dieser Woche fahren könnten."
Sarah betonte: "Wir?"

"Ja, ich fahre mit. Diese Informationen sind wichtig für die Ermittlungsarbeit und ich muss sie aus erster Quelle erfahren, vielleicht auch Fragen stellen. Das ist alles wie in einem Mystery-Krimi."
"Ich bin gespannt, was Tim dazu sagt und ob er Zeit hat", war Sarahs erste Reaktion auf die erneute Aussicht, nach Freiburg zu fahren.
"Tim ist dein Freund?", war Eric neugierig.
"Ja, so könnte man ihn bezeichnen, wir haben uns erst die letzten Tage ineinander verliebt, als es mir so richtig dreckig ging. Eigentlich ist er mein Betreuer bei der Masterarbeit."
"Falls er nicht mitfahren kann und er sauer wird, kannst du ihn beruhigen. Sag ihm einfach, du könntest meine Tochter sein", versuchte Eric einer Eifersucht Tims vorzubeugen.
Sarah wollte das Gespräch in die entgegengesetzte Richtung lenken.
"Und deine Frau hat nichts gegen diese "Dienstreise"?"
"Ich bin schon lange geschieden. Das ist wie im Fernsehen, die meisten Kommissare sind da geschieden, nur, ich bin kein Alkoholiker oder drehe auch psychisch nicht am Rad."

*

Freiburg, IEPR

Eric hatte Erfolg. Chrissi hatte extra für Sarah einen weiteren Rückführungstermin schon für den kommenden Mittwoch vorgesehen. Tim konnte sie beide so kurzfristig nicht begleiten, denn er betreute ja nicht nur Sarah bei ihrer Masterarbeit, sondern auch noch weitere Studenten, für die er verfügbar sein musste. Und Eifersucht war übrigens keine Eigenschaft Tims, ja, er war sogar froh, dass Sarah von einem Kommissar begleitet wurde. Er war besorgt, dass der Mörder vielleicht noch leben und über die neueste Entwicklung informiert werden könnte.

Eric holte Sarah sehr früh am Mittwochmorgen in Rödermark-Ober-Roden ab. Bevor sie sich endgültig auf den Weg machten, frühstückten sie in der "Süßen Ecke". Slavojka begrüßte Sarah wie immer sehr herzlich, Eric eher höflich und distanziert.
"Na, wie war es denn in Freiburg? Warst du zufrieden?"
Sarah konnte den fragenden Gesichtsausdruck Slavojkas gut interpretieren, denn sie kannte Tim noch nicht. Folglich deutete sie auf Eric.
"Das ist Eric aus Offenbach. Bevor du weiter fragst: Er begleitet mich nur nach Freiburg. Ich habe noch heute dort einen weiteren Termin. Die Seelendoktorin ist sehr einfühlsam. Ich hatte seit meiner ersten Sitzung keine weiteren Schmerzen mehr. Ja, ich fühle mich sogar wie neugeboren."
Da erst wurde sie sich bewusst, was sie soeben gesagt hatte.
"Tja Slavojka, wie neugeboren, im wahrsten Sinne des Wortes."
"Du sprichst in Rätseln. Irgendwann musst du mich aufklären", wünschte sich Slavojka.
Aber gemäß eines Ratschlags Erics verriet Sarah nichts weiter. Je weniger Leute über den Hintergrund ihrer zweiten Fahrt nach Freiburg Bescheid wussten, umso besser.
"Was darf ich euch denn bringen?"
Beide bestellten sich nur ein kleines Frühstück. Jeder einen Kaffee, ein belegtes Brötchen mit Marmelade für Sarah und

rohem Schinken für Eric sowie je ein gekochtes Ei. Nach einer dreiviertel Stunde machten sie sich gut gestärkt auf den Weg.
"Macht's gut ihr zwei", wurden beide von Slavojka verabschiedet.
Eric konnte es sich nicht verkneifen, mit einer Geste zu antworten und deutete auf Sarah.
"Sie wird es gut machen, ich bin ja nur der Zuhörer."

*

Eric steuerte seinen Dienstwagen aufgrund des geringen Verkehrsaufkommens sehr entspannt. Sein Fahrzeug unterschied sich von zivilen PKWs nur bezüglich der elektronischen Ausstattung im Cockpit etwas. Er hatte Zeit, seinen Gedanken nachzuhängen und formulierte sie auch fragend an Sarah.
"Ich kann mir das immer noch nicht vorstellen, wie das ist, zu wissen, dass man wirklich schon einmal gelebt hat. Ist man da gelassener, hat man keine Furcht mehr vor dem Tod, lebt man risikobereiter?"
Sarah wusste darauf von Unsicherheiten geprägte Antworten.

"Ich bin ja erst vor ein paar Tagen durch meine erste Rückführung sozusagen eingeweiht worden. Es ist gut zu wissen, dass es nach dem Tod wohl mehr gibt als das berühmte "Schalter-Aus" der Atheisten. Ich habe Chrissi auch noch nicht nach den Erfahrungen der anderen Probanden in der Zwischenwelt gefragt. Ich weiß nicht, ob alle die dortige Umgebung so sahen, wie ich sie sah. Kann ja auch sein, dass die Wahrnehmung, je nach kulturellem Hintergrund, verschieden ist. Die

Frage nach der Gelassenheit würde ich jetzt mal ganz vorsichtig beantworten wollen. In meinem Fall, klares "Ja", jedoch auch mit einem kleinen "Aber". Man muss aufpassen, dass man dann nicht nur noch in der Vergangenheit lebt und das Hier und Jetzt vernachlässigt. Ich habe mich entschieden, nur so lange die Vergangenheit von Zivar Kurz zu ergründen, wie ich zur Lösung des Falles beitragen kann. Falls weitere Erkenntnisse aus Zivars Leben in mir später automatisch, ohne weitere Rückführung erwachen, akzeptiere ich das, mehr aber auch nicht. Kann sein, dass mich das alles gelassener machen wird, vielleicht auch wissender, aber ich freue mich auf mein Leben in der Gegenwart. Ich habe in der Rückführung meinen damaligen Mann sterben sehen, aber ich spüre keinerlei Gefühl für ihn. Er ist mir fremd. Vielleicht ist das von der Vorsehung sogar so gewollt. Du erinnerst dich an unser Gespräch über den Trank des Vergessens? Deine Frage 'Furcht vor dem Tod und Risikobereitschaft' kann man auch nicht allgemeingültig beantworten. Kann sein, dass Furchtlosigkeit und Risikobereitschaft bei einigen, ich nenne sie jetzt mal 'Seelenwanderer', steigen. Bei mir ist das jedenfalls nicht der Fall."
Sarah sah aus dem Fenster und wunderte sich über ihre kühle Beurteilung. Vielleicht war sie aber nur noch nicht ganz in der Welt der Seelenwanderer angekommen, dachte sie sich.

*

Sie erreichten Freiburg und das IEPR schon am späten Vormittag. Chrissi begrüßte sie in ihrem Büro und bot beiden ihr gegenüber Platz an.

"Einen Kommissar hatte ich hier noch nie zu Besuch", begrüßte Chrissi Eric.
"Sarah hat mich schon informiert, dass sie alle Erkenntnisse aus der Rückführung bestätigen konnten, was auch für meine Forschungsarbeit sehr wichtig ist zu wissen. Stellen Sie sich doch mal vor, jede Reinkarnation von Mordopfern würde sich erinnern und könnte so zur Lösung des Falles beitragen! Man muss nur noch eine Methode entwickeln, diese Reinkarnationen ausfindig zu machen. Das wäre doch auch wieder ein neues Forschungsprojekt. Ich könnte mir vorstellen, dass diese Forschungsarbeit das Ziel haben müsste, jeder Seele eine individuelle immer gültige Signatur zuzuordnen.
Eric war skeptisch.
"Selbst wenn man so eine Signatur erkennen könnte, alles was ich bisher erfahren habe, deutet darauf hin, dass nicht jede Person für diese Rückführungen geeignet ist, beziehungsweise Willens ist, sich dieser Prozedur zu unterwerfen." Chrissi nickte, denn sie kannte diese Ressentiments.

"Auch an Sie der Hinweis, dass wir uns hier im Institut alle nur mit dem Vornamen anreden. Wir könnten aber auch im Fall der Fälle Ausnahmen machen."
"Kein Problem. Ich habe zwar noch nie eine Professorin geduzt, aber ich mache das doch gerne, Chrissi."

*

Sie wechselten in den Behandlungsraum. Fast schon routiniert legte sich Sarah auf die Couch, deckte sich zu und meinte zu Chrissi, dass sie ihre Lieblings-CD ja kenne. Chrissi wusste, dass beide mehr über den Täter und die Hintergründe der Mordtat wissen wollten. Auf der anderen Seite durfte sie aber Sarah auch nicht während der Hypnose in eine bestimmte Richtung beeinflussen. Es war also schwierig, die Rückführung einzuleiten. Eric war auf die nächsten Minuten gespannt. Er hatte parallel zu den Aufnahmegeräten des Instituts sein eigenes angeschaltet. Chrissi begann die Einleitungssequenz der Rückführung.

"Proband Sarah Winter, 2. Rückführungssitzung, 2022."

Sarah lauschte dem Geräusch des Windes und des Taktgebers. Ihre Augen wurden müde, sie dämmerte vor sich hin, aber man konnte es nicht als Schlafen bezeichnen. Sie brauchte einige Minuten, bis sich das typische Rollen der Augäpfel unter den geschlossenen Lidern beruhigt hatte. Erst als Sarah völlig entspannt dalag, machte sich Chrissi leise flüsternd bemerkbar.
"Sarah, was siehst du gerade?"

*

Und Sarah begann mit fester, kaum veränderter Stimme, zu erzählen:

"Ich sitze in unserem Wohnzimmer und nehme nach einem anstrengenden Tag ein Fußbad. Es ist entspannend und ich lese dabei in einer Zeitschrift. Ich kann nicht erkennen, um welche es sich handelt. Ich höre ein Geräusch am Eingang. Die Haustür wird geöffnet und ich sehe Henry, wie er seinen

Rucksack und eine Kiste im Flur in die Ecke stellt. Er kommt aus Rumänien von einer Rucksacktour zurück. Er war mit einer kleinen Gruppe zu einer Bergtour aufgebrochen. Henry bot unter anderem für gut betuchte Kunden exklusive Bergtouren an. Die Tour war in die Mitte Rumäniens gegangen, ins bis zu 2500 Meter hohe Bucegi-Gebirge. Die Gruppe hatte Henry gebeten sie zu einem neu entdeckten Höhlensystem zu führen, da er die Gegend und auch den Weg zum Höhlensystem gut kannte. Nur die Höhle selbst hatte er noch nicht erkundet, was seine abenteuerlustigen Kunden nicht erschreckte."

Da Eric nicht aktiv intervenieren durfte, schrieb er etwas auf einen Zettel und reichte ihn lautlos an Chrissi weiter. Er fragte nach den Namen der Teilnehmer oder ob Sarah den Hintergrund der Personen erkennen könne. Chrissi stellte die Frage mit monotoner Stimme und Sarah antwortete in gleichmäßigem Tonfall.

"Ich kann mich erinnern, dass es ein US-Amerikaner, ein junger Priester aus dem Vatikanstaat und ein Deutscher gewesen waren. Nach Aussagen Henrys waren sie alle so Mitte dreißig und wie schon festgestellt, Geld spielte in diesem Kreis keine Rolle. Der Priester und der US-Amerikaner hatten in Henrys Meldeformulare als Berufsbezeichnung 'Abenteurer' eingetragen und der Deutsche schrieb sich als 'Projektleiter von Erck-Pharma ein. Die Namen sind mir unbekannt.
Henry wirkt erschöpft. Er wirft sich auf den Sessel, der direkt neben meinem Fußbad steht. Die Reise musste anstrengend gewesen sein."

Eric gab Chrissi einen weiteren Zettel. Sie blickte kurz darauf und fragte Sarah, in welchem Zeitraum sie sich gerade befände.

"Anfang März 1999", war die knappe Antwort.

Eric zeichnete nun auf einem weiteren Zettel einen Zeitstrahl mit einem Kreuz darauf und schrieb daneben das Datum des Doppelmordes, 25. März 1999.

"Sarah, kannst du dreieinhalb Wochen weiter nach vorne gehen?", schob Chrissi Sarah sachte an.

Man konnte Sarahs rollende Augen unter den geschlossenen Lidern erkennen. Ihr Atem ging nach wie vor ruhig, auch wirkte ihr Körper immer noch sehr entspannt.

"Wir sitzen morgens im Esszimmer beim Frühstück. Henry erzählt mir wieder von der letzten Reise nach Rumänien und erwähnt auch die Reiseandenken im Keller. Er geht aber nicht weiter darauf ein. Ich bin auch nicht weiter neugierig, denn ich weiß, dass Henry zu jeder Reise seine Notizen in einer Art Reisetagebuch niederschreibt und dass ich dieses lesen darf, wenn mir danach ist."

Eric blickte auf, denn das war erneut eine unbekannte Information für ihn. Er malte das Piktogramm eines Buches und daneben ein Fragezeichen und zeigte es Chrissi.

"Sarah, weißt du wo Henry das Tagebuch deponiert hat? Steht es in einem Regal oder bewahrt er es woanders auf?

"Henry hat eine Art Geheimfach, dort legt er das Tagebuch immer ab. Er sagte mir vor einigen Tagen, ich solle dort zuerst reinschauen, falls ihm etwas passiere. Ich nahm das aber nicht weiter ernst, denn Henry war vital."

Eric deutete mehrmals nervös auf das Fragezeichen.

"Sarah, wo befand sich dieses Geheimfach?"

"Man kann es nur schwer entdecken. Wir hatten vorher an dieser Stelle eine terrestrische Fernsehantenne, bevor wir auf Satellitenempfang umgestiegen waren. Die Kabel der terrestrischen Antenne mündeten in einen Verteilerkasten und der war im Dachsparren eingebaut und über eine Klappe der inneren Holzverkleidung der Dachschräge zugänglich. Seit die terrestrische Antenne und der Verteiler demontiert wurden, nutzt Henry diesen kleinen Raum zwischen dem Dachsparren zur Ablage einer kleinen Geldkassette und auch seines Tagebuchs. Die Klappe ist nicht als Klappe zu erkennen, sie ist nicht zu unterscheiden von den anderen quadratischen Holzpanelen der Dachschräge."

Eric bedeutete Chrissi durch seine zu einem T gekreuzten Unterarme ein "Time Out"-Zeichen, wie im Sport. Chrissi schüttelte den Kopf und hob fünf Finger, was so viel bedeutete wie, 'einen Moment noch'.

"Sarah, wie ging es denn nach dem Frühstück weiter?"

"Henry sagt mir, dass er nachmittags Besuch erwartet, nämlich diesen deutschen Projektleiter von Erck-Pharma. Er wolle mit ihm die nächste Tour nach Rumänien planen und über ein Angebot reden. Henry hat aber absolut keine Lust für eine weitere Tour. Er fragt mich noch, ob ich eine Idee für eine diplomatische Absage habe. Dann verabschieden wir uns, wobei ich ihn noch an das gemeinsame Essen im Gasthaus "Zum Löwen" abends erinnerte."

Chrissi nickte Eric zu, dass sie nun Sarah zurückholen würde.

*

Chrissi musste Sarah beruhigen, die dieses Mal angespannt und nervös erwachte.
Sarah blickte Eric an, der in seine Notizen versunken schien. "Ihr könnt nicht erahnen, was in mir vorgeht. Ich habe eben in der Rückführung erfahren, dass ich in dem Konzern meine Masterarbeit schreibe, aus dem ein Projektleiter kam, der mit Henry unterwegs war und der wahrscheinlich am Tag des Doppelmordes Henry lebend gesehen hat, entweder als letzter oder zumindest einer der letzten. Vielleicht ist er sogar der Mörder! Also, ich bin ja ein Mensch, der der Esoterik und allem, was damit zusammenhängt, sehr skeptisch gegenübersteht, aber es scheint sich doch ein Kreis zu schließen."
Eric unterbrach Sarah.
"Das ist erst mal ein Ansatz, den wir beweisen müssten. Aber ich gebe dir recht, diesen Projektleiter von Erck-Pharma müssen wir ausfindig machen und zum Verhör laden, wenn er noch lebt. Wir sollten jetzt auch nicht gleich mit einer Anfrage bezüglich dieser Person starten. Falls er noch dort arbeitet, würde er das mitbekommen, misstrauisch werden, um sich

schlagen oder gar abtauchen. Bleiben wir aber weiter bei deiner Schilderung aus der Rückführung. Dazu muss ich euch einweihen, dass wir vor 23 Jahren schon vermutet hatten, dass der Doppelmord mit den Reisetätigkeiten Henrys zusammenhängen könnte. Wir hatten verschiedene Spuren nach Osteuropa verfolgt, die aber alle im Sand verliefen. Jetzt haben wir mit dem Verweis auf das Tagebuch eine heiße Spur, vorausgesetzt, wir finden es."
Eric ging zu der Tafel, die in Chrissis Büro an einer Wand hing. Sie war ein Relikt aus Chrissis Studienzeit, auf das sie schon viele Stichpunkte zu den verschiedensten Projekten notiert hatte. Sie musste lächeln, als Eric sofort ein Stück Kreide nahm und zu schreiben begann, im Gegensatz zu jungen Studenten, die das Schreiben mit einem Stück Kreide nicht oder nur noch schlecht beherrschten.
Es waren Stichworte und dahinter jeweils eine Nummer:

- Tagebuch suchen -1-
- Projektleiter Erck-Pharma ausfindig machen -2a-
- Vorsicht bei der Kontaktaufnahme Erck-Pharma -2b-
- Reisegruppe evtl. alle Personen ausfindig machen -3-

"Das sind meine nächsten Aufgaben. Ich betone, meine Aufgaben. Sarah, ich kann dir nur empfehlen, wie du dich die nächsten Tage und Wochen verhalten sollst. Beginne wieder zu studieren und an deiner Masterarbeit zu schreiben. Du darfst nicht auffallen, keinen Staub bei Erck-Pharma aufwirbeln und erzähle in Rödermark nichts von unseren neuesten Erkenntnissen. Halte dich aber zu meiner Verfügung. Es kann sein, dass ich auch Tims Hilfe brauche, denn ich vermute, er hat mehr Zugangsberechtigungen als du in dieser Firma."

Chrissi hörte aufmerksam zu und überlegte, wie sie diesen speziellen Fall und die bisherigen Ergebnisse in ihr Forschungsprojekt einarbeiten könnte. Der Fall Sarah Winter lieferte bisher hundertprozentig verifizierte Ergebnisse. Die meisten Fälle, die sie bisher katalogisierte, lagen knapp über achtzig Prozent Verifizierbarkeit, manche aber auch darunter, weshalb sie gemäß den Standards des IEPR als nicht signifikant galten. Sie klappte ihr Notizbuch zu, denn sie bemerkte bei Sarah das typische "In-sich-gekehrt-sein", ein Zustand den sie bald überwinden sollte. Deshalb schlug sie spontan einen Wechsel in den Feierabend vor.

"Aus der Erfahrung anderer Versuchsteilnehmer weiß ich, dass man die Erlebnisse der Rückführungen immer erst einmal "sacken" lassen muss. Am besten geht das in einer anderen Umgebung mit vielen Menschen, wo man abschalten kann und nur die Umgebung genießt. Ich lade euch auf die Dachterrasse des Skajo ein, direkt gegenüber dem Freiburger Münster. Die Bar liegt im fünften Stock in der Kaiser Joseph Straße. Der Rundumblick auf Freiburg wird euch mit Sicherheit gefallen. Ihr fahrt ja erst morgen früh zurück. Vielleicht kommen uns sogar noch mehr gute Ideen. Ich habe so das Gefühl, dass sich die Schlinge um den Hals des Mörders langsam zuzieht."
Eric bremste Chrissis Optimismus, denn die lange Zeitspanne zwischen Mordtag und jetzt konnte viele Spuren vernichtet haben.
"Ich würde dir sofort recht geben, wenn wir all diese Erkenntnisse 23 Jahre früher gehabt hätten. Aber ich muss auch anerkennen, dass jetzt so langsam etwas ins Rollen gerät. Die Fahndung mit dem Phantombild läuft ja bereits über Interpol."

Eric konnte zu diesem Zeitpunkt noch nicht ahnen, dass dieses Phantombild in den USA und in Rom bereits Wellen schlug.

*

Kriminalpolizei Offenbach

Sarah döste auf der Rückfahrt vor sich hin. Sie war müde, einmal, weil es im Skajo etwas später geworden war und zweitens die erneute Rückführung viel emotionale Kraft gekostet hatte.
Eric schaltete die Freisprechanlage an und bat bei der Sekretärin des leitenden Staatsanwaltes um einen Mittagstermin. Dann setzte er eine Abteilungsbesprechung an.
Sarah wurde wach und Eric erklärte ihr, dass jetzt die detaillierte Polizeiarbeit zum Fall Zivar und Henry Kurz wieder aufgenommen werden würde. Er musste nur noch seinen Chef über die neuesten Erkenntnisse informieren.
Drei Stunden später setzte er Sarah im Ortskern von Ober-Roden ab.
"Ich fahre jetzt gleich nach Offenbach weiter, erst zu meinem Chef, dann zur Staatsanwaltschaft und am Spätnachmittag die Abteilungsbesprechung. Und du verhältst dich bitte ruhig. Falls der Mörder noch in Ober-Roden lebt, darf er auf keinen Fall merken, dass wir neue Erkenntnisse über ihn haben."
Sarah packte ihren kleinen Koffer aus dem Kofferraum. "Klar, habe das schon in Freiburg kapiert. Ich finde es klasse, wie besorgt du um mich bist."

Eric verzog keine Miene, denn er konnte sich noch gut an die Bilder des Tatortes vor 23 Jahren erinnern. Er war wirklich besorgt und wollte kein Risiko eingehen. Dem Mörder war alles zuzutrauen, falls er noch lebte. Wie ein wildes Tier hatte er damals zugeschlagen und in die Enge getriebene Tiere sind zu allem fähig. "Mach's gut, ich melde mich."

*

Schon 30 Minuten später saß Eric im Büro seines Chefs und brachte ihn auf den neuesten Informationsstand.
"Von einem Tagebuch haben wir nie etwas gewusst, obwohl damals die KTU jeden Quadratmeter im Keller und Parterre durchsucht hat. Allerdings haben wir das Dachgeschoss nicht genau unter die Lupe genommen, da sich der Mord und die anschließende Spurenverwischung nur in Parterre abgespielt haben."
Erics Chef hatte die vage Hoffnung, dass das Tagebuch vielleicht sogar noch an bezeichneter Stelle liegen konnte.
"Ich hege dieselbe Hoffnung. Dachgeschosse werden nicht so oft umgebaut. Ich lasse mir heute noch einen Durchsuchungsbeschluss für das ehemalige Haus des Ehepaares Kurz geben. Den Termin dazu beim Staatsanwalt habe ich schon. Vielleicht haben wir ja Glück."
Erics Chef stand auf und schaute aus dem Fenster.
"Wir hatten bisher in diesem Fall wirklich wenig Glück und Erfolg. Jede Spur war nach kurzer Zeit wieder kalt. Auch jetzt haben wir nur Spuren aufgrund der Aussage dieser 23-jährigen Sarah Winter, die glaubt, die Reinkarnation von Zivar Kurz zu sein."

Eric warf ein, dass auch er anfangs skeptisch gewesen, aber aufgrund Sarahs umfangreichen 'Opferwissens' überzeugt worden sei.
"Mag sein, aber kannst du sie doch noch einmal mit unserer Polizeipsychologin zusammenbringen? Sie soll sie dezent befragen. Dann nimm doch bitte mit der neuen BKA-Truppe 'Super-Recognizer' Kontakt auf. Manche dieser Spezialisten haben schon Personen wiedererkannt, die sie letztmals vor Jahrzehnten gesehen haben."
Eric nickte.
"Gute Idee, an die hatte ich noch gar nicht gedacht. Aber jetzt hole ich mir erst den Durchsuchungsbeschluss und dann geht's morgen ab nach Rödermark. Die neuen Eigentümer werden aus allen Wolken fallen, wenn die Einsatzwagen der KTU vor ihrem Haus auftauchen."

*

USA - Italien - Vatikanstaat

Das von Sarah gelieferte Phantombild des vermutlichen Mörders von Zivar und Henry Kurz lief schon am nächsten Tag über die Kommunikationsstellen Interpols rund um den Erdball zu den verantwortlichen Polizeistationen.
Das Gendameriekorps des Vatikanstaats verteilte das Phantombild an alle Dienststellen. Während die meisten Büros das Bild nur zur Kenntnis nahmen, schaute ein Priester der Kongregation für die Glaubenslehre länger darauf und auch auf den Fahndungsaufruf. Es wanderte in einer Depesche an die

Leitung der Kongregation mit dem Hinweis, dass der Gesuchte wahrscheinlich in Vorgänge um den Fall 'Bucegi' verwickelt war und Interpol um Unterstützung bitte. Ferner wurde darauf hingewiesen, dass die Kooperation und Kommunikation 1999 abrupt beendet worden war und der Name sowie auch der Verbleib der Person unbekannt seien. Einen Tag später schon wurde die Bearbeitung vorerst eingestellt mit dem Hinweis, man solle erst die Fahndungsergebnisse aus anderen Ländern abwarten.

Die CIA in Langley, Virginia, wurde aufgrund der Zeitverschiebung erst 8 Stunden später informiert. Ähnlich wie im Vatikan blieb der Fahndungsaufruf auch bei der CIA nur im Direktorat für Analyse länger in der Bearbeitung. Auch dieses Bild wurde mit einem Zusatz versehen an den Chef des Direktorats weitergeleitet. "Achtung, Person war in den Fall 'Bucegi' verwickelt. Zusammenarbeit 1999 abrupt beendet. Aufenthaltsort zurzeit unbekannt. Interpol Lyon bittet um Unterstützung." Einen Tag später kam auch hier die Antwortroutine: "Vorgang vorerst nicht weiterbearbeiten."

*

Rödermark

Der leitende Staatsanwalt stellte Eric nach Rücksprache mit dem zuständigen Richter den Durchsuchungsbeschluss etwas widerwillig aus. Er war der Meinung, dass sich Staatsanwaltschaft und Kripo auf sehr 'dünnem Eis' bewegten, da nur aufgrund von Sarahs Aussage der Hinweis auf dieses Geheimfach eingegangen sei und Hausdurchsuchungen nur dann gemäß

Grundgesetz Artikel 13 genehmigt werden durften, wenn tatsächliche Hinweise zur eventuellen Aufklärung vorlägen. Schließlich fand man doch einen Weg, die Tatsächlichkeit zu begründen, auch ohne den Hinweis auf Ergebnisse der Rückführung. Eric musste allerdings vorab den jetzigen Besitzer von Zivars und Henrys Haus anrufen und ihm den Grund des Durchsuchungsbeschlusses erläutern. Er musste dies tun, denn der jetzige Besitzer war unbescholten und ein überfallartig durchgesetzter Durchsuchungsbeschluss ohne Voranmeldung wäre rechtswidrig.
So fuhr Eric mit zwei Einsatzwagen der KTU am ehemaligen Haus von Zivar und Henry Kurz vor und klingelte. Der neue Hausbesitzer öffnete schnell, da er den Pizzaboten noch vor den Untersuchungsbeamten erwartete. Umso erstaunter war er, als Eric ihm seinen Ausweis der Kriminalpolizei zeigte und ihn nochmal formal über den Grund der Hausdurchsuchung aufklärte. Der Besitzer, mittlerweile schon der Dritte seit Zivar, fiel aus allen Wolken, denn er wusste gar nicht, dass in seinem Haus vor 23 Jahren ein Doppelmord geschehen war. Eric erläuterte ihm, dass die Hausdurchsuchung sehr wahrscheinlich nur für den Dachstuhl gebraucht werden würde. Er verglich den Bauzustand mit alten Bildern aus der Aktenlage der KTU und erkannte sofort, dass die kassettenartigen Paneele unverändert waren und beorderte seine Kollegen genau in diesen Raum. Der Besitzer beobachtete, wie die KTU ihre Geräte zur Untersuchung der Dachschrägen aufbaute.
"Soweit ich weiß, hat der Vorbesitzer die Holzverkleidung nicht verändert, denn die Paneele sind hochwertig und massiv. Was suchen Sie denn hinter der Verkleidung?"

Eric tat der Mann leid. Er stellte sich vor, wie er hungrig auf den Pizzaboten wartete, aber stattdessen sechs Kriminalpolizisten gegenüberstand, davon fünf in Overalls der KTU und jeder mit einem Koffer voller Gerätschaften.
"Wir haben den Hinweis auf eine Unterlage erhalten, die zur Lösung des Doppelmordes führen könnte. Sie soll sich hinter den Paneelen befinden."
Die kleinen Ultraschallgeräte waren schnell auf Stative montiert. Von jedem Gerät ging ein Lichtraster aus, das dem Bedienpersonal den gerade gescannten Bereich der Dachschräge anzeigte. Es dauerte nicht lange, bis ein Gerät mit einem lauten Summton einen Hohlraum mit einer Auffälligkeit anzeigte. Auf einem Monitor sah sich Eric und der Spezialist das gescannte Bild an.
"Das könnte es sein, was wir suchen." Eric und der KTU-Spezialist traten an die quadratische Holzpaneele heran.
"Ich kann keinen Unterschied zu den anderen Paneelen erkennen. Der Ablageort ist wirklich gut versteckt. Kannst du die Paneele entfernen, ohne dass wir etwas kaputt machen? Das müsste doch machbar sein, schließlich hatte das Opfer den Ablageort öfters geöffnet und wieder verschlossen, ohne Werkzeug zu gebrauchen."
Der KTU-Spezialist begann die Hinterwand der Paneele mit einer dünnen Drahtsonde, die er über kleinste Spalten einführte, abzutasten. So entdeckte er an den vier Ecken Widerstände. "Wenn ich mich jetzt nicht täusche, wird diese Paneele nur über zwei Scharniere und zwei kräftige Magnete gehalten. Es gibt keinen anderen Schließmechanismus. Ich setze jetzt einen Sauggriff an und rüttle mal vorsichtig. Kann sein, dass wir gleich die Lösung des Problems haben."
Eric beobachtete die Aktion gespannt. Dann, ein Rütteln und ein folgendes Klicken, und die Paneele klappte auf.

"Sagenhaft, was sich Menschen alles einfallen lassen, um Dinge vor Einbrechern zu schützen."
Eric schaute hinter die Klappe und fast ehrfürchtig nahm er das mindestens 23 Jahre alte verstaubte Tagebuch von Henry Kurz aus dem Ablagefach heraus. Er packte es in einen Beutel und ließ es ins Labor der KTU Offenbach bringen.
"So, das war es schon. Lassen Sie sich Ihre Pizza gut schmecken, sofern der Pizzabote doch noch auftauchen sollte. Vermutlich hat er es mit der Angst zu tun bekommen, als er unsere Fahrzeuge in der Auffahrt sah."
Eric gab seinen Kollegen Anweisung zum Abrücken.
"Leute, das war es schon. Ich habe gefunden, was ich suchte. Gute Arbeit."
Die gesamte Durchsuchung dauerte nicht mehr als zwei Stunden, dann war der Spuk für den Hausbesitzer vorüber.

*

Frankfurt, Erck-Pharma, Tims Büro

Sarah und Tim hatten sich für heute verabredet, um die Ereignisse der letzten Tage zu besprechen. Tim freute es, dass sich Sarah auch wieder um ihre Masterarbeit kümmerte. Er wurde aber gleich wieder enttäuscht, denn Sarah eröffnete ihm, dass es zurzeit wohl Wichtigeres gebe, als den Irrungen der Virologie in der Corona-Krise nachzujagen. Beide sahen sich das Phantombild an, das von der Kripo nach Sarahs Angaben geplottet worden war.
"Wenn ich mir vorstelle, dass dieser Typ vielleicht heute noch in der Firma arbeitet, läuft es mir kalt den Rücken runter. Wie

viele Mitarbeiter hat denn Erck-Pharma weltweit?"
Tim musste nicht lange überlegen.
"Ungefähr 50000. Ich glaube kaum, dass du ihm hier in Frankfurt-Höchst begegnen wirst, wenn er überhaupt noch für Erck arbeitet. Vielleicht ist er sogar schon gestorben."
Tim öffnete einen anderen File auf seinem Laptop.
"Aber jetzt möchte ich dir mal eine Kurve bezüglich des Erck-Firmenwertes über die letzten 25 Jahre zeigen." Tim deutete mit einem Bleistift auf den Kurvenbeginn der Darstellung. "Du siehst, 1997 war die Firma nahezu pleite, fast nichts mehr Wert. Dann 1998 und selbst noch fast das ganze Jahr 1999 keine Veränderung. Aber Ende 1999 macht die Aktie einen Sprung auf fast 150 €, damals noch rund 300 DM, und zwar innerhalb von drei Monaten. Es kommt noch toller. Ich habe in der Börsenzeitung von Dezember 1999 nachgelesen, dass Erck-Pharma Forschungsergebnisse bezüglich vitalisierender Medikamente für den Beginn des Jahres 2000 angekündigt hatte." Sarah stutzte.
"Ab September 1999 ging es steil bergauf mit dem Aktienkurs. Fünf Monate nach dem Doppelmord an Zivar und Henry Kurz. Wenn da mal kein Zusammenhang besteht. Was waren denn das für Medikamente?"
Tim schaute nach.
"Das war einmal das angeblich potenzsteigernde Mittel "Tiger", ab 2000 für die Vermarktung freigegeben, und dann kurz danach das Medikament Immuno, das zur Stärkung des Immunsystems eingenommen werden konnte."
Tim schaute in der medizinischen Vertriebs-Datenbank nach.
"Von beiden Medikamenten werden jedes Jahr nur relativ geringe Stückzahlen, aber zu sehr hohen Preisen verkauft. Sieht so aus, dass Erck-Pharma mit diesen beiden Medikamenten die absolute 'Upper-Class' auf dem Globus bedient hat und

auch heute noch bedient. Beide Medikamente gibt es nicht in Apotheken zu kaufen oder zu bestellen. Die Medikamente werden direkt vom Werk an die Besteller ausgeliefert."
Sarah konnte ihren Blick kaum von Tims Laptop losreißen.
"Hier steht, dass rund 2000 Menschen mit den beiden Medikamenten beliefert wurden. Und dabei ab dem ersten Jahr der Marktreife ein Umsatz von rund 500 Millionen Euro pro Jahr gemacht wurde. Und es kommt noch besser. Dieser Umsatz bleibt seit Jahren konstant."
Tim hatte plötzlich eine Eingebung. Er nahm sein Handy und googelte, wieviele Milliardäre auf der Erde leben.
"Hier guck mal."
Er hielt Sarah sein Handy vors Gesicht.
"Es gibt 2755 Milliardäre. Es sieht so aus, als ob Erck-Pharma seit dem Jahr 2000 den Großteil dieser Milliardärs-Klientel mit Libido-Verstärkern und Präparaten zur Stärkung des Immunsystems versorgt. Das heißt nach Adam Riese, dass jeder dieser 2000 Milliardäre pro Jahr 250000 € für diese Medikamente ausgibt."
Sarah murmelte leise vor sich hin.
"Und kurz vor dem Mord war wahrscheinlich ein Erck-Projektleiter bei Henry Kurz aufgetaucht. Ich glaube, wir sollten unbedingt diese Sachverhalte mit der Kripo Offenbach besprechen."

*

Kriminalpolizei Offenbach

Aufgrund der Besprechungen mit seinem Chef und der Staatsanwaltschaft hatte Eric die Leiterin des Psychologischen Dienstes der Kriminalpolizei Offenbach sowie den BKA-Teamleiter der Dienststelle "Super-Recognizer" zu einer Lagebesprechung der Ermittlungsarbeiten im Mordfall Kurz eingeladen. Einmal um sich abzusichern, denn noch nie war aufgrund der Aussage eines wahrscheinlich wiedergeborenen Mordopfers weiter gefahndet worden. Zweitens hatte er es auch noch nie mit der Einheit der Super-Recognizer zu tun gehabt.
Beide kannten die aktuelle Aktenlage, so dass Eric direkt einsteigen konnte.
"Wir müssen den Fall und die Ermittlungen von verschiedenen Blickwinkeln aus betrachten. Zurzeit stützen wir uns fast hundertprozentig auf Hinweise der Zeugin Sarah Winter, die zum Zeitpunkt des Mordes noch gar nicht geboren war."
Sein Blick fixierte die Polizeipsychologin, denn er wollte unbedingt in ihrem Gesicht eine Reaktion erkennen, wenn er jetzt fortfuhr.
"Nach meinen Erlebnissen der letzten Tage muss ich sogar trivialerweise feststellen, dass sie ja noch gar nicht geboren sein konnte, denn sie war ja noch die Person Zivar Kurz im Vorleben."
Eric hätte nun zu gerne gewusst, was gerade jetzt, nach seinem letzten Satz hinter der Stirn der Polizeipsychologin vorging. Er grübelte, ob sie ihn für irre hielt. Sie schaute jedoch scheinbar emotionslos, unbeeindruckt Eric lange an und gab ihm professionell eine Einschätzung.

"Ich habe mit Professorin Chrissi Roth gesprochen und mich über Sarah Winter erkundigt. Vom wissenschaftlichen Standpunkt aus sind ihre Aussagen verifiziert. Sarah ist nach Aussagen Roths kein Mensch mit multipler Persönlichkeitsstörung. Sie ist zuverlässig, sehr realitätsbewusst, liebt es, im Hier und Jetzt zu leben, trinkt wenig Alkohol und das Wichtigste ist, dass alle ihre Aussagen spontan unter Hypnose gemacht wurden, weit weg von einer aufgezwungenen Suggestion durch die Befragende. Und sie steht der Esoterik sehr, sehr kritisch gegenüber."

Eric nickte.
"Ja, da haben Sie vollkommen recht. Professorin Roth suggeriert keine Antworten. Ich habe ihre Fragetechnik während der zweiten Rückführung Sarahs kennengelernt. Sind Ihnen ähnlich gelagerte Fälle bekannt und würden Sie Sarah auch vertrauen?"

Die Psychologin nickte.
"In Amerika hat man öfters schon bei Mordfällen mit Medien zusammengearbeitet mit unterschiedlichen Ergebnissen. Man könnte sagen, dass sie statistisch gesehen nicht signifikant sind. Ich empfehle aber, die Aussagen von Sarah Winter und die Erkenntnisse aus dem jetzt gefundenen Tagebuch von Henry Kurz zusammenzuführen. Beide könnten der Schlüssel zum Erfolg sein. Und noch eines, ich halte Ihre Vorgehensweise für unüblich, aber keineswegs für verrückt."

Eric blickte zur Kollegin. Ihre Meinung machte ihm Mut. Er wandte sich nach dieser Zustimmung an den BKA-Kollegen.
"Konnten ihre Super-Recognizer mit dem Phantombild etwas anfangen?"

Der BKA-Teamleiter blätterte in seinen Unterlagen und zog ein Dokument hervor. Es war eine Radarbildaufnahme einer Blitzlichtanlage aus Rödermark, die am Mordabend 1999 aufgenommen worden war.

"Dieses Foto hat einer der Kollegen zielgerichtet aus den Unterlagen hervorgeholt, als er das Phantombild sah. Er erinnerte sich an seine Ausbildung, in der seine Begabung zur Merkfähigkeit trainiert worden war und er sich tausende Fotos ansehen musste."

Eric war verblüfft und studierte das Radarbild.

"Einer Ihrer Kollegen hat sich also nach 23 Jahren sofort an dieses Radarbild erinnert? Sagenhaft! Das sind ja richtige Wunderkinder."

Der BKA-Kommissar zeigte, dass er stolz auf seine Kollegen war, denn nur zwei Prozent der Bewerber bestehen das Auswahlverfahren. Die Super-Recognizer erzielten bisher immer bessere Ergebnisse, als die in der Entwicklung befindlichen KI-Systeme.

"Okay, unser Phantom war also in Rödermark. Das ist jetzt unabhängig von Sarahs Aussagen bestätigt. Ob unser Phantom auch identisch ist mit dem Erck-Projektleiter, ist damit noch nicht gesichert. Sarah vermutet das zwar, aber es fehlt der Beweis."

*

Eric betrachtete sich die Radaraufnahme noch lange nachdem die Kollegen gegangen waren. Er ließ noch einmal die

grausamen Bilder des Tages nach dem Doppelmord an seinem geistigen Auge vorbeiziehen. Er haderte mit sich.
"Wenn wir doch nur schon früher einen Hinweis bekommen hätten. Mit diesem Phantombild wären wir damals bestimmt weitergekommen. Wir hatten ja alle Nachbarn der Opfer befragt. Eine Nachbarin wohnte sogar nur 50 Meter Luftlinie von Henrys Büro entfernt, mit direktem Blick zum Fenster, hinter dem die Morde geschahen. Sie war zu Hause, konnte sich aber an keine außergewöhnlichen Geräusche erinnern. Ein Passant, der sich später bei uns meldete, glaubte einen damals flüchtigen Verbrecher im Wohngebiet Breidert in der Mordnacht gesehen zu haben. Aber auch dieser Hinweis war schließlich eine kalte Spur, als man den Flüchtigen dingfest machen konnte und verhörte."
Er wählte die Telefonnummer von Erck-Pharma in Frankfurt-Höchst und wurde direkt mit einer Empfangssekretärin verbunden. Eric erklärte der Dame, wer er sei und dass er dringend mit dem Geschäftsführer der deutschen Niederlassung wegen eines Mordfalls, der schon 23 Jahre zurückliege, reden müsse. Er bekam sofort einen Besprechungstermin für den nächsten Morgen reserviert.

*

Eric saß dem Geschäftsführer von Erck-Pharma Deutschland, Dr. Ing. Achim Seluschko, gegenüber. Er versuchte ihn mit schnellem Blick einzuschätzen. Seluschko war Mitte Fünfzig, groß, schlank und hatte schon schlohweiße Haare.

Er legte tadellose Umgangsformen an den Tag und ging entspannt in das Gespräch mit Eric. Seine Sekretärin brachte Kaffee und Mineralwasser.

"Sie besuchen uns wegen eines Mordfalls in Rödermark, der schon 23 Jahre zurückliegt und noch immer nicht aufgeklärt werden konnte? So hat mir das unsere Empfangssekretärin zusammengefasst. Im ersten Moment zog sich bei mir der Magen zusammen. Denn Erck-Pharma im Zusammenhang mit einem Mord? Wenn auch nur das Geringste dieses Gerüchts an in die Presse gelangt, schlägt sich das sofort auf den Wert der Erck-Aktie nieder. Deshalb meine Bitte um absolute Verschwiegenheit."

Eric nickte.

"Natürlich, soweit das möglich ist. Aber da sind wir auch schon beim eigentlichen Grund meines Besuches."

Eric sortierte in seiner Aktenmappe einige Papiere und zog das Phantombild des Mannes hervor, der nach Sarahs Aussagen der Mörder war.

"So sah der Mörder vor 23 Jahren aus. Ich muss klären, ob ein Projektleiter von Erck-Pharma, der das spätere Opfer nachmittags besuchte, und das Phantombild identisch sind. Könnten Sie von der Personalabteilung prüfen lassen, ob das Phantombild einem Mitarbeiter zugeordnet werden könnte? Ich weiß, das ist aufgrund des langen vergangenen Zeitraums schwierig, aber einen Versuch ist es wert."

Die Finger des Erck-Managers flogen schnell über die Tastatur seines Telefons. Seine Sekretärin im Vorzimmer meldete sich prompt.

"Bitte holen Sie hier ein Phantombild ab, senden Sie es in die Konzernzentrale nach Boston zum Werkschutz und zur dortigen Personalabteilung mit der Bitte um Aushang, aber sie sollen um Himmels Willen nichts von einem Mord erwähnen,

sondern nur einen Bildvergleich der Mitarbeiter mit dem Phantombild machen. Bei einem Treffer soll das zunächst nur mir mitgeteilt werden. Hier in Frankfurt-Höchst werde ich selbst mit der Personalabteilung die Suche und Bildvergleiche auf den Weg bringen."
Eric war von der Kooperationsbereitschaft beeindruckt.
"Das funktioniert ja alles perfekt. Sie haben hier ein gut eingespieltes Team."
Dr. Seluschko lächelte. Er freute sich über Erics Lob.
"Ja, das stimmt. Ohne ein funktionierendes Team kann ein Manager gar nichts bewirken."
Eric nahm einen Schluck Kaffee. Er spürte den Willen Seluschkos, zur Klärung des Falles beitragen zu wollen.
"Vielen Danke für Ihre beherzte Mithilfe. Wie lange wird es dauern, bis das Ergebnis der Recherchen vorliegt?"
"Ich schätze mal, so zwei bis drei Tage", antwortete Dr. Seluschko ohne zu zögern.
"Okay, dann rufe ich Sie Ende der Woche an."
"Tun Sie das, ich bin auch gespannt", meinte der Geschäftsführer nachdenklich.
Eric verabschiedete sich und hörte, als er durchs Vorzimmer hinausging, wie die Sekretärin ihrem Chef eine Telefonverbindung aus USA durchstellte.
"Entweder ist es Zufall, oder man wird in USA schon nervös", dachte er sich.
Es war kein Zufall. Am anderen Ende der Leitung war ein aufgebrachter Werkschutzleiter, der wahrscheinlich arrogant oder zynisch den Geschäftsführer von Erck-Pharma Deutschland reizte, denn Eric hörte, wie Seluschko erbost ins Telefon schrie.
"Nein, wir haben keine Langeweile."

Nach dem heftigen Wortwechsel scannte der Werkschutzleiter in Boston das Phantombild ins Erck-Pharma Intranet ein und bat die Belegschaft um Hilfe, die abgebildete Person zu finden.
Irgendwo in der riesigen Konzernzentrale wurde ein Manager nervös.
"Den werdet ihr nicht finden können!"

*

Rödermark – Ehemaliges Pfarrhaus

Sarah, Tim und Eric trafen sich nachmittags im alten Pfarrhaus. Eric wurde von Tim über seine Nachforschungen auf dem Aktienmarkt informiert, und Eric berichtete von seiner Besprechung mit der Polizeipsychologin und dem BKA-Abteilungsleiter. Als nächstes wollte sich Eric mit beiden die Eintragungen zur letzten Reise Henrys in seinem Tagebuch genauer ansehen. Er hoffte, dass sich Sarah an weitere Details des Mordabends erinnern könnte, wenn sie über das Tagebuch tiefer in die Vergangenheit vorstießen.

Das gesamte Tagebuch lag in der verstaubten Urschrift seitenweise nur mit Stichpunkten oder sehr kurzen Sätzen vor. Es wurde von den KTU-Experten so überarbeitet, dass man es nun gut und flüssig lesen konnte, ohne den Inhalt zu verfälschen. Da es mittlerweile von der KTU eingescannt worden war, konnten die Seiten über einen Beamer an die Wand von Sarahs Arbeitszimmer projiziert werden. Es sollte ein langer

Nachmittag und Abend werden, denn die überarbeitete Reinschrift war nun wirklich ein kleines Kompendium mit vielen Seiten.

Henrys Tagebuch

Von der KTU überarbeitete Reinschrift:

Samstag, 20. Februar 1999, 1. Tag der Reise ins Bucegi-Gebirge

Vorabbemerkung:
Normalerweise treffe ich mich mit meinen Kunden einige Wochen vor Reisebeginn zum Kennenlernen, denn ich gehe nie mit mir gänzlich unbekannten Personen auf Expedition. Da aber die Teilnehmer aus USA, Italien und Norddeutschland stammten, war diesmal aufgrund der großen Entfernungen ein persönliches Treffen vor Reiseantritt nicht möglich gewesen. Anhand der Geldtransfers, der Passkopien und den begleitenden Mails dazu erhielt ich trotzdem erste Informationen über die Reisegruppe.

John stammte aus USA-Virginia, er war 35 Jahre alt, durchtrainiert, circa 1,80 m groß, dunkle Haare, war Reserveoffizier und bezeichnete sich als Abenteurer.

Marcello, ein Priester aus dem Vatikanstaat, war auch Mitte Dreißig, dunkelhaarig, schlank. Er stellte sich als Abenteurer Gottes vor. Mir kam das etwas abgehoben vor, aber ich bin bezahlter Reiseführer und kein Soziologe oder gar Psychologe.

Frank war dem Aussehen nach etwas älter als die beiden anderen und stellte sich bodenständig als Projektleiter des Erck-Pharma Unternehmens vor. Er wollte einen Kurzurlaub einschieben.

Alle Drei wollten eine erst vor kurzem entdeckte Höhle besuchen, die Einheimischen nennen sie "Teufelshöhle". Warum meine Klienten ausgerechnet diese Höhle besuchen wollen, teilten sie mir bis Reisebeginn nicht mit. Ich hatte aber auch keinen Grund, dies weiter zu hinterfragen. Den Standort und die Gegend der Höhle waren mir zwar bekannt, aber ich war noch nie im Innern der Höhle, was ich der Gruppe auch mitteilte.

Ich fragte per Mail, warum sie unbedingt jetzt, mitten im Winter, das Bucegi-Gebirge und das Höhlensystem "Teufelshöhle" in der Nähe von Braşov besuchen wollten. Ich erhielt von allen eine ähnliche Antwort, dass sie einer gewissen Abenteuerlust folgten, aber auch Informationen für Sponsoren der Reise gesammelt werden sollten. Wer die Sponsoren gewesen sind, habe ich nicht erfahren. Vielleicht werde ich es auch nie erfahren. Warum sie im Winter zum Höhlensystem aufbrechen wollten, beantworteten sie mir auch alle ähnlich, dass sie ungestört sein wollten. Nun ja, bezahlt worden bin ich schon, also bringe ich sie zum Höhlensystem.

Beginn der Reise ins rumänische Bucegi-Gebirge:

Der Tag verlief hektisch. Zunächst war es spannend, ob es alle pünktlich zum Abfluggate nach Bukarest ab Flughafen Frankfurt/M. schaffen würden.
Der gemeinsame Flug nach Bukarest verlief dann ereignislos.

Bei der Passkontrolle nervte die ewig lange Schlange vor dem Schalter. Danach das Warten auf das Gepäck. Während die Rucksäcke sehr schnell auf dem Gepäckband auftauchten, wurde das Sperrgepäck vom Zoll genau inspiziert. Eine Waffe des Amerikaners und ein lasergestütztes Vermessungsgerät des Italieners sorgten für Aufsehen. Nachdem der Amerikaner seinen Waffenschein vorgezeigt und der zuständige Zollbeamte mit einem Vorgesetzten telefoniert hatte, wurde dieses Sperrgepäck übergeben. Das Vermessungsgerät des Italieners wurde wegen des Lasergeräts zunächst aufgehalten, da man auch dieses für eine Waffe hielt.
Nach einigen Wortwechseln und Rückfragen der Zollbeamten wurde aber das Gerät schließlich übergeben.
Nach einem schnellen Cappuccino im Flughafengebäude ging es in einem Taxi-Kleinbus in die Altstadt von Bukarest. Dort checkten wir im Hilton Hotel ein und verabredeten uns für den Abend in der Hotelbar, um uns näher kennenzulernen.

Hotelbar, Hilton Bukarest:

Die Atmosphäre in der Bar wirkte auf mich fast schon kühl, wie in einem Eiscafé. Einige Gäste saßen direkt an der langen Theke, einige in verschwiegenen Ecken des Raums. Ich reservierte meiner Reisegruppe und mir auch so eine ruhige Ecke.
Der erste, der auftauchte, war John, dann etwas später Marcello. Der Letzte war schließlich Frank aus Hamburg. Wir bestellten alle Bier und dann entspannten wir uns indem wir von früheren Reisen und großen Wandertouren erzählten. Dabei entwickelte ich ein Gefühl, dass sich alle Drei schon gekannt oder zumindest etwas über die Beweggründe für diese Reise gewusst hatten.

Wir tranken noch einige Biere und gegen Mitternacht gingen wir schlafen, denn für zehn Uhr am nächsten Morgen hatte ich die Weiterfahrt ins 200 Kilometer entfernte Braşov mit einem Kleinbus samt Fahrer organisiert.

*

Sonntag, 21. Februar 1999, 2. Tag der Reise ins Bucegi-Gebirge

Das Bucegi-Gebirge liegt südlich der Stadt Braşov am östlichen Rand der Südkarpaten. Es erstreckt sich hufeisenförmig sechs Kilometer südöstlich von Bran. Ausgangspunkt für viele Wandertouren in das Bucegi-Gebirge hinein ist die Ortschaft Busteni, circa 30 km südlich von Braşov. Als Basishotel hatte ich schon vor Reisebeginn für die nächsten Tage das Hotel Drachenhaus in der Altstadt von Braşov gebucht. Wir kamen schon am frühen Nachmittag dort an und so hatte jeder den Rest des Tages zur freien Verfügung. Ich besuchte ein Café am Rathausplatz und danach die Schwarze Kirche, die mich immer wieder fasziniert, wenn ich in Braşov bin. Als ich in der Kirche im Mittelschiff saß und über den Altar meditierte, setzte sich ein etwa vierzigjähriger Mann von kräftiger Statur direkt hinter mich. Als er sich sogar kniete und sein Kopf meinen Ohren ganz nahekam, wollte ich schon aufstehen, weil es mir unangenehm war, seinen nach Knoblauch riechenden Atem in meinem Nacken zu spüren. Er begann zu flüstern, ich solle mich nicht umdrehen. Niemand solle bemerken, dass wir uns unterhalten. Dann kam er ganz schnell auf den Punkt. Er wisse, dass ich mit einer kleinen Gruppe das neu entdeckte

Höhlensystem erkunden wolle. Ich war erstaunt, tat so, als ob ich in meinem Reiseführer etwas nachschaute und verdeckte so meine Mundbewegungen. Ich fragte ihn, woher er seine Informationen beziehe. Er flüsterte mir zu, dass der rumänische Geheimdienst gut vernetzt sei. Ich versuchte ihn zu provozieren, warum der Geheimdienst dann die Höhle nicht zuerst entdeckt hätte. Er ging darauf aber nicht ein, sondern erzählte mir in schneller Abfolge, dass schon einige Reisegruppen versucht hätten in das Höhlensystem einzudringen, es aber alle bisher nicht schafften. Manche seien gar verschollen und wiederum andere hätten aufgrund plötzlich auftauchender psychischer Probleme davon abgesehen, die Höhle zu betreten. Ja sogar von tragischen Todesfällen in den Höhlengängen habe man ihm berichtet. Ich hatte als Reiseführer die Gegend um die Höhle im Bucegi-Gebirge gut gekannt und hatte auch schon ähnliche Gerüchte gehört, aber diese nie ernst genommen. Schließlich waren wir in Rumänien und in den abgelegenen Tälern erzählte man sich viele Horrorgeschichten. Ich fragte ihn, warum er mir das alles erzähle, ob er mir Angst machen wolle. Auch diese Frage ignorierte er. So war unsere Unterhaltung kein Dialog, sondern mehr ein Monolog, mit folgendem Inhalt:

Es seien Gerüchte im Umlauf, dass in einer halbkugelförmigen Höhlenkathedrale die Geschichte der Menschheit beschrieben sei, jedoch nicht konform mit der modernen Geschichtswissenschaft. Außerdem würden CIA, der Vatikan und seltsamerweise auch Vertreter von Pharma-Konzernen versuchen, in die Höhle zu gelangen. Der rumänische Geheimdienst vermute deshalb, dass in der Höhle auch medizinische Informationen verborgen seien. Und last not least habe der Vatikan ein waches Auge auf die Entdeckungen der Höhle, da er Auswirkungen auf den christlichen Glauben befürchte.

Gegen Ende der Unterhaltung machte er mir ein finanzielles Angebot von 100 000 DM, wenn es mir gelänge, in die Höhle vorzustoßen und ihm detaillierte Informationen übergeben zu können. Er habe meine Reisegruppe unter Beobachtung und melde sich wieder. Gerade als ich mich zu ihm umdrehen wollte, stand er abrupt auf und verschwand aus der Kirche. Ich konnte ihn leider nicht erkennen. Mein Gefühl vom Vortag, dass sich alle Drei aus meiner Reisegruppe kannten erhärtete sich, und ich beschloss, vorsichtig zu sein. Ich saß noch einige Minuten in der Kirchenbank und dachte nach. Dabei ordnete ich John dem CIA zu, Frank gab ja zu, dass er in der Pharmaindustrie arbeite und Marcello machte auch kein Geheimnis aus seiner Herkunft. Meine Reisegruppe fügte sich wie ein Mosaikstein in die Erzählungen des geheimnisvollen Informanten.

Stark irritiert wollte ich die Kirche verlassen. Als ich durch das Mittelschiff zum Ausgang ging, machte sich ein älterer Herr bemerkbar. Er winkte mir zu und bedeutete mir, ich solle ihm unauffällig nach draußen folgen. Ich folgte ihm in einem gewissen Abstand zu einem Restaurant am Rathausplatz. Er ging zielstrebig in einen offensichtlich für ihn reservierten Nebenraum. Nachdem auch ich in diesen Raum eingetreten war, schaute er wohl nach eventuellen Verfolgern. Erst als er sicher war, dass man uns nicht beobachtete, stellte er sich vor.

Ich versuche nun in diesem Tagebuch das Gespräch so genau wie möglich wiederzugeben, denn es sollte mir endgültig die Augen öffnen:

Bogdan gehört der Bruderschaft "Custodes Veritatis", "Die Wächter der Wahrheit" an. Der Ursprung der Bruderschaft lässt sich bis in die Zeit der Kreuzzüge verfolgen, über die verschiedenen Ritterorden, Malteser Orden und schließlich Deutscher Orden. Sieben Kreuzzüge wurden geführt, doch letztendlich verließen die letzten Kreuzritter 1291 das Heilige Land und die im 11. Jahrhundert gegründeten Kreuzfahrerstaaten in der Levante waren endgültig besiegt.

Seit 1199 engagierten sich Ritter des Deutschen Ordens im Heiligen Römischen Reich, im Heiligen Land, im mediterranen Raum und schließlich auch in Siebenbürgen bei der deutschen Ostkolonisation, die sogar schon im 12. Jahrhundert begann.

Die "Wächter der Wahrheit" hüteten damals die Reinheit des christlichen Glaubens in Siebenbürgen. Alles, was nicht bibelkonform war, wurde ausgelöscht, verbrannt oder verborgen. Schon in den ersten Jahren der Ostkolonisation entdeckten sie in den Südkarpaten Höhlensysteme mit Schrifttafeln in Akkadischer Schrift und Keilschrift, verschiedene Gefäße, Kristallkugeln und vieles mehr. Die damaligen Wächter berichteten von magischen Bildern, die urplötzlich an den Höhlenwänden erschienen seien und von Todesfällen, wenn Wächter den Teufel aufgrund der erscheinenden Bilder austreiben wollten. Diese Todesfälle waren schließlich auch der Grund, weshalb die Wächter alle Höhlen in ihrem Einflussgebiet mit Felsen, Geröll und Sand versiegelten. Nur wenige Wächter wurden über die Jahrhunderte eingeweiht. Erst jetzt, Ende des Zwanzigsten Jahrhunderts wurden die meisten Höhlen wiederentdeckt durch amerikanische Satelliten, welche die ehemaligen Warschauer Pakt-Staaten vom Weltall aus vermaßen und dabei auch den tieferen Untergrund scannten.

Es ist den Wächtern nicht genau bekannt, wie die Gegenstände in die Höhlen kamen oder wie die seit Jahrhunderten überlieferten optischen Mechanismen der erscheinenden Bilder funktionieren.

Ich fragte meinen geheimnisvollen Gesprächspartner, ob in den jahrhundertealten Überlieferungen auch etwas über die vom rumänischen Geheimdienst erwähnten Heilmittel erzählt werde.
Bogdan nickte und wollte gar nicht mehr aufhören, mir alles mitzuteilen. Seine Informationen waren so gewaltig, dass ich hier gar nicht alles zusammenfassen kann:

Schon die ersten Ritter des Deutschen Ordens, die sich in Siebenbürgen niederließen, erzählten von der hohen medizinischen Kunst der Muslime aus dem Heiligen Land. Diese wiederum hätten einen großen Teil aus uralten Überlieferungen aus Mesopotamien, aus dem Reich der Sumerer und später Akkadien erhalten. Das akkadische Reich zerfiel um 2100 v. Chr. aufgrund von klimatischen Veränderungen und Eindringlingen aus Nordmesopotamien. Der Exodus der Bevölkerung begann und damit wurde auch das Wissen um fortgeschrittene Medizin in die umliegenden Länder exportiert. Es wird vermutet, dass über die folgenden viertausend Jahre Teile des Wissens und vielleicht sogar materielle Relikte durch Babylonier, Ägypter, Römer, Griechen, Hunnen, Osmanen bis nach Rumänien gelangten und jeweils vor immer wieder neuen Eroberern in Höhlen in Sicherheit gebracht wurden. Es gibt auch Gerüchte, dass nach dem siebten Kreuzzug über Ritter des Deutschen Ordens einatomiges Gold in Pulverform nach Rumänien gelangte. Dieses Gold sei nach uralten alchemistischen Regeln hergestellt worden. Wenn das Pulver eingenommen wird, würde sich der Alterungsprozess verlangsamen. Der Mensch könne, wie schon in der Bibel berichtet, mehrere hundert Jahre alt werden. Nicht nur der Alterungsprozess werde beeinflusst. Wahre Wunderdinge, wie klares Denken, erweiterte Intuition,

emotionale Heilung, Manifestation der Gedanken und die Vergrößerung der sexuellen Kraft spricht man dem weißen Pulver zu.

Fortgeschrittenes medizinisches Wissen sei in den Höhlen gelagert. Auch die Geschichte der Menschheit seit dem Untergang von Atlantis sei auf Tafeln, in den Kristallen und den erscheinenden Bildern gespeichert.

Gegen Ende seiner Ausführungen machte er mich vehement darauf aufmerksam, dass die "Wächter der Wahrheit" nur rechtschaffene Menschen in die Höhlensysteme lassen. Er erwähnte ausdrücklich, dass deshalb bisher noch kein rumänischer Geheimagent die Höhlen betreten konnte. Meine Frage, wie die Rechtschaffenheit geprüft werde, ließ er mehr oder weniger unbeantwortet. Er meinte, die Höhlen würden alles erkennen und warnte, ähnlich wie der erste Informant des Geheimdienstes, dass unwürdige Besucher auf der Stelle tot umfallen könnten.

Bogdan unterbrach seinen Redefluss, weil ich kurz die Toilette aufsuchen wollte. Als ich zurückkam, lag ein Zettel auf meinem Platz: "Wir beobachten euch."

Ich machte mich dann auf den Weg zum Hotel, beschloss aber meine Reisebegleiter nur insofern einzuweihen, dass ich einen Geheimdienstmitarbeiter und den Vertreter einer Bruderschaft getroffen hätte. Die Details behielt ich für mich.

Montag, 22. Februar 1999, 3. Tag der Reise ins Bucegi-Gebirge

Pünktlich um 10 Uhr verließen wir Braşov im gemieteten Kleinbus in Richtung Busteni. Unser einheimischer Fahrer kannte sich gut aus. Nach einer dreiviertel Stunde verließen wir

die Hauptstraße und bogen ins Gebirge ab. Zehn Minuten später parkte er den Kleinbus auf einem Parkplatz. Es war ein zentraler Treffpunkt für Wanderer, die in verschiedenste Himmelsrichtungen aufbrechen wollten und sich hier dazu sammelten. Unser Fahrer fragte nach unserem Ziel, denn er beäugte die Ausrüstung meiner Begleiter kritisch. Ich erklärte ihm, dass wir zur kürzlich entdeckten "Teufelshöhle" aufbrechen, aber heute nur den Weg dorthin erkunden wollten und noch keinen Abstieg, geschweige denn ein Biwak in der Höhle riskieren würden. Obwohl sich der Fahrer bemühte, keine Emotion zu zeigen, bemerkte ich, dass er erschrak. Ich erklärte ihm, dass wir gegen 16 Uhr wieder am Parkplatz seien und er uns dann wieder nach Brașov bringen solle. Er nickte nur, bekreuzigte sich, und verschwand.
Die Höhle lag ungefähr acht Kilometer vom Parkplatz entfernt. Wir mussten keinen großen Höhenunterschied überwinden. Auf dem Weg dorthin passierten seltsame Dinge, die ich versuche, so genau wie möglich wiederzugeben:

Wir mussten noch ungefähr zwei Kilometer auf einem Hauptwanderweg nach Osten zurücklegen. Die Koordinaten der Höhle waren mir bekannt, auch kannte ich die Gegend von früheren Touren ganz gut, so dass ich mir ziemlich sicher war, auf dem richtigen Pfad zu sein, als wir abbogen. Nach wiederum zwei Kilometern begegneten wir einem Mann. Er grüßte und meinte nur, wir sollten aufpassen, in einiger Entfernung würde es seltsam in der Luft knistern. Wir ließen uns nicht beirren und gingen weiter. Als ich mich noch einmal umdrehte, war er verschwunden, wie in Luft aufgelöst, obwohl der Pfad auf dem wir gingen, keine Kurve machte. Ein paar Minuten später knisterte die Luft tatsächlich. Mein GPS fiel aus. Für solche Fälle hatte ich aber immer noch einen Kompass im Gepäck, doch auch die Kompass-Nadel spielte verrückt, sie rotierte und kam einfach nicht zur Ruhe. Es war, als ob wir permanent unter Hochspannungsleitungen durchliefen. Meine Begleiter reagierten unterschiedlich. Frank sprach schnell die Situation in sein Diktiergerät, Johns rechte Hand lag auf seinem US-Marines-Kampfmesser, das er am Gürtel trug. Marcello flüsterte mir zu, dass schon ähnliche Knistergeräusche in den verschiedensten Wallfahrtsorten der Welt wahrgenommen worden seien, zum Beispiel in Lourdes, Frankreich, oder Banneux, Belgien. John reagierte abfällig auf Marcellos Worte und meinte, dass jetzt nur noch die Mutter Gottes fehle oder gar Aliens. Irgendwie lag eine gespenstische Grundstimmung über uns und eine undefinierbare Angst kroch langsam in uns hoch. Wir marschierten weiter entlang des eingeschlagenen Pfades. Es blieb uns ja auch nichts anderes übrig. Je näher wir unserem Ziel, der "Teufelshöhle", kamen, desto schwerer wurden unsere Schritte. Ich hatte sogar das Gefühl, dass unsere Füße wie von einem Magneten angezogen wurden. Es war sehr anstrengend, doch irgendwie tauchte vor meinen Augen die Vision der Höhle auf und mobilisierte meine letzten Kräfte. Meinen Begleitern erging es ähnlich, jeder war am Ende seiner Kräfte. Kurz vor dem Ziel legten wir erschöpft eine Rast ein und wunderten uns über unseren beklagenswerten körperlichen Zustand, denn die Wanderwege waren durchweg als leicht zu bewältigend klassifiziert. Kurz bevor wir weiter laufen wollten kamen uns vier Rettungssanitäter entgegen. Sie trugen eine Person auf einer Trage. Sie bedeuteten uns, dass wir unsere Kräfte gut einteilen sollten, denn der Weg berge unsichtbare Gefahren für das Herz-Kreislauf-System. Der Patient, den sie trugen, hatte in der Nähe der Teufelshöhle einen akuten Herzinfarkt erlitten. Nachdenklich setzten wir unseren Weg bis zum Eingang der Höhle fort.

Da lag es nun, das Ziel, für das wir uns so abmühten und fast den Verstand verloren. Unscheinbar und von kleinen Bäumen und Gestrüpp verdeckt, war es kaum zu erkennen. Frank begann erneut seine Eindrücke in sein Diktiergerät zu sprechen.

Der Höhleneingang war relativ klein, aber fast rund und maß an der breitesten Stelle etwa drei Meter im Durchmesser, wie der Eingang in ein künstliches Tunnelsystem. Wir inspizierten nur die ersten zwanzig Meter des Höhlensystems, das an dieser Stelle ja eigentlich nur ein Vorraum von zwanzig Metern in der Länge, vier Metern in der Höhe und sechs Metern in der Breite war. An der Decke konnte man dunkle Spuren erkennen. Wahrscheinlich Ruß aus Lagerfeuern der Ur-Bewohner. Am Boden fanden wir auch tatsächlich Spuren von Feuerstellen, allerdings ohne Verbrennungsrückstände, woraus ich schloss, dass diese wohl Originalstellen waren. Der Boden war durchweg sandig. Etwa nach den ersten zehn Metern links vom Höhleneingang hatten die urzeitlichen Bewohner in der Ecke zwischen Boden und Wand Knochen aufgeschichtet. Ob es menschliche oder tierische Knochen waren, konnte ich so schnell nicht beurteilen. Bevor ich weiter darüber nachdenken konnte, warum die Knochen nicht schon längst von Tieren aus der Umgebung geholt worden waren, leuchtete Frank die Wände mit seiner Taschenlampe an. Das Licht der Lampe wurde durch die Unebenheiten der Oberfläche gespenstisch reflektiert. An den Wänden konnte ich auf den ersten Blick Jagdszenen mit Hirschen, Bisons und Wildschweinen erkennen. Die Szenen erinnerten mich an jene, die ich mir im Besucherzentrum der steinzeitlichen Höhle von Altamira in Nordspanien vor einigen Jahren angeschaut hatte. Der oder die urzeitlichen Künstler verwendeten wahrscheinlich Holzkohle sowie rötliche und gelbe Farbstoffe. Wie sie die Farbstoffe hergestellt und schließlich aufgetragen haben, war mir schleierhaft. John und Marcello machten Fotos, sie schienen gelangweilt, ja fast schon enttäuscht. Im Hintergrund starrte uns ein Tunnel an. Er schien mehrere hundert Meter lang zu sein und die Schwärze des Tunnels war fast schon wie eine Drohung. Es war der eigentliche Eingang zum Teufelshöhlensystem, das wir aber erst in den nächsten Tagen erkunden wollten.

Wir beschlossen nach kurzer Zeit den Rückweg zum Parkplatz anzutreten, denn wir hatten ja sehr lange für den Hinweg gebraucht und wollten unseren Treffpunkt mit unserem Fahrer rechtzeitig erreichen. Der Rückweg erschien uns allen wider Erwarten viel einfacher. Wir hatten das Gefühl, als ob eine unbekannte Kraft unsere Schritte unterstützte, weg von der Höhle. Oder wollte uns etwa die Höhle abwehren?
Wie vereinbart trafen wir gegen 16 Uhr wieder am Parkplatz ein. Unser Fahrer war erschrocken über unseren erschöpften Zustand. Er gab jedoch keinen Kommentar ab, sondern fuhr uns sprachlos ins Hotel nach Braşov zurück, als ob er sich vor etwas fürchtete.
Bevor wir uns wieder in der Hotelbar treffen wollten, um den Tag Revue passieren zu lassen, verschwanden wir alle nochmal auf unsere Zimmer, um zu duschen. Kaum war ich in meinem Zimmer angekommen, klingelte das Telefon.
Es war Bogdan, der mir erklärte, die Wächter der Wahrheit hätten uns beobachtet und analysiert. Sie glaubten nicht, dass wir in die Höhle vordringen könnten. Bei Dreien seien Körpersprache und die Ausstrahlung als nicht würdig gedeutet worden. Aber sie wollten uns trotzdem nicht aufhalten. Auch diese

Information behielt ich für mich. Sie hätte meine Begleiter sowieso nicht vor weiteren Versuchen, die Höhle zu betreten, abhalten können.
Nur kurze Zeit später traf ich mich schon mit den anderen. Außer dem Tagesrückblick besprachen wir die Vorbereitung für die nächsten beiden Tage. Wir wollten tief in die Höhle eindringen, darin übernachten und das Innere in den zwei Tagen genau inspizieren. Ich war gespannt und glaubte durch die Unterhaltung mit Bogdan und dem rumänischen Geheimdienst einen Wissensvorsprung zu haben. Ich sollte mich täuschen.

*

Frank blieb noch etwas länger, um an der Bar noch einen Absacker zu trinken. Ich leistete ihm Gesellschaft, denn der Tag hatte mich doch sehr aufgewühlt. Ich erfuhr, dass Frank eigentlich kein Projektleiter sei, sondern er sich der Einfachheit halber nur so vorstellte. Seine eigentliche Funktion bei Erck-Pharma sei die eines Medizinagenten. Jede große Pharmafirma schicke diese Mitarbeiter rund um den Globus, immer in die Gegenden, in denen neue Medizinprodukte entweder gerade entstehen, erforscht werden oder in naturheilkundlichen Quellen vermutet werden. Nach drei oder vier Whiskeys meinte er, ich solle ihn aber nicht mit einem Pharmaspion gleichsetzen, die gäbe es nämlich auch noch. Seine Arbeit gleiche mehr der Arbeit eines Archäologen, der alte Rezepte oder alte Medikamente aufspüren solle. Da ich ja glaubte, einen gewissen Wissensvorsprung zu haben, fragte ich ihn in gespielter Naivität, was er denn für pharmazeutische Neuigkeiten oder gar alte medizinische Erkenntnisse in der Teufelshöhle zu finden glaube. Frank blieb zunächst wortkarg. Aber als ich aufstehen und gehen wollte, hielt er mich am Ärmel fest, ich solle noch bleiben, denn jetzt würde es doch erst interessant werden. Für den Moment war ich erschrocken, da ich mich durchschaut fühlte.

Wenn ich diese Zeilen nun in diesem Tagebuch niederschreibe bin ich mir nicht sicher, ob das Folgende seiner Phantasie entsprang oder wirklich der Realität entspricht. Er war der Meinung, dass viele Vorstände der Pharmariesen der Erde über ihre studentischen Burschenschaften und auch Freimaurerlogen verbunden seien. Er war nach Rumänien geschickt worden, weil eine Freimaurerloge Informationen hatte, in der Teufelshöhle gäbe es Hinweise, vielleicht sogar antiquierte Medikamente, die das Leben ähnlich einem Jungbrunnen verlängere. Auch war er informiert worden, dass die Höhle angeblich gut gesichert sei. Wer die Sicherungssysteme eingebaut hatte und ob sie wirklich funktionierten, entzöge sich seiner Kenntnis.

Er sei sogar über seine Reisekollegen vor der Abreise von seiner Konzernzentrale gut unterrichtet worden. John sagte er Verbindungen zur CIA nach und Marcello sei nicht der naive Priester für den er sich ausgäbe. Nach dem fünften Whiskey verabschiedete sich Frank ins Bett. Ich blieb noch etwas länger an der Bar zurück, musste alles erst sortieren und geistig verarbeiten. Für mich ergaben all diese kleinen Mosaiksteine so langsam ein großes Bild. Ich frage mich heute, am Ende des Tages, ob ich da nicht aus Versehen zwischen die Räder der Pharmaindustrie, des CIA und des Vatikans geraten bin.

*

Rödermark – Ehemaliges Pfarrhaus

Sarah, Tim und Eric unterbrachen das Studium des Tagebuchs, um sich eine Pause zu gönnen, in der sie die Informationen ins große Ermittlungsbild einordnen wollten. Eric fasste das bisher Gelesene aus dem Tagebuch zusammen.
"Wir vermuteten ja bereits, dass der Doppelmord irgendwie mit Henrys letzter Reise nach Rumänien zusammenhängt, aber jetzt gibt es Hinweise, dass er wahrscheinlich mehr aus Versehen in ein großes Komplott geriet. Johns Verbindungen zur CIA und die bisher noch unbekannten Absichten des Priesters deuten darauf hin, dass alle eine Mission hatten. Vielleicht stand Henry am Ende der weiteren Entwicklung nur im Wege. Vielleicht wusste er auch nur zu viel und musste sterben?"
Sarah unterbrach Eric.
"Nicht vergessen, der Mörder suchte nach den Reiseandenken aus Rumänien. Welche Rolle spielt der im Tagebuch erwähnte rumänische Geheimdienst und diese Bruderschaft?"
Tim verschwand für kurze Zeit in Sarahs Küche, kochte Kaffee für alle. Noch aus der Küche heraus fragte er Eric, ob er nicht mehr über diesen rumänischen Geheimdienst herausfinden könnte, ob es dort spezialisierte Abteilungen für geheime Bruderschaften, Logen oder auch esoterische Zirkel gäbe.
"Ich habe gute Kontakte zum BKA in Wiesbaden, vielleicht können die mir Informationen in dieser Richtung geben. Du meinst also, dass der Geheimdienst auch in den Doppelmord verwickelt sein könnte?"
Sarah ergänzte Tims Gedankengang.
"Dann sollten wir auch mehr über diese Bruderschaft in Erfahrung bringen. Die sind ja engmaschig über ganz Europa vernetzt. Wenn ich das Tagebuch richtig deute, wollten sie ja

am liebsten alle Geheimnisse verborgen halten. Es bleibt doch letztlich die Frage, wie kam Henry an die Reiseandenken aus Rumänien? Wenn sie aus der Höhle stammen oder er sie sogar geklaut hatte, hat er unter Umständen jemand sehr Mächtigen gereizt!"
Tim stellte ein Tablett mit drei großen Tassen Kaffee auf Sarahs Schreibtisch. Sarah nahm sich eine Tasse, nippte genüsslich daran und meinte, dass sie sich nur an das in den Rückführungen "Erlebte" erinnern könne. Die Zeit zwischen Henrys Rückkehr aus Rumänien und dem Tag des Mordes sei komplett aus ihrem Bewusstsein gestrichen. "Vielleicht ist es das, was Esoteriker mit dem "Schließen der Augen des Himmels" meinen", gab Sarah zu bedenken. "Falls im Tagebuch keine weiteren Andeutungen in dieser Richtung notiert sind, frage ich nochmal in Freiburg nach einem weiteren Rückführungstermin an. Es könnte durchaus sein, dass im Zeitraum bis zum Tag des Doppelmordes weitere Hinweise auf die Tat verborgen sind."
"Den Termin kannst du morgen schon anfragen, denn die KTU hat festgestellt, dass das Tagebuch mit dem Tag von Henrys Rückkehr nach Rödermark endet", informierte Eric Sarah.
Eric schaute auf seine Armbanduhr.
"Wenn ihr wieder aufnahmefähig seid, lesen wir jetzt das Tagebuch bis zum Ende. Morgen versuche ich über das BKA den Einstieg in die Ermittlungen über CIA und Vatikan zu finden. Es kann ja sein, dass beide mittlerweile durch das von Interpol verschickte Phantombild selbst Ermittlungen angestoßen haben."
Eric schaltete den Beamer wieder ein.

Henrys Tagebuch

Dienstag und Mittwoch, 23.-24. Februar 1999, 4.-5. Tag der Reise ins Bucegi-Gebirge

Ich bin mir nicht sicher, ob ich die Eintragungen für den 23. und 24. Februar wirklich erlebt habe, oder ob meine Sinne durch austretende Gase innerhalb und in der Umgebung der Teufelshöhle oder durch elektromagnetische Schwingungen getäuscht wurden und ich viele der "Erlebnisse" folglich eventuell nur im Zustand der Bewusstseinseintrübung oder Bewusstlosigkeit geträumt habe. Trotz dieser Unsicherheit schreibe ich alles nieder, was ich glaube, erlebt zu haben, und zwar von Beginn an:

Wir verließen unser Hotel nach dem Frühstück schon um 8 Uhr. Marcellos Gepäck bestand außer dem Rucksack und der Ausrüstung für zwei Übernachtungen noch aus dem elektronischen auf Laserbasis arbeitenden kleinen handlichen Vermessungsgerät, mit dem er die Ausmaße der Höhle bestimmen wollte. John trug seine Waffe in einem Schulterhalfter, aber immerhin verdeckt, was ihn angenehmer erscheinen ließ. Franks zusätzliche Ausrüstung bestand lediglich aus einer Kamera und seinem Diktiergerät. Jeder hatte Verpflegung für zwei Tage plus einem Reservetag dabei. Das Gepäck war schnell im Kleinbus verstaut. Während der Fahrt zum Ausgangspunkt unserer Expedition herrschte fast durchweg Schweigen. Jeder hing seiner eigentlichen Aufgabe nach, die er bei der Erkundung der Teufelshöhle zu erfüllen gedachte. Frank wusste über alle Bescheid. Ich ging davon aus, dass Marcello und John ähnlich informiert waren. Unser Fahrer fühlte sich offensichtlich nicht ganz wohl. Er saß etwas verkrampft am Steuer und spielte ab und zu mit seiner Linken mit einer Christophorus-Münze, die am Armaturenbrett befestigt war. Auf meine Nachfrage erklärte er, dass der heilige Christophorus der Schutzheilige der Reisenden sei und diese vor Unwetter und Dämonen beschütze. Auf dem Parkplatz angekommen, nahm er mich zur Seite und flüsterte mir zu, dass ich die Münze stellvertretend für alle nehmen solle. Vielleicht war sie es, die mein Unterbewusstsein beruhigte und mir in den nächsten beiden Tagen viele Vorteile gegenüber den anderen verschaffte.

Wir verabredeten uns mit dem Fahrer zur Rückfahrt für Donnerstag um 16 Uhr. Bis dahin wollten wir die Erkundung der Höhle erfolgreich abgeschlossen haben. Er winkte uns zum Abschied traurig zu, so als ob er sich von uns gerade für immer verabschiede. Nach zwei Kilometern verließen wir wieder den Hauptwanderweg und bogen zur Teufelshöhle ab. Aber im Gegensatz zum Vortag, als unsere Schritte erst kurz vor der Höhle bleiern schwer wurden, wurde unsere Konstitution wie durch erhöhte Erdanziehung, sofort beeinträchtigt. Der Schweiß floss in Strömen, obwohl es winterlich kalt war. Seltsamerweise wurden wir auch sehr schnell von Blasen und wundgelaufenen Füssen geplagt, obwohl wir geübte Wanderer waren. Wohl auch eine Folge der psychisch wahrgenommenen erhöhten Schwerkraft. Kurzum, unser Marsch zur Höhle stand schon zu Beginn unter keinem guten Stern.
Wir schleppten uns weiter unserem Ziel entgegen und spürten in der Luft ein Vibrieren, das sich sogar auf unsere Haut übertrug. Durch die Reizung juckte sie und alle Hautpartien, die nicht durch Kleidung bedeckt waren, färbten sich leicht rötlich. Das Vibrieren ging irgendwann in ein Wispern und nochmal

etwas später in eine fremde Sprache über. Ich verstand sie nicht, glaubte aber aus dem Kauderwelsch an uns gerichtete Warnungen zu hören.

Plötzlich nahm ich meine Begleiter nur noch verschwommen wahr.

Ich erschrak. Am Wegrand standen über zwei Meter große humanoide Gestalten. Sie waren spindeldürr, aber ihr Kopf war etwas größer als ein menschlicher Kopf. Sie trugen seltsame Gerätschaften mit sich und es schien, als ob sie Bodenmessungen ausführten. Ich schaute mich nach meinen Begleitern um. Sie waren verschwunden. Eine der Gestalten schaute mich an und kam schließlich auf mich zu. Sie hob ihre rechte Hand in Richtung meines Kopfes. Sofort begann ich vor Angst zu zittern. Als sie ihre Hand auf meinen Kopf legte, spürte ich grenzenlosen Frieden und ihre Worte, die mir telepathisch übermittelt wurden, beruhigten mich. Mich umgab eine himmlische Stille und für einen kleinen Moment durfte ich in die Zukunft schauen. Ich bemerkte, wie die Gestalt anfing zu weinen, erfuhr aber nicht den Grund. Als ich immer weiter in die Zukunft schauen wollte, nahm sie ihre Hand von meinem Kopf. Wollte sie mich vor der Zukunft schützen? Sie rief etwas ihren Begleiterinnen zu und diese bedeuteten mir daraufhin, dass ich weiter gehen dürfe. Genau so plötzlich wie sie erschienen waren, verschwanden sie auch wieder und meine Gefährten waren für mich wieder klar zu erkennen.

Erleichtert atmeten sie tief durch und erklärten mir, dass ich kurzzeitig bewusstlos gewesen sei. So seltsam es nun hier im Tagebuch klingen mag, die Begegnung mit den fremden Gestalten in meiner Traumwelt stimmten mich zuversichtlich, hatten sie doch keinerlei böse Absichten gezeigt, zumindest mir gegenüber.

Wir gingen weiter. Nach zehn Minuten blieb John stehen. Sein Gesicht verfärbte sich weiß. Er fasste sich an die Brust und begann schwer zu atmen. Er rief um Hilfe, bewegte sich so, als wollte er in Panik wegrennen. Aber seine Beine versagten den Dienst und er torkelte Marcello in die Arme. Der setzte ihn auf den Boden und lagerte seinen Oberkörper höher. Gleichzeitig griff er nach Johns Handgelenk und tastete nach seinem Puls. Marcello war Priester und kein Arzt, aber was er bemerkte, konnte er einordnen und es machte ihm Angst. John war zu sehr mit der aufkommenden Panik beschäftigt. Er konnte nicht hören, dass Marcello von mir verlangte, einen Notarzt zu rufen, da er glaubte, dass John kurz vor einem Herzinfarkt stand. Ich hatte ein modernes Handy und ein kleines Funkgerät dabei. Entsetzt stellte ich aber fest, dass beide Geräte nicht funktionierten. Das Handy hatte kein Netz, aber mein Funkgerät hätte funktionieren müssen. Doch ich hörte nur ein Rauschen, sonst nichts. Es blieb mir nur eins übrig, beruhigend auf John einzureden und ihn so vielleicht zu stabilisieren. Wie durch ein Wunder normalisierte sich seine Herzfrequenz. Ich gab ihm etwas Wasser zu trinken, denn ich vermutete, dass sein Zustand auch aufgrund einer gewissen Dehydrierung zustande gekommen war. Kaum hatte sich John wieder beruhigt und erholt, dass wir weitergehen konnten, setzte sich Frank auf einen Felsen am Wegrand. Er fühlte sich auch nicht wohl. Er begann die Höhle zu verfluchen, sie sei an allem schuld. Auch begann er plötzlich zu halluzinieren. Ein Zustand, indem auch ich mich offensichtlich noch kurz vorher befunden hatte. Ich fragte in die Runde, ob wir aufgeben sollten. Daraufhin stand John wortlos auf und bewegte sich alleine Schritt für Schritt in Richtung Höhlensystem. Wir taten es ihm nach und schleppten uns auch weiter. An einer Weggabelung, die wir einen Tag vorher gar nicht bemerkt hatten, schaute ich auf meinen Kompass, um den richtigen Abzweig zu bestimmen, denn das GPS hatte schon lange den Geist aufgegeben. Aber auch der Kompass war wie am Vortag aufgrund der gleichen Phänomene keine Hilfe. So blieb uns nichts weiter übrig, als uns an der Wetterseite der Bäume zu orientieren. Die Wetterseite zeigt in dieser Gegend nach Nordwest. Als wir wieder geordnet, aber langsam vorankamen, tauchten wir in eine Nebelwand ein, die sich plötzlich auf uns herabsenkte. Auch kam ein Wind auf, der den Nebel vor uns spiralförmig, wie zu einem unendlichen Tunnel, formte. Was sollten wir machen? Wir schauten uns um. Nur Nebel. Vor uns der Nebeltunnel. Wir gingen vorwärts in den Nebeltunnel hinein, sprachen miteinander, aber unsere Ohren hörten nur seltsam verzerrte Laute, die wir aber trotzdem verstanden. Die großen Gestalten, die ich noch kurz vorher bemerkt hatte, standen wieder am Wegrand. Sie riefen uns zu, wir könnten noch umkehren. Marcello bekreuzigte sich, als er von einem dieser Wesen gestoppt wurde. Das Wesen legte ihm die Hand auf den Kopf, genau wie mir kurze Zeit vorher. Marcello schien ebenfalls seine nahe Zukunft zu sehen, was ihn sichtlich ängstigte. Er schüttelte nur den Kopf.

John drängte zum Weitergehen, denn er nahm die Wesen nicht wahr. Er deutete auf seine Armbanduhr, die nicht mehr zu funktionieren schien. In diesen dramatischen Minuten bewunderte ich Frank, der alle seine Probleme überwunden zu haben schien. Er filmte alle Szenen und sprach sogar noch Kommentare ins Mikrofon der Kamera. Als wir nach weiteren Minuten den Nebeltunnel verlassen konnten, standen wir am Eingang der Höhle. Beim Eintritt in die Nebelwand war es früher Mittag gewesen und wir hatten noch einige Kilometer bis zur Höhle zu bewältigen gehabt. Gefühlt waren wir nur eine halbe Stunde im

Nebel gewesen und jetzt standen wir schon vor der Höhle, aber es war Abend. Was war in der Zwischenzeit passiert? Wir hatten keine Erinnerung. Uns fehlten einige Stunden Zeit.

Wir konnten uns jetzt wieder normal verständigen, spürten keine erhöhte Schwerkraft und unsere Körperfunktionen wie Atmung und Herzfrequenz gaben auch keinen Anlass mehr zur Sorge. Wir hatten keine Zeit zum Grübeln, denn wir mussten Brennholz aus der Umgebung sammeln, um die kalte rumänische Winternacht ohne Erfrierungen zu überstehen. Wir zogen uns mit dem Brennholz in den Vorraum zur Teufelshöhle zurück, entzündeten das Lagerfeuer und bereiteten aus unserem Proviant ein stark kalorienhaltiges Abendessen. John reichte uns seine Feldflasche gefüllt mit Cognac. Einige Schlucke taten uns gut. Redeten wir noch während des Abendessens durcheinander, um das Erlebte besser verarbeiten zu können, kehrte jetzt Stille ein. Jeder starrte ins Feuer.

Plötzlich hörten wir Schritte vor dem Höhleneingang. John griff instinktiv zu seiner Waffe, Frank machte seine Kamera bereit, aber Marcello saß nur reglos da, so als ob er ein großes Unglück spürte.

*

Ich erkannte Bogdan, der uns mit einigen Mitgliedern der Bruderschaft in großem Abstand gefolgt zu sein schien. Sie baten, sich zu uns ans Lagerfeuer setzen zu dürfen. Bogdan erzählte uns, dass sie bisher jede Gruppe beobachtet hatten, die sich der Teufelshöhle genähert hatten, um im Notfall eingreifen zu können. Ich bemerkte schnell, dass er log, denn ich hatte mich mit ihm ja schon Tage vorher unterhalten und kannte seine Absichten. Sie hätten auch gesehen, wie uns plötzlich Nebel einhüllte und wir über mehrere Stunden mit dem Nebel zur Höhle gelaufen seien. Auch hätten sie gehört, wie seltsame Laute aus dem Nebel drangen, allerdings hätten sie keine großen Gestalten am Wegrand bemerkt. John fragte Bogdan, ob er keine Veränderung der Schwerkraft gespürt hätte oder gar eine Verlangsamung der Zeit. Bogdan schüttelte den Kopf, sah in unsere Runde und sprach eindringlich eine Warnung aus, dass all diese Phänomene nur in unserer Phantasie vorgekommen seien und wir Glück gehabt hätten, nicht den Verstand verloren zu haben. Er warnte uns, die Höhle zu betreten, da wir schlicht zu labil seien. Dabei sah er mir fest in die Augen, als ob er mir etwas anderes sagen wollte. Ich konnte seinem Blick nicht standhalten, drehte meinen Kopf von ihm weg. Ich lud ihn und seine Begleiter aber ein, die Nacht mit uns im Vorraum der Höhle zu verbringen. Sie lehnten mit ernster Miene ab, der Vorraum oder die Höhle selbst seien keine guten Orte für eine Übernachtung. Sie machten sich dann auch sehr schnell auf den Rückweg.

*

Die Vorkommnisse auf dem Weg zur Höhle und die Worte Bogdans waren uns Warnung genug. Wir wollten wachsam bleiben und so teilten wir jeweils zwei Wachen am Lagerfeuer ein, während die anderen versuchten zu schlafen. John und Frank wurden zur ersten Schicht von 20 Uhr bis 23 Uhr eingeteilt, dann Marcello und ich bis 2 Uhr und so sollte es abwechselnd im drei Stunden-Rhythmus bis 8 Uhr morgens zum Frühstück weitergehen. Von 8 Uhr bis 9 Uhr wollten wir frühstücken und uns für den Marsch in die Höhle fertig machen. Die Schlafperioden sollten unseren Körpern und auch dem Kopf physisch-mentale Kraft geben.

*

Gegen 22 Uhr kehrte endgültig Ruhe ums Lagerfeuer ein. Ich verkroch mich in meinen Daunenschlafsack, den ich irgendwann aus Armeebeständen gekauft hatte. Schon kurz nachdem ich mich hingelegt hatte, fielen mir die Augen zu. Jedoch war es nur ein oberflächlicher Schlaf, eigentlich döste ich nur, denn ich verfolgte automatisch Johns und Franks Unterhaltung. Beide waren stark verunsichert über die Reaktionen ihrer Körper auf dem Hinweg. Für John war das Phänomen des Zeitverlustes unheimlich. Er hatte zwar schon viel über Zeitverluste im Bermuda Dreieck gelesen, diese aber immer für Spinnereien gehalten. Frank stöberte in seinen Kameraaufnahmen herum, legte sie aber frustriert zur Seite, da sie ihm nur verschwommene Bilder in einer dicken Nebelsuppe lieferten. Irgendwann schlief ich etwas fester und erschrak mächtig, als ich um Punkt 23 Uhr zur Ablösung geweckt wurde. Schlaftrunken und benommen setzten Marcello und ich uns eingehüllt in die Schlafsäcke ans Lagerfeuer. John und Frank fielen sofort in einen tiefen, aber auch unruhigen Schlaf. Ihre Arme zuckten leicht und es schien, als kämpften sie im Traum gegen unsichtbare Gegner.

*

Marcello und ich unterhielten uns sehr leise, um die anderen nicht zu wecken. Er erzählte mir, warum er Priester geworden war und warum er im Vatikan in der Kongregation für die Glaubenslehre arbeitete.

Irgendwann fiel er einem seiner Professoren an der Päpstlichen Universität Gregoriana durch einen exzellenten Aufsatz über den "Schutz der Katholischen Kirche vor Häresien" auf. Seitdem wurde er immer wieder zu Orten geschickt, um angebliche Muttergotteserscheinungen, Wunder, Höhlen, in denen Apokryphen gefunden worden waren oder gar angebliche Grabstätten Jesu zu erforschen und zu überprüfen. Ich verstand jetzt, warum er sich als Abenteurer Gottes vorgestellt hatte, ja ich schämte mich sogar für meine ursprünglich skeptischen Gedanken über ihn. Ich fragte ihn sogar im Laufe der Nachtwache, was er denn machen würde, falls er einmal etwas entdecken würde, das nicht im Einklang mit der geltenden Kirchenlehre stünde. Er war ehrlich, er wusste nicht, wie er reagieren würde. Auf meine Frage, warum er die Teufelshöhle inspizieren wolle, reagierte er zurückhaltend, dass es gewisse Gerüchte im Vatikan gäbe, denen er nachgehen sollte. Gewisse Gerüchte? Zu gerne hätte ich mehr erfahren, aber ich hielt mich zurück.

Je länger unsere gemeinsame Wache dauerte, umso schweigsamer wurden wir. Ich erinnerte mich an meine Zeit bei der Bundeswehr als 18-jähriger Wehrpflichtiger, als ich auch oft nachts in einem Fliegerhorst der Luftwaffe Wache halten musste und im Wachhäuschen am Schlagbaum der Einfahrt kaum die Augen offenhalten konnte. Damals vertrieb ich mir die Zeit mit dem Lösen einfacher Gleichungssysteme oder erinnerte mich an meine erste große Reise mit dem Interrail Ticket. Jetzt war es eine andere Situation. Ich hatte einige Stunden vorher Dinge erlebt, die ich nicht in mein so rationales Weltbild

einordnen konnte. Die großen Gestalten, die kurzen Blicke in die Zukunft, Schwerkraftphänomene, Zeitverluste, geschweige denn das mir unbekannte Wirken der Bruderschaft und des rumänischen Geheimdienstes. Ich überlegte ernsthaft, ob ich diesen Job als Reiseführer nicht aufgeben sollte, um das nächste Flugzeug nach Frankfurt zu nehmen. Hatten wir nachmittags noch das Phänomen der angeblich fehlenden Zeit zu verstehen, zog sich nun die Wache quälend lange hin. Ich begann mir Gedanken über das Phänomen Zeit zu machen.
Was ist Zeit? Zeit ist in gewisser Weise Bewegung, Veränderung! Auch wenn man sich nicht bewegt, vergeht Zeit, denn der Mikrokosmos in einem ist ja in Bewegung. Kann man die Zeit manipulieren? Fragen über Fragen. Und immer wieder starrten Marcello und ich wie magisch angezogen ins Feuer und nippten dabei ab und zu an unseren gefüllten Kaffeetassen. Kurz vor 2 Uhr weckten wir schließlich John und Frank zur dritten Nachtwache. Wir fielen beide nach der Übergabe in einen erholsamen Tiefschlaf, der aber in meinem Fall durch einen bösen Traum beendet wurde. Oder war es gar kein Traum? War es ein weiterer Blick in die Zukunft?
Ich träumte, dass wir alle zusammen weiter in die Höhle eindrangen, aber bereits am Eingang beschossen wurden. Um uns herum schlugen aber keine Geschosse ein, sondern Lichtblitze, wie in billigen Science-Fiction Filmen. Eine Stimme nannte uns bei unseren Namen und forderte uns auf, den Rückzug anzutreten. John erwiderte den Beschuss mit seiner Pistole, die ihm daraufhin aus der Hand geschossen wurde. Irgendwann wurden wir von einem Gas eingehüllt, das uns schnell in eine gnädige Bewusstlosigkeit schickte. Als ich aufwachte, wurde ich von den riesigen Gestalten versorgt. Meine Gefährten schienen den Gasangriff nicht überlebt zu haben. Sie lagen bleich und mit verzerrten Grimassen mit mir in einer Reihe. Gerade

als man mir eine Injektion setzen wollte, wurde ich wach. Benommen hörte ich, wie mir aus weiter Ferne eine Stimme die letzte Warnung zurief.

*

John und Frank übergaben uns die letzte Wache, mit dem süffisanten Hinweis, es sei nichts passiert, wir aber trotzdem nicht einschlafen sollten. So saßen Marcello und ich wieder am Lagerfeuer. Um meinen Kreislauf in Schwung zu bringen, stand ich auf und ging zu den Malereien am Höhleneingang.

Erst jetzt fielen mir die dürren Wesen mit den überdimensionierten Köpfen auf. Sie ähnelten verblüffend den spindeldürren Gestalten, die ich auf dem Weg zur Höhle kennengelernt hatte. Sie wurden in der Höhlenmalerei so dargestellt, dass sie aus Kugeln ausstiegen, die vom Himmel kamen. Ich hielt inne. Ein kugelförmiges Gerät, das vom Himmel kommt und aus dem Individuen aussteigen, konnte nur ein Raumschiff sein. Mir fiel ein, dass erstmals die Russen kugelförmige Raumschiffe gebaut hatten, aber die anderen raumfahrenden Nationen eher kegelförmige oder flugzeugähnliche Systeme benutzten. Lediglich in Science-Fiction-Romanen wurden große kugelförmige Raumschiffe als ideal für Einsätze im Weltall beschrieben. Science-Fiction in der Steinzeit?
Ein anderes Bild zeigte, wie eine dieser Gestalten mit einer Menschenfrau schlief und wie diese Frau dann ein Kind zur Welt brachte. Von diesem Kind gingen viele Linien ab, als ob das Kind den Urvater der Menschheit darstellen sollte. Ich betrachtete die Linien und glaubte sogar in den Linien ein System

zu erkennen, ähnlich moderner Darstellungen von Stammbäumen. Mit dieser Malerei wurde die Genesis des Alten Testamentes in Frage gestellt.

Da der Höhleneingang mit der Malerei nicht weit vom Lagerfeuer entfernt war, konnte mich Marcello gut beobachten. Als ich zu ihm zurück ging, kam er meinen Fragen zuvor. Er erklärte mir, dass er schon einen Tag vorher die Höhlenmalerei inspiziert hatte. Er tat dies, weil eine der Gestalten es ihm empfohlen hatte, als sie ihm die Hand auf den Kopf legte. Zuerst sei er erschrocken gewesen, als er sich die Malerei anschaute, denn auch ihm war der Widerspruch zum Alten Testament aufgefallen. Nach längerem Nachdenken festigte sich aber sein Weltbild wieder, indem er sich einredete, der steinzeitliche Künstler habe wohl das Wunder der Geburt darstellen wollen und dass die dürren Wesen nur sehr einfache zeichnerische Darstellungen anderer Menschen seien. Ich erwiderte daraufhin nichts. Marcello war ein intelligenter junger Mann, der sicherlich in seinem tiefsten Innern spürte, dass er mit seiner Interpretation der Höhlenmalereien falsch lag. Ich schaute ihm tief in die Augen. Er konnte meinem Blick nur wenige Sekunden standhalten. Ich dachte an die vielen Themen der Prä-Astronautik. Hatten die Autoren der Prä-Astronautik Bücher vielleicht doch Recht? Gab es in der Teufelshöhle weitere Hinweise, wie mir das der mysteriöse Geheimdienstler vor ein paar Tagen in der Schwarzen Kirche zuflüsterte?
Gegen 7 Uhr morgens machte ich mich nützlich, indem ich meinen Gefährten schon den Kaffee kochte und über dem Feuer warmhielt. Kurze Zeit später weckten wir John und Frank.

*

Es war ein sehr spartanisches Frühstück. Kaffee, der schon über eine Stunde über dem Feuer geköchelt hatte und Hartbrot mit etwas Marmelade. Wir hatten allerdings auch keinen ausgeprägten Hunger, denn wir fieberten der Exkursion zur Höhle entgegen. Schnell packten wir unsere Rucksäcke, löschten das Feuer, schalteten unsere Helmlampen ein und bewegten uns langsam und vorsichtig zum eigentlichen Höhleneingang. Wir stießen zunächst in einen röhrenförmigen vier Meter durchmessenden Tunnel mit einer leichten Steigung vor. Die Wand des Tunnels war glatt, als wäre sie von einer modernen Tunnelbohrmaschine bearbeitet worden. Auch der Boden, der ungefähr zwei Meter breit war, war glatt in den Felsen geschnitten. Jedes Geräusch wurde absorbiert. Es war gespenstisch, sich darin fortzubewegen. Und wieder spürten wir, wie unsere Füße immer schwerer wurden. Wir waren nicht sicher, ob dieser Effekt physikalischer oder psychischer Natur war. Ungefähr alle zehn Meter wurde der Tunnel von einem schwach leuchtenden glasähnlichen fünfzig Zentimeter breiten Ring umschlossen. Während wir immer weiter in den Tunnel vordrangen, überlegte ich, ob diese Ringe nicht eine scannende Funktion haben könnten, ähnlich den Personenscannern auf unseren Flughäfen. Kurz vor dem Ende des Tunnels überkam mich Panik bei dem Gedanken, dass vielleicht der letzte Ring eine vernichtende Waffe sein könnte, die ungebetene Gäste fernhielt. Ich verdrängte diesen Gedanken aber schnell. Nach etwa 300 Metern hatten wir es geschafft, wir standen am Ende des Tunnels. Der weitere Weg wurde zwar nicht versperrt, aber ein leichtes Flimmern und wellenförmiges Wabern über dem gesamten Querschnitt des Tunnels, verbunden mit ab und an kleinen, wahrscheinlich elektrostatischen Blitzen, ließen uns anhalten. Da wir wussten, dass es schon zu Unfällen beim Übertreten des Eingangs zum weiteren Höhlensystem gekommen war, losten wir, wer die ersten Schritte machen würde. John sollte uns vorausgehen. Wir schauten gebannt zu, wie er sich langsamen Schrittes auf das flimmernde Ende des Tunnels zubewegte. Dann blieb er stehen. Er musste gegen eine imaginäre Wand ankämpfen. Sein Fuß prallte immer wieder zurück. Ich nahm einen Stein und warf ihn durch den Eingang. Er passierte ungehindert. Mittlerweile begann John, die unsichtbare Wand abzutasten. Er sagte uns noch, dass der Eingang fest versiegelt sei, obwohl man hindurchschauen konnte. Dann versagte ihm die Stimme, er blieb wie versteinert stehen. Wir bemerkten ein leichtes Vibrieren seiner Haut, als ob er einen Stromschlag erleiden würde. John musste wohl schlimme Qualen erdulden, aber er konnte seinen Schmerz nicht durch befreiende Schreie lindern.

Marcello konnte das Szenario nicht weiter mitansehen. Er wollte helfen, tat dies aber unüberlegt. Er fasste John mit bloßen Händen an und wollte ihn zurückziehen. Sofort wurde er in bläuliche Blitze gehüllt. Beide, John und Marcello stürzten rücklings vom Eingang weg. Sie waren jetzt aus der unmittelbaren Gefahrenzone heraus, jedoch in bedenklichen körperlichen Zuständen. Beide litten an Schwindel, Bewusstseinsstörungen, waren benommen, schwach und nicht ansprechbar. Alles Hinweise auf starke Herzrhythmusstörungen. Sie konnten unmöglich weiter an der Exkursion teilnehmen. Ich entschied, sie von einem Rettungsdienst abholen zu lassen. Ein kleines Wunder hatten wir an diesem Morgen dann doch zu verzeichnen, denn mein Funkgerät funktionierte. Die Aussicht, dass der Rettungshubschrauber in einer dreiviertel Stunde landen würde, stimmten Frank und mich optimistisch. Mittlerweile waren Marcello und John wieder zu Bewusstsein gekommen. Beide waren erbost, dass wir sie von der weiteren Exkursion ausschlossen, denn sie hatten ihren körperlichen

Zustand ganz anders erlebt, als wir ihn beurteilten. Ich wies Marcello und John darauf hin, dass nach schweren Stromschlägen noch 24 Stunden später massive Herzrhythmusstörungen auftreten könnten, und sie deshalb mit dem Rettungsteam zurückfliegen müssten.
Wir warteten am Eingang zum Höhlensystem gemeinsam auf den Rettungshubschrauber, der sich auch schon bald mit dem klopfenden Geräusch der Rotorblätter ankündigte.
Frank und ich blieben alleine zurück. Wir hatten zuvor John und Marcello versprochen, bevor sie in den Hubschrauber stiegen, sie nach unserer Rückkehr genauestens zu informieren. Als der Hubschrauber abhob deutete Frank auf seine Kamera und hob den Daumen.

*

Wir machten uns wieder auf den Weg ins Höhleninnere. Ein mulmiges Gefühl begleitete uns, aber unsere Neugier war stärker. Wir erreichten schnell das Ende des Tunnels, wo John und Marcello gescheitert waren. Wir beschlossen, beide gleichzeitig die Barriere zu überschreiten.
Während ich keinerlei Widerstand bemerkte, blieb Frank stehen, Schweißperlen standen ihm im schmerzverzerrten Gesicht. Irgendetwas hinderte ihn am Weitergehen. Es fühle sich an wie Klebstoff. Ich konnte das nicht verstehen, denn ich bemerkte überhaupt nichts. Er wich vom Eingang zurück und sagte zu mir, ich hätte wohl den Jocker gezogen und solle alleine weitergehen. Er gab mir seine Kamera. Seine Hand ging zum Mund und er fragte mich flüsternd, ob ich auch die Stimme

höre. Ich hatte nichts gehört, aber er sei aufgefordert worden, umzukehren und auf meine Rückkehr zu warten.
Trotz all dieser Rückschläge wurde meine Neugier immer größer. Auch glaubte ich mittlerweile, wirklich auserwählt zu sein, alleine ins weitere Höhleninnere vorzudringen.

*

Kaum hatte ich die Barriere überwunden, wechselte die Geometrie der Höhle von einem kreisförmigen Tunnel in einen viereckigen Gang, vier Meter breit und vier Meter hoch. Ich ging langsam und vorsichtig Schritt für Schritt in den Komplex hinein. Auf den ersten hundert Metern waren die Wände des Ganges gewaltig mit Malereien dekoriert. Es war wie eine Zeitreise in längst vergangene Epochen. Kriegerische Abschnitte wurden von friedlichen Bildern unterbrochen, in denen Menschen Felder bestellten. Der Himmel war dargestellt durch Sonne und Mond sowie Punkte, die wohl die Sterne symbolisierten. In einer Darstellung war ein fliegendes Schiff gezeichnet, aus dem symbolische Blitze zur Erde schlugen. Im nächsten Bild wurde ein großes Boot dargestellt, auf dem Tiere vor einer Flut Zuflucht gesucht hatten. So kam es mir vor, als ob die unbekannten Zeichner versucht hatten Teile des christlichen Alten Testaments darzustellen. Allerdings waren die Malereien ja sehr viel älter als das Alte Testament, mit dessen Niederschrift erst 1500 Jahre vor Christus begonnen wurde.
Ich grübelte über den Ursprung der heiligen Bücher der Weltreligionen und ob es da Zusammenhänge gegeben hatte, kam aber zu keinem Ergebnis. Ich schaltete Franks Kamera ein und

dokumentierte diese Malereien. Ich dachte gerade an Marcello, der in den Malereien bestimmt eine Bestätigung des Alten Testaments gesehen hätte, als plötzlich Bogdan hinter einem Felsvorsprung auftauchte. Ich akzeptierte seine Anwesenheit, ohne Fragen zu stellen, und das war gut so. Er grüßte mich und machte keinerlei Anstalten, sein Auftauchen zu erklären. Er begleitete mich und fing an, mich in den Schutzmechanismus der Höhle einzuweihen.

Die auch ihm unbekannten Baumeister hätten den "Energiewall", so nannte er die Hürde, an der meine Begleiter gescheitert waren, zum Schutz gegen Eindringlinge geschaffen, die kein hochentwickeltes, auf das Wohlergehen der Menschheit ausgerichtetes Bewusstsein hätten. Welche Art von Energie die Barriere sei, konnte er nicht erklären. Er vermutete, die Barriere sei mit dem gesamten Inneren des Höhlensystems gekoppelt. Ich fragte Bogdan, wie die "Höhle" die unterschiedlichen Menschen "erkennen" könne. Er wusste dazu keine profunde Antwort, nur so viel, dass jeder Mensch wohl eine gewisse Schwingung aussende, die von den Höhlenwänden als friedlich oder auch aggressiv erkannt werde. Ein aggressiver Mensch würde also durch seine eigene Schwingung die Barriere aktivieren und so am Betreten der Höhle gehindert werden. Ein friedlicher Mensch könne die Barriere oder den Energiewall durchschreiten, ohne dass er irgendetwas bemerke, da er mit der Frequenz der Höhle im Einklang stünde und kein Schutzmechanismus ausgelöst werde. Mir leuchtete das ein, ja mir kam das sogar zu einfach, aber gleichzeitig genial vor. Nach weiteren fünfzig Metern kamen wir in einen exakt halbkugelförmigen Raum. Den Radius schätzte ich auf dreißig Meter und die Halbkugelwände waren wie glattpoliert. Während ich noch nachdachte, wie urzeitliche Völker diese glatte Oberfläche wohl realisiert hatten, begann sich die Höhle erneut zu aktivieren.

Von einer Deckenöffnung und seitlichen Öffnungen, die mir vorher nicht aufgefallen waren, strömte offenbar ein nebelähnliches Gas in die Höhle. Vielleicht waren es auch keine großen Öffnungen, sondern Poren, die sich in der glattpolierten Oberfläche befanden. Voller Panik wollte ich zurück zum Ausgang rennen, aber Bogdan hielt mich zurück und sprach beruhigend auf mich ein. Er bezeichnete die wallende fluide Substanz als Nebel der Erkenntnis, der es uns ermögliche, ruhig und konzentriert die Entstehung der Kulturen auf der Erde zu verstehen. Also blieb ich. Ich merkte noch, wie ich zu Boden sank. Dann begann sich die Kuppel wie in einem Wirbel zu drehen. Ich fühlte mich in den Wirbel hineingezogen und dachte noch, so müsse sich das Sterben anfühlen. Aber in all diesem Durcheinander nahm ich immer noch die beruhigende Stimme Bogdans wahr. Ich vermutete, dass er wohl schon oft diese Reise unternommen hatte. Ich hörte, dass Franks Kamera weiterarbeitete und hatte die Hoffnung, dass sie die wabernden Schlieren des Wirbels und folgende Ereignisse aufnähme;

Als ich im Zentrum des Wirbels ankam, erkannte ich prähistorische Tiere wie Säbelzahntiger, Riesenhirsche und Riesenelefanten. Sie wanderten über eine Savannenlandschaft. Ich schätzte, dass sich dies alles zehn- bis fünfzehntausend Jahre vor unserer Zeitrechnung abspielte. Dann bemerkte ich eine Veränderung der Visualisierung, die sich aber wahrscheinlich nur in meinem Kopf abspielte.

Szenenwechsel: Kugelförmige Raumschiffe landeten auf der Erde. Die Schleusen der Schiffe öffneten sich und zu meiner Verwunderung traten über zwei Meter große, aber dünne humanoide Wesen aus den Raumfahrzeugen. Sie ähnelten denen, die uns auf dem Weg zum Höhlensystem begegnet waren. Wie im Zeitraffer sah ich, wie sie zunächst eine Station errichteten und wie sich aus der Station langsam eine Stadt entwickelte. Zu meiner Verwunderung hielten die fremden Raumfahrer Kontakt zu den frühzeitlichen Menschen. Der Kontakt ging sogar so weit, dass die Menschen den Raumfahrern dienten, sie mit Nahrung versorgten und menschliche Frauen und Aliens Partnerschaften eingingen. Man gestattete mir, in die kuppelartigen Gebäude einzutreten. Es waren wohl Labore, in denen verschiedene Experimente durchgeführt wurden. Auf riesigen Bildschirmen beobachtete ich, wie diese Raumfahrer sowohl in die Zukunft, als auch in die Vergangenheit reisten. Sie betraten dazu glockenförmige, große Kapseln, die ab einem bestimmten Zeitpunkt von einem bläulichen Energiefeld eingehüllt wurden und nach wiederum wenigen Sekunden verschwunden waren. Sie materialisierten dann in den unterschiedlichsten Zeitepochen, konnten aber über Bildschirme verfolgt werden.

Dann wieder ein Szenenwechsel, eine andere Epoche: Ich erkannte, wie sich aus den Nachfahren der Raumfahrer und der Frühmenschen die ersten Hochkulturen entwickelten. Die reinrassigen Raumfahrer und die Menschen der Hochkulturen lebten immer noch friedlich nebeneinander, trieben Handel und die Menschen lernten immer mehr von den Raumfahrern, die sie mittlerweile sogar vergötterten.

Ein erneuter Szenenwechsel: Mein Geist schwebte plötzlich über der Erde und man zeigte mir zwei Kontinente, die es heute nicht mehr gibt. Auf der atlantischen Seite, westlich des heutigen Gibraltars, sah ich wohl den Kontinent Atlantis und im heutigen indischen Ozean wahrscheinlich den mystischen Kontinent Lemuria. Am Horizont erschienen wieder kugelförmige Raumschiffe. Sie begannen urplötzlich mit Strahlenkanonen und Bomben von enormer Sprengkraft, wohl nukleare Sprengköpfe, beide Kontinente in ein brennendes Inferno zu verwandeln. Als ob das noch nicht genug gewesen wäre, setzten sie eine Waffe ein, die mir fremd war. Es schien mir, als ob ein großer Gravitationshammer die Kontinente zertrümmerte. Magma stieg auf, kilometerlange Klüfte öffneten sich und riesige Mengen an Lava ergossen sich über die von den Menschen errichteten Städte. Von allen Seiten strömte das Meer in riesigen Wellen über die Kontinente. Wenige Menschen konnten mit Schiffen fliehen. Sie wurden auf der Flucht von den Raumschiffen nicht attackiert. Nur die Stationen, Städte und Labore der vor Zeiten gelandeten Raumfahrer, waren das eigentliche Ziel. Die menschlichen Hochkulturen auf Atlantis und Lemuria erlitten aber Kollateralschäden, die einem interstellaren Krieg zum Opfer fielen. Der Angriff dauerte nur einen Tag und eine Nacht, dann versanken Atlantis und Lemuria in den Tiefen der großen Ozeane.

Die Visualisierung wurde kurz unterbrochen und mir wurde klar, dass das bisher Gesehene konträr zur modernen Geschichtsschreibung steht.

Bevor ich weiter nachdenken konnte, ein erneuter Szenenwechsel: Die Flüchtlinge landeten in Südamerika, im Nildelta und an den Mündungen von Euphrat und Tigris.
Man zeigte mir, dass die Atlanter sowohl nach Südamerika, als auch nach Ägypten flohen. Die Lemurer entkamen in die Gegend des heutigen Chinas, Japans und über Indien in die Gegend des heutigen Irans.

*

Plötzlich sah ich mich in der letzten verbliebenen Station der angegriffenen Raumfahrer. Es war die halbkugelförmige, 60 Meter durchmessende Kuppel, die ich kurz zuvor betreten hatte:
Ich stand vor einem riesigen Schaltpult, das auf die Körpermaße der über zwei Meter großen Raumfahrer abgestimmt schien. Auf Bildschirmen wurden Botschaften zu Beobachtern des Geschehens gesandt, aber außer mir und Bogdan war niemand in der Kuppel. Da wusste ich, dass ich mich immer noch in einer Art Trance befand und nicht bei vollem Bewusstsein. Ich sah in einem weiteren Rückblick, wie beide Kontinente in den Weltmeeren versanken, sah aber auch, wie die Angreifer, die aus dem gleichen Raumfahrervolk entstammten, eine Rechtfertigung des Angriffes sendeten. Mit dem apokalyptischen Todesurteil für die Kontinente Lemuria und Atlantis bestraften sie ihre abtrünnigen Wissenschaftler für ihre Zeitexperimente und sogar Zeitparadoxa, die sie mit den Zeitreisen provozierten. Ferner verurteilten sie die Partnerschaften mit den frühzeitlichen Menschenfrauen sowie die anschließenden Experimente mit dem menschlichen Genom. Sie betonten, dass sich ihr Zorn nicht gegen die menschlichen Zuchtergebnisse richte, den gesamten Planeten aber deswegen unter Jahrtausende währende Beobachtung und Isolation stellten. Interstellare oder gar intergalaktische Reisen sollten den Menschen nur gestattet werden, wenn sie alleine, ohne Hilfe der Außerirdischen, die notwendige Technik entwickelten und sie gleichzeitig den Aggressionstrieb, der durch die Zuchtexperimente entstanden war, verlieren würden. Die evolutionäre Eliminierung des angezüchteten Aggressionstriebs war den Angreifern aus dem All sogar noch wichtiger als die gesteuerte technische Entwicklung von Raumschiffantrieben. Denn in die galaktische

Föderation der vernunftbegabten Wesen würden nur friedliche Völker aufgenommen werden.

Die Bildschirme erloschen und ich bewegte einen Hebel direkt vor mir auf dem Schaltpult. Ein roter gefächerter Lichtkegel umhüllte mich. Wahrscheinlich wurde so mein gesamter Körper inklusive meiner Emotionen und Gedanken abgetastet.

Mir war aber nicht klar, wie Emotionen und Gedanken abgetastet werden könnten. Meine Vergangenheit wurde auf dem Bildschirm in großen Sequenzen unterteilt gezeigt. Ich wurde neugierig und wollte den Hebel in die entgegengesetzte Richtung bewegen. Aber gerade als ich den Hebel in Bewegung setzen wollte, ergriff Bogdan mein Handgelenk und blockierte es. Mit dem Hinweis auf die Gefahr eines Zeitparadoxons verbot er jeden weiteren Blick in die Zukunft.

Plötzlich löste sich das Schaltpult vor mir auf. Es verflüchtigte sich gemeinsam mit dem Nebel, der mich zu Boden hatte sinken lassen. Ich war wieder bei vollem Bewusstsein in der Gegenwart.

Franks Kamera lief immer noch. Ich schaltete sie ab, aber bevor ich Bogdan mit Fragen überhäufen konnte, bemerkte ich in der Kuppel schon wieder eine Veränderung.

*

Dort wo gerade noch das virtuelle Schaltpult gestanden hatte, öffnete sich der Boden und ein altarähnlicher Steinquader erhob sich aus dem Boden. Zwei uralte langhalsige Amphoren aus Keramik standen auf ihm und eine Tontafel mit einer mir unbekannten Schrift lag davor. Bogdan erklärte mir, dass die

Amphoren aus dem sechsten Jahrhundert vor Christus stammten. Die linke Amphore sei das Gefäß für das medizinische einatomige Gold und in der rechten Amphore seien die Kristallkugeln gelagert. Die Tontafel beschreibe den Inhalt und das was ich eben in Trance gesehen hatte, allerdings stark zusammengefasst. Bogdan lächelte, als er mir die Amphoren und die Tontafel auf dem Steinquader erklärte. Warum er lächelte erfuhr ich sofort. Wie die Kristallkugeln funktionierten, wurde auf der Tontafel nicht beschrieben. Bogdan sah, dass ich die beiden Amphoren und die Tontafel intensiv betrachtete. Er konnte wohl Gedanken lesen, denn er bot mir die linke Amphore mit der Jungbrunnenmedizin, die Kristallkugeln aus der rechten Amphore sowie die Tontafel als Geschenk an. Ich lehnte mit dem Hinweis ab, dass ich nicht zu dieser Sorte archäologischer Plünderer gehöre. Er beschwichtigte meine Vorbehalte, auf dem Steinaltar vor mir stünden nur Imitate und auch der Inhalt sei nahezu wertlos.

Die Vorfahren der Bruderschaft hätten die Originale schon vor sehr langer Zeit ausgetauscht, um sie vor unwürdigen Eindringlingen zu verbergen. Wo sich die Originale befänden, sei ihm nicht bekannt. Ich fotografierte die Amphoren und die Tontafel auf dem Steinaltar, bedankte mich bei Bogdan für die großzügige Geste und verstaute die eine Amphore, die Kristallkugeln aus der zweiten Amphore sowie die Tontafel in meinem Rucksack. Bogdan holte aus einer versteckten Nische eine Ersatzamphore für den vakanten Platz auf dem Quader und auch mehrere Kristallkugeln sowie eine weitere Tontafel. Zum Schluss sah alles so arrangiert aus, wie zu Beginn. Jetzt könnte der nächste würdige Besucher kommen. Ich fragte ihn, wie viele es schon bis hierhergeschafft hätten. Ich sei der erste, war die spontane Antwort, aber er wüsste, dass die CIA, der rumä-

nische Geheimdienst, der Vatikan und auch verschiedene Pharmafirmen ihre Kundschafter und Höhlenforscher in Bewegung gesetzt hätten. Sie würden dann allerdings, falls sie es schafften, nicht mehr erfahren als ich.
Ich schaute mich weiter in der Kuppel um, aber es gab nichts mehr weiter zu erkunden. Die Kuppel schien verlassen und nichts deutete auf das von uns vor kurzem erfahrene Eigenleben der Kuppel hin. Wir machten uns auf den kurzen Rückweg, den wir ohne Zwischenfälle zurücklegten. Bogdan und ich hatten zwar einige Stunden in der Kuppel verbracht, aber es war noch so früh am Tag, dass wir beschlossen, keine weitere Nacht im Höhlensystem zu verbringen, sondern gleich die Fahrt nach Braşov anzutreten. Als wir Frank erreichten, saß dieser entspannt auf dem Boden. Er war neugierig auf unseren Bericht. Ich übergab ihm seine Kamera. Sofort schaltete er sie auf "Wiedergabe" und die ersten Bilder der Höhlenmalereien erschienen auf dem kleinen Display. Noch auf dem Weg zum Ausgang des Höhlensystems schlug aber seine anfängliche Euphorie über die Bilder in Frustration um, denn irgendwann erschien nur noch Nebel, ab und zu unterbrochen von Blitzen. Auf dem Bildschirm war nichts weiter zu erkennen.

*

Der Fahrer holte uns also einen Tag früher als vereinbart ab. Es hatte sich schon in Braşov herumgesprochen, dass es im System der Teufelshöhle morgens einen Unfall gegeben hatte und John sowie Marcello mit dem Hubschrauber ausgeflogen worden waren. Als er mich sah, strahlte er, mir hätte wohl der heilige Christophorus Glück gebracht und eigentlich auch John und Marcello, denn sie hätten ja den Zwischenfall überlebt. Nachdem wir unser Gepäck im Kleinbus verstaut hatten, fuhren wir direkt nach Braşov zurück. Bogdan schaute wortlos aus dem Fenster, Frank hantierte immer wieder an seiner Kamera herum. Mich überwältigte ein kurzer Schlaf. Ich träumte von Aliens, Urzeitmenschen, Gen-Experimenten und kriegerischen Auseinandersetzungen. Im Hotel wurden wir schon von Marcello und John erwartet. Sie hatten sich auf eigene Verantwortung aus dem Krankenhaus entlassen und konnten es kaum erwarten, alle Neuigkeiten zu erfahren. Wir vereinbarten, uns abends zu einem ausgiebigen Austausch zu treffen. Bogdans Geschenke erwähnte ich nicht.

*

Kaum hatte ich meine Zimmertür geöffnet, klingelte auch schon das Telefon. Der Stimme nach war es mein Gesprächspartner des rumänischen Geheimdienstes. Mit ihm vereinbarte ich ein Treffen für den nächsten Vormittag in der Schwarzen Kirche.
Abends traf ich mich mit meiner Reisegruppe in der Hotelbar. Ich berichtete von meinen Erlebnissen. John war der erste, der Zweifel äußerte. Marcello war schweigsam und machte sich viele Notizen. Ich vermutete, dass er froh war, seinen Vorgesetzten berichten zu können, dass mein Bericht wahrscheinlich aus einer Bewusstseinstrübung resultierte. Frank fragte nach dem Inhalt der Amphoren. Ich berichtete, was angeblich auf der Tontafel stand und was Bogdan mir erklärt hatte. Meine Geschenke erwähnte ich immer noch nicht. Frank war frustriert, denn er wusste nicht, was er seinen Auftraggebern sagen

sollte. Er sah mich an und fragte, warum ich denn nicht die Amphoren mitgenommen hätte. Ähnlich wie Bogdan in der Höhle, erklärte ich nun Frank, ich sei Reiseführer und kein archäologischer Plünderer. Als ich kurz aufstand, um an der Theke weitere Getränke zu bestellen, bemerkte ich, wie John und auch Frank wohl mit ihren Auftraggebern telefonierten. Ich verstand nicht alles, aber aus Johns Unterhaltung nahm ich mit, dass amerikanische Spezialisten in Marsch gesetzt werden sollten. Marcello schien zufrieden und Frank schaute mich zweifelnd an, als ob er ahnte, dass ich etwas verbarg.

*

Donnerstag 25. Februar 1999, 6. Tag der Reise ins Bucegi-Gebirge

Dieser Tag stand zur freien Verfügung und so wollte ich zum vereinbarten Treffen in die Schwarze Kirche gehen. Ich saß lange Zeit alleine in derselben Kirchenbank, wie einige Tage vorher. Mir gingen noch einmal die Szenen durch den Kopf, die mir im "Nebel der Erkenntnis" offenbart worden waren. Sie erschienen mir so phantastisch, dass ich langsam selbst zweifelte. Alle Weltreligionen und auch alle Geschichtsschreiber müssten ihre theologischen und historischen Fundamente korrigieren, wenn nicht sogar einreißen. Mein rumänischer Gesprächspartner vom Geheimdienst ließ sich Zeit, viel Zeit. Vielleicht hatte er mich auch aus einem verborgenen Winkel heraus beobachtet, denn gerade als ich gehen wollte, hörte ich Schritte. Jemand setzte sich neben mich. Es war derselbe Kontaktmann, der noch vor einigen Tagen in der Bank hinter mir

gesessen hatte. Zumindest verströmte er den intensiven Knoblauchgeruch und auch die Stimme war unverkennbar.
"Sorry, ich wurde aufgehalten."
Das war alles, was er zur Begrüßung sagte. Damals konnte ich das Gesicht nicht erkennen und auch heute wurde das Gesicht mit einem Schal und einer Sonnenbrille verdeckt. Er griff in seine Jackentasche und zeigte mir ein dickes Bündel Geldscheine. Es waren die 100 000 DM, die er mir ja nur geben wollte, wenn die Informationen aus der Kuppel wertvoll waren.

Das Geld war natürlich verlockend und so erzählte ich ihm flüsternd von meinen Erlebnissen im "Nebel der Erkenntnis", verschwieg aber auch ihm Bogdans Geschenk. Am interessantesten fand er meinen Hinweis, dass weitere amerikanische Spezialisten auf dem Weg zur Teufelshöhle seien. Das Thema Jungbrunnen schien ihn dagegen nicht zu interessieren. Vielleicht war er aber auch nur geschult, keine Gefühlsregungen zu zeigen. Er klopfte mir auf die Schulter und meinte noch, dass er mir für meine Märchenstunde keine 100 000 DM schenken werde. Dann verschwand er, mysteriös wie er gekommen war.

*

Freitag 26. Februar 1999, 7. und letzter Tag der Reise ins Bucegi-Gebirge

Heute traten wir den Rückflug nach Frankfurt an. Während ich nun diese letzten Zeilen in mein Reisetagebuch schreibe, frage ich mich, ob die Erlebnisse im "Nebel der Erkenntnis" bei mir nicht psychische Schäden hinterlassen haben. Ich fühle

mich nämlich verfolgt. Auf dem Weg von der Schwarzen Kirche zum Hotel, vom Hotel zum Flughafen, im Flugzeug und selbst auf dem Weg nach Rödermark. Immer war irgendwer hinter mir hergelaufen oder gefahren, immer wieder andere Menschen.
Ich beobachte die Situation um mich herum und bin nun fast am Ende meiner Eintragungen zur Reise ins Bucegi-Gebirge.

Stopp, noch nicht ganz am Ende.

Der "Nebel der Erkenntnis" geht mir im Kopf herum. Bogdan hatte mir erklärt, dass er es uns ermöglichen werde in ruhigem Zustand die Entstehung der Kulturen auf der Erde zu verstehen. Er war also wie eine Droge. Wahrscheinlich ist nur ein sehr geringer Teil des Wirkstoffes aus dem Nebel über die Blutbahn im Gehirn angekommen, hatte dann aber eine immense Wirkung erzielt. Innerhalb weniger Minuten war ein veränderter Bewusstseinszustand erreicht worden.
Ich erinnere mich an meine Zeit als Student, als wir verschiedene Drogen ausprobiert haben und vergleiche meine Erfahrungen unter Drogen mit denen aus dem "Nebel der Erkenntnis". Wir hatten Pillen geschluckt, Magic Mushrooms geraucht und auch Haschisch ausprobiert, und so phantastische Halluzinationen, eine völlig veränderte Umwelt und vor allem ein verzerrtes Zeitgefühl erlebt. Die Zeit war, je nach emotionalem Zustand, einmal schneller und dann wieder langsamer vergangen.
Ein wesentlicher Unterschied zu den Erfahrungen im "Nebel der Erkenntnis" war damals allerdings, dass das Erleben unter Drogen an einen Realitätsbezug gekoppelt war. Die Erlebnisse in der Höhle unter dem Einfluss des Nebels hingegen hatte ich

als utopisch empfunden. Mit Prä-Astronautik und dem Mystizismus bezüglich Atlantis und Lemuria hatte ich mich vorher nie befasst. Ich komme zu dem Schluss, dass die fremden Raumfahrer wohl mit dem Nebel ein paramechanisches Visualisierungsinstrument in Verbindung mit der Höhle implementiert hatten, das bis heute die Fähigkeit besitzt, mit dem Besucher in einen telepathischen Austausch zu treten. Es kann also durchaus sein, dass Bogdan ganz andere Bilder gesehen hat, weil er ganz andere Fragen gestellt hatte.

Es lohnt sich sehr, eine vermutete Interaktion zwischen Höhle, Besucher und Nebel von Experten untersuchen zu lassen. Ich stelle mir vor, dass man in der Höhle, aber auch nur in der Höhle, Fragen stellen kann, auf die es heute noch keine Antworten gibt. Die Höhle in Verbindung mit dem Nebel erscheint mir wie ein Supercomputer, der jedes mir bekannte Computersystem schlagen würde.

Mag sein, dass genau diese von mir vermutete Interaktion auch die in Marsch gesetzten amerikanischen Spezialisten beschäftigen wird.

*

Rödermark – Ehemaliges Pfarrhaus

Eric schaltete den Beamer aus.
"Alleine wegen dieser letzten Zeilen könnte man vermuten, dass Zivar und Henry zwischen die Fronten der Geheimdienste geraten sind."

Im Raum herrschte gespannte Ruhe. Der zweite Teil von Henrys Tagebuch war für Sarah so spannend, dass sie vergessen hatte ihren Kaffee zu trinken. Sie kommentierte auch als Erste rational das Tagebuch.
"Mir läuft es kalt den Rücken herunter. Wir haben soeben das Tagebuch des späteren Mordopfers gelesen. Es ist so lebhaft und gleichzeitig so abstrakt denkend geschrieben. Ich bin zutiefst beeindruckt. Ich habe ja schon gesagt, dass ich heute als Sarah Winter für meinen damaligen Mann Henry keine tiefen Gefühle habe. Nachdem ich nun das Tagebuch gelesen habe, sehe ich ihn mit anderen Augen. Vielleicht ist auch diese Gefühlsblockade in meinem Gehirn eine natürliche Barriere, mich vor einem emotionalen Burn-out zu schützen. Es scheint jetzt klar, dass Henry diese Reiseandenken, nach denen der Mörder wohl gesucht hat, nicht gestohlen hatte. Ich glaube immer mehr, dass wir uns nicht so sehr auf die Reisegruppe konzentrieren sollten, sondern mehr auf die Bruderschaft und den rumänischen Geheimdienst. Ganz wichtig ist die Randnotiz Henrys, dass er sich verfolgt fühlte."
Eric hatte sich verschiedene Notizen gemacht und stimmte Sarah zu.
"Du hast recht. Henry fühlte sich gegen Ende von irgendjemandem verfolgt. Wenn der Verfolger etwas mit dem Mord zu tun hatte, gibt es zunächst keine Verbindung mehr zu den Teilnehmern der Reisegruppe. Aber warum wurde er verfolgt? Warum werden zwei Menschen umgebracht wegen einer Amphore, Kristallen und einer Tontafel, die zudem nur Imitate sind? Der Fall wird immer komplexer. Wir wissen jetzt zwar schon mehr als vor 23 Jahren, aber wir müssen das Puzzle noch zusammensetzen. Ich schlage vor, du rufst morgen gleich in Freiburg an und bittest um einen dritten Rückführungstermin und ich versuche übers BKA diesen

Marcello ausfindig zu machen. Ich glaube, dass wir über diesen Gottesmann näheres über die Reisegruppe erfahren können, vielleicht auch über die Zeit nach der Reise. Und dann ist da ja noch mein Kontakt zu Erck-Pharma. Vielleicht gibt es mittlerweile Hinweise aufgrund des Phantombilds."
Tim war sichtlich nachdenklich.
"Losgelöst von den sogenannten "präastronautischen" Nachrichten, die uns der Ermordete hinterlassen hat, vermute ich, dass irgendetwas mit den genannten Imitaten und den Kristallen nicht stimmt. Wenn wir sie finden, haben wir eventuell den Mörder oder zumindest einen ganz engen Kreis der Verdächtigen. Erinnert euch, kurz nach dem Tod Zivars und Henrys schossen die Aktien von Erck-Pharma in die Höhe, weil sie Medikamente fürs Immunsystem und Potenzsteigerung auf den Markt bringen wollten. Und die Kristalle sind Träger der Historie, so hat es Henry in seinem Tagebuch erwähnt. Seit etwa zwanzig Jahren werden enorme Fortschritte bei der Speicherung von Daten in kristallinen Strukturen gemacht. Hängen diese Fortschritte letzten Endes auch mit den Entdeckungen in der Höhle zusammen? Leider hat Henry die Kristalle nur vage beschrieben, aber keine Hinweise bezüglich des Materials erwähnt, wie die Kristalle aussahen, etwa glasähnlich, wie Quarze? Man könnte auch noch den Entwicklungsweg der Speicherkristalle zurückverfolgen."
Eric klappte sein Notizbuch zu.
"Auch das macht den Fall komplizierter und schwer durchschaubar. Aber Leute, morgen ist auch noch ein Tag. Das Tagebuch brachte uns einen kleinen Schritt weiter. Gehen wir die nächsten Schritte an. Sarah, ich begleite dich dann wieder nach Freiburg.

*

Kriminalpolizei Offenbach

Eric erhielt am nächsten Morgen vom BKA Wiesbaden sofort eine Telefonnummer, über die er einen Gesprächspartner bei der Gendarmeria Vaticana erreichen könne. Er bereitete sich auf das Telefonat akribisch vor. Ein Blick ins Internet zeigte ihm Wissenswertes über die Geschichte und die Struktur des Polizeiapparates:
-Das 130 bis 160 Mann starke Gendarmerie Korps ist 1970 aus der alten 1816 gegründeten Päpstlichen Gendarmerie entstanden. Die Gendarmeria Vaticana darf nicht mit der Schweizergarde verwechselt werden. Beide haben ganz unterschiedliche Aufgabengebiete. Während die Schweizergarde für den Schutz des Papstes und der Kardinäle zuständig ist, ist das Gendarmerie Korps für Polizeidienste wie Ordnung, Verkehr, Sicherheit aller Personen und Orte auf dem Staatsgebiet des Vatikans und dessen exterritoriale Gebiete, Zolldienste, Rechtsdienste und Steuerüberwachung zuständig. Seit 2008 ist das Gendarmerie Korps der Vatikanstadt und damit der Vatikanstaat 187. Mitglied von Interpol.-
"Aha, sie sind Mitglied von Interpol. Da habe ich doch gleich einen guten Einstieg, denn schließlich haben sie dann ganz sicher auch das Phantombild erhalten, das uns Sarah lieferte. Bin gespannt, was sie damit gemacht haben."
Eric wählte nervös die Telefonnummer, da er nicht wusste, ob sein Gesprächspartner Deutsch oder Englisch verstehen würde. Am anderen Ende der Telefonverbindung wurde schon nach wenigen Klingelzeichen der Anruf angenommen. Zur Überraschung Erics wechselte der Gesprächspartner sofort ins Deutsche. Eric war erleichtert. "Sie sprechen und verstehen sehr gut Deutsch. Das ist gut und vereinfacht es mir enorm. Wo haben Sie so gut Deutsch gelernt?"

"Meine Mutter ist Deutsche und sie hat mich immer ermahnt, meine Muttersprache nicht zu vergessen und so spreche ich, wo immer ich kann, mit Leuten aus deutschsprachigen Ländern Deutsch", war die elegante Antwort.
Eric fragte, ob das Phantombild, das Interpol übermittelt hatte, schon Ergebnisse aus dem Vatikanstaat brachte.
"Ich habe das Bild gesehen und es wurde auch an alle Dienststellen weitergeleitet. Lediglich die Kongregation für die Glaubenslehre hat das Bild kommentiert. Am besten verbinde ich Sie mit dem Büro des Kurienkardinals Marcello, denn aus diesem Büro kam der Kommentar."
Eric konnte es kaum glauben, so schnell durch die Institutionen zu kommen.
"Ach, sagen Sie, wie alt ist der Kurienkardinal?"
"Genau weiß ich das nicht, aber so geschätzt, Mitte fünfzig", war die schnelle Antwort.
Bingo, dachte sich Eric, das könnte sogar der Marcello der Reisegruppe sein. Eric hörte wie er weitergeleitet wurde. Die rechte Hand, mit der er den Hörer hielt, begann zu schwitzen und die linke trommelte nervös mit den Fingern im Takt auf dem Schreibtisch.

*

Vatikanstadt – Kurienkardinal Marcellos Büro

Kurienkardinal Marcello beriet die Kongregation für die Glaubenslehre und war auch für die Leitung der vatikanischen Museen zuständig. Seine Beratungsfunktion hatte er

sich mit vielen Reisen und den daraus resultierenden Gutachten zu Orten von Wundern, Marienerscheinungen und archäologischen Ausgrabungsstätten erarbeitet, die alle die Geschichte des Urchristentums erhellen sollten. Seine Aufgabe war es, immer die Wahrheit zu suchen. Viele Reisen waren dabei oft Reisen zu Orten der Scharlatanerie, des Betruges oder der Täuschung. Er hatte bisher noch bei keiner Reise etwas entdeckt, das die katholische Glaubenslehre in den Grundfesten des Alten und Neuen Testaments erschütterte. Er saß gerade in seinem Büro, das im ersten Stock des vatikanischen Museums eingerichtet war. Ein herrlicher Blick in den vorgelagerten Garten des Museums erfreute ihn immer wieder täglich aufs Neue. Nur vereinzelt sah er heute Touristen im Garten, der frei zugänglich war.
Das Telefon klingelte. Die Stimme von Marcellos Sekretär war in der Leitung.
"Guten Morgen, Eure Eminenz. Ein seltsamer Anruf aus Deutschland. Kriminalkommissar Eric Schwab möchte Sie etwas über das vor kurzem von Interpol gesendete Phantombild eines Gesuchten befragen. Sind Sie dazu bereit oder soll ich ihn vertrösten?"
Marcello war kein Freund von Vertröstungen, denn sie waren in der Regel keine Lösung.
"Stellen Sie ihn bitte durch, vielleicht kann ich ihm helfen."
Ein kurzer Summton und Eric und der Kardinal waren verbunden. Marcello begann seine Telefonate prinzipiell in Italienisch, schwenkte dann aber sehr schnell in die Sprache des Anrufers um, sofern er diese beherrschte. In diesem Fall kein Problem, denn er beherrschte die deutsche Sprache.
"Buongiorno, come posso aiutarli?" Bevor Eric auch nur ein "Ähm" sagen konnte, schob Marcello hinterher: "Guten Morgen, wie kann ich Ihnen helfen?"

Eric war hörbar erfreut über die Kommunikationserleichterung.
"Ach, das ist sehr gut und nett, dass ich mich mit Ihnen in meiner Muttersprache unterhalten darf."
Großzügig antwortete Marcello: "Die Katholische Kirche ist eine Weltkirche und die Beherrschung von Fremdsprachen ist für uns essentiell."
Eric übernahm dann sofort die Initiative im Gespräch.
"Vor kurzem haben Sie oder Ihr Büro ein Phantombild erhalten. Der darauf abgebildete Mann ist sehr wahrscheinlich in einen Doppelmord, der 23 Jahre zurückliegt, verwickelt."
Marcello hatte das Phantombild selbstverständlich gesehen und auch kommentiert, es aber zunächst auf Wiedervorlage in seine Akten gelegt. Er wusste seit Tagen, dass ihn die Vergangenheit nun wohl eingeholt habe und er ihr nicht mehr entkommen konnte.
"Ja, ich kenne das Bild und kann Ihnen mit Sicherheit Fragen dazu beantworten. Ich müsste aber weit ausholen, vielleicht auch vorher noch meine Notizen anschauen. Können wir uns heute Mittag um 14 Uhr zu einer Videokonferenz verabreden? Von Angesicht zu Angesicht kann man besser reden."
Eric hatte dies fast geahnt, und es war ihm sogar recht. Die Zeit bis 14 Uhr würde er nutzen, um das gleiche Gespräch mit Erck-Pharma zu führen.
"Kein Problem, 14 Uhr passt mir sehr gut. Ich schicke Ihnen meine E-Mailadresse, dann kann Ihr Büro die Konferenz einberufen. Noch eine kurze Frage. Ihr Name Marcello kommt mir bekannt vor. Waren Sie mit einem Deutschen namens Henry Kurz vor 23 Jahren in Rumänien auf Exkursion?"

Für einen Moment war es still in der Leitung.

Dann kam eine kurze Antwort.

"Ja, mehr heute Mittag um 14 Uhr."

*

Kriminalpolizei Offenbach - Vatikanstadt

Kurz nach dem Gespräch mit Marcello telefonierte Eric mit dem Geschäftsführer von Erck-Pharma Deutschland, ob er Neuigkeiten bezüglich des Phantombildes habe. Weder aus USA noch vom Werkschutz Erck-Pharma Deutschland kamen positive Meldungen. Das Phantombild konnte in den Mitarbeiterkreisen in Deutschland und in den USA nicht zugeordnet werden. Eric bedankte sich beim Geschäftsführer für die schnelle Zuarbeit, gleichzeitig war er sich jedoch sicher, dass dies nicht der letzte Kontakt mit dem Konzern gewesen war.

Pünktlich um 14 Uhr startete Eric die Videokonferenz mit dem Kurienkardinal. Diesmal übernahm dieser die Initiative und begann von sich aus, ohne dass Eric eine Frage gestellt hatte, mit seinem Bericht.
"Guten Tag oder sagt man bei Ihnen im Büro auch zu dieser Tageszeit "Mahlzeit"? Diesen Ausdruck hatte Henry oft während der von Ihnen heute Morgen angesprochenen Exkursion verwendet. Ja, ich bin dieser Marcello. Damals vor 23 Jahren war ich noch ein ganz junger Priester. Was wissen Sie alles über diese Reise nach Bucegi? Ich möchte Sie nämlich nicht

mit Fakten langweilen, die Sie schon anderweitig ermittelt haben."
Eric berichtete sehr detailliert vom Inhalt des Tagebuchs. Marcello war sein Erstaunen anzusehen.
"Ein Tagebuch führte er also. Das haben wir alle nicht gewusst. Aber das wird unsere Konferenzschaltung verkürzen. Wissen Sie etwas über die Geschenke dieses undurchsichtigen Bogdans?"
Eric schüttelte den Kopf.
"Nicht viel. Im Tagebuch steht nur, dass die Amphore mit Inhalt, die Kristalle und die Tontafel Imitate seien."
Marcello lächelte.

"Jetzt kann ich endlich mit Neuigkeiten für Sie aufwarten. Vorab, die Imitate waren Originale, aber der Reihe nach. Im Tagebuch wurde nur angedeutet, dass sich die Teilnehmer der Reisegruppe schon vorher kannten. Wir waren aber untereinander sehr gut vernetzt. John war definitiv ein CIA Mitarbeiter, das kann ich bestätigen. Wir hatten alle unsere exakten Anweisungen und genau umrissene Aufgaben zu erfüllen. Während meine Aufgabe im Tagebuch noch am besten beschrieben wird, werden die Aufgaben der anderen nur vage erwähnt. Frank hatte zum Beispiel den klaren Auftrag, in der Höhle befindliche Hinweise auf Medikamente aus dem Altertum zu bergen, John sollte für die USA schlicht und einfach die Höhle ausspionieren. Die CIA vermutete in dem Höhlensystem ein militärisches Geheimprojekt, noch aus den Zeiten des Kalten Krieges.
Während Henry uns nichts von Bogdans Geschenk erzählte, erfuhren wir über die Kollaborateure der CIA aus den Reihen des rumänischen Geheimdienstes, dass sie nach unserer Abreise Bogdan deswegen entführt haben und verhörten. Das

Verhör soll eine körperliche und mentale Folter mit Drogen gewesen sein. So erfuhren wir auch, dass das Geschenk Bogdans, also diese Amphore mit Inhalt sowie die Kristalle und die Tontafel Originale waren, die man mit Henrys Hilfe außer Landes bringen wollte, um sie vor den Amerikanern und auch dem Vatikan zu verbergen. Henry erzählte uns ja vor der Abreise aus Rumänien, was er in der Höhle geglaubt hatte, erlebt oder gesehen zu haben. Und diese Erzählung wiederum alarmierte die CIA, denn sie vermuteten nun, dass in den Kristallen Geheiminformationen gespeichert seien. Der CIA war es egal, ob ganze historische Fundamente einstürzten, sie wollten die Kristalle, denn Henry hatte ja berichtet, dass unbekannte Aliens mächtige Waffen eingesetzt hatten und ganze Kontinente damit verwüstet und vernichtet hatten. Außerdem wurden deren Physiker hellhörig. Henry hatte uns von Zeitreisen und auch Raumschiffen berichtet, welche die interstellaren oder vielleicht auch intergalaktischen Entfernungen mit Antrieben überbrückten, in dem sie wahrscheinlich den Einstein'schen Raum krümmten und durch sogenannte Wurmlöcher von einem Stern zum nächsten Stern reisten. Die CIA war also sehr erpicht auf die Kristalle. Sie wollte sie unbedingt haben, egal was es kostete.

Wir von der Glaubenskongregation wollten ursprünglich nur die Höhlenmalereien inspizieren. So ähnlich steht es ja auch im Tagebuch. Aber als wir erfuhren, dass Henry eine Tontafel mit wahrscheinlich akkadischen Inschriften bekommen hatte, wurden wir hellhörig. Erinnerungen an die Papyri von Nag Hammadi wurden wach, als die Kirche jahrzehntelang wegen der dort gefunden Schriften in theologische Unruhe geraten war. Also, diese Tontafel wollten wir unbedingt haben. Und Frank wurde wieder in Marsch gesetzt, als sein Konzern erfuhr, dass sich in der Amphore ein weißes Pulver befand. Sie

wollten das Pulver unbedingt analysieren, denn sie wähnten sich auf den Spuren des sagenumwobenen Jungbrunnens.
So trafen wir uns nach der Reise alle in Henrys Lebensmittelpunkt im Großraum dieser Ortschaft Rödermark wieder. Wir überwachten Henry, ohne dass er uns bemerkte. Irgendwann wurde dann der Vatikan von rumänischen Geistlichen informiert, dass Bogdan die Folter nicht überlebt hatte und der rumänische Geheimdienst schon früh einen Söldner angeheuert hatte, der Henry zunächst überwachen und später die Amphore samt Inhalt, die Kristalle und auch die Tontafel wieder zurück nach Rumänien bringen sollte. Es begann ein Wettlauf der nun vier Parteien. CIA und Vatikan wollten aber im Hintergrund bleiben, so wie wir es immer machen. Man stellte Frank eine großzügige Belohnung in Aussicht, falls er Henrys Reiseandenken erfolgreich wiederbeschaffen könnte."

Eric, der dem Kardinal aufmerksam zugehört hatte, hakte jetzt ein.
"Frank und das Phantombild sind nicht identisch. Also muss sehr wahrscheinlich diese angeheuerte Person des Geheimdienstes zuletzt bei Henry gewesen sein?"

Auf Marcellos Stirn bildeten sich Falten.
"Kann sein, muss aber nicht. Fakt ist, dass Ende März 1999 Frank alle Reiseandenken besaß. Es war uns gleichgültig, wie das Frank geschafft hatte. Irgendwann lasen wir in den lokalen Zeitungen, dass Henry und seine Frau bestialisch ermordet worden seien. Wir brachen daraufhin untereinander alle Kontakte ab, verteilten aber vorher unter uns die Reiseandenken. Die Amphore samt Inhalt verschwand im Erck-Konzern, die Kristalle erhielt John und wir die Tontafel."

Für Eric war nun klar, dass sich zur Aufklärung des Doppelmordes alles um Frank und den Söldner des Geheimdienstes drehte. Fände er Frank, so wäre der Weg zum vermeintlichen Mörder nicht mehr weit. Der Verbleib der Amphore samt Inhalt, die Kristalle und die Tontafel wären dann ein zweites Mysterium. Eric beendete die Videokonferenz höflich, aber mit tiefster innerer Missbilligung der Geschehnisse. Es war ihm unverständlich, dass sich sogar die Kirche aus der Verantwortung gestohlen hatte. Von CIA und dem Pharmakonzern hatte er nichts anderes erwartet.
"Eure Eminenz, vielen Dank. Fürs erste habe ich jetzt genug neue Informationen. Falls ich Weiteres wissen möchte, werde ich mich wieder bei Ihnen melden."

*

Freiburg, IEPR

Es war nicht schwer für Sarah, einen Termin für die dritte Rückführung zu bekommen, denn auch Chrissi wollte wissen, ob es Fortschritte in diesem Fall gegeben hatte. Zweitens würde ein Fahndungserfolg in diesem Mordfall das Ansehen des Instituts über Deutschlands Grenzen hinaus enorm steigern. Eric blieb allerdings in Offenbach, es passte einfach zeitlich nicht und er sah auch keine unmittelbare Gefahr für Sarah, wenn sie sich alleine auf den Weg nach Freiburg machte. Sarah wurde am IEPR von Chrissi fast schon wie eine gute Freundin empfangen. Sie schenkte ihr Kaffee ein und lehnte sich entspannt in ihrem Schreibtischsessel zurück.

"Hörte sich alles sehr spannend an, was du mir gestern so schnell am Telefon zugerufen hast."
Sarah nippte an der Kaffeetasse. Sie war angespannt und wusste nicht, wie sie Chrissi alles kurz, aber umfassend berichten sollte. "Sage mir bitte Bescheid, wenn ich zu schnell berichte!" Chrissi nickte und Sarah begann Chrissi im Schnelldurchgang in den Inhalt des Tagebuchs einzuweihen. Sie informierte auch, dass Eric mit dem Vatikan in Verbindung stand, parallel zu ihrer Reise. Chrissi hatte keine Fragen, ihre Auffassungsgabe war enorm.
"In der Tat, das Ganze entwickelt sich zu einem internationalen Fall. Mich würde es nicht wundern, wenn sogar die Aufnahmeprozedur Rumäniens in die Nato ab 2002 irgendwie mit den Ereignissen in der Höhle zusammenhinge. In sogenannten Esoterikkreisen wird das ja auch so vermutet."
Sarahs Augen weiteten sich vor Erstaunen über diese für sie neue Theorie.
"Wenn da etwas dran wäre, muss Eric wirklich aufpassen, dass er nicht zu viel Staub mit seinem Cold Case aufwirbelt. Vielleicht wurde er sogar vor 23 Jahren seitens BND und BKA bei der Aufklärung des Falles sabotiert. Vielleicht verschwanden ja auch Hinweise, noch bevor Eric davon etwas mitbekam. Man darf gar nicht weiter in diese Richtung denken."
Chrissi machte sich schon einige Notizen und meinte, dass es doch wahnsinnig interessant für das IEPR wäre, diese Höhle zu untersuchen. Sarah sah dies nüchterner, dass es heute vielleicht nicht mehr so interessant sei, denn die Höhle sei mit Sicherheit schon ausgeräumt oder gar versiegelt. Außerdem hätte sie im Internet gelesen, dass das gesamte Gebiet seit langer Zeit militärisches Sperrgebiet sei.

"Ich mache nur etwas zum Sperrgebiet, wenn ich etwas zu verbergen habe oder die Umgebung schützen muss", leitete Chrissi dann zum eigentlichen Zweck von Sarahs Besuch über. "Du hast mir gesagt, dass du die Zeitspanne zwischen Henrys Rückkehr aus Rumänien und dem Mordtag mit einer dritten Rückführung ergründen willst. Nun musst du aber wissen, dass das vielleicht nicht ganz so punktgenau wie beim Rückspulen von Filmsequenzen geht. Es kann sein, dass wir uns da wirklich vortasten müssen."

*

Sie wechselten in den Behandlungsraum. Sarahs Herz klopfte aufgeregt. Was würde sie nun Neues erfahren? Würde sie die dritte Rückführung so problemlos verkraften, wie die ersten beiden Rückführungen? Ihr war bewusst, dass das Damoklesschwert der psychiatrischen Behandlung nach jeder Rückführung über ihr schwebte. Mit diesen Gedanken legte sie sich auf die Couch, bereit für die nächste Reise in die Vergangenheit. Gerne hätte sie ihre Emotionen mit Chrissi geteilt, aber das war ja strikt untersagt. Sie fragte sich, ob sie diesmal mehr Gefühle für ihren ermordeten Ex-Ehemann Henry entwickeln und wie das ihr Verhältnis zu Tim beeinflussen könnte.

Chrissi bemerkte, dass aus Sarahs Augenwinkeln Tränen flossen.
"Wir können auch unterbrechen, wenn du dich emotional nicht wohl fühlst", versuchte Chrissi sie zu beruhigen und reichte ihr ein Papiertaschentuch.

"Nein, lass nur. Da muss ich durch. Hoffentlich hältst du mich nicht für gefühlskalt. Ich entwickele einfach keinen Draht zu Henry. Er war doch mein Mann und wir hatten uns doch geliebt. Ich habe einfach keine tiefere Erinnerung an ihn."
Chrissi kannte die seelischen Nöte der Probanden. Sie hatte schon die unterschiedlichsten Typen auf ihrer Couch. Auch jetzt versuchte Chrissi sie zu beruhigen.
"Ich darf dich jetzt nicht weiter beeinflussen. Du machst das alles sehr gut. Deine Emotionen sind normal. Nach der Rückführung arbeiten wir alles gemeinsam auf. Versuche dich zu entspannen, mache dich frei von Selbstvorwürfen."
Dann leitete Chrissi die Rückführung ein. Sie sprach ruhig in das Aufnahmegerät:

"Proband Sarah Winter, 3. Rückführungssitzung, 2022."

Während Chrissi beruhigend auf Sarah einwirkte, schaltete sie Sarahs Lieblings-CD und den Taktgeber ein. Der Raum wurde von sanfter Meditationsmusik und dem leichten Windgeräusch erfüllt. Chrissis Stimme drang wie aus weiter Ferne in Sarahs Bewusstsein vor.
"Sarah, atme tief ins Zentrum deines Körpers ein. Dein Körper wird leicht und du beginnst zu schweben. Öffne deine Seele. Was bemerkst du gerade?"

Sarahs Lippen bewegten sich:

"Ich falle wie in einen Strudel. In der Ferne sehe ich ein altes Haus und darin einen Raum, in dem sich Menschen bewegen und unterhalten. Ich komme dem Raum näher und meine Rotation im Strudel wird langsamer. Jetzt bin ich mit Henry in diesem Raum, den ich erkenne. Ich sitze mit ihm in einem

Restaurant. Ich erinnere mich. Das Restaurant heißt "Klein Elsass" und befindet sich gegenüber meinem zweiten Lieblingsrestaurant, dem "Gasthof zum Löwen". Es ist gemütlich eingerichtet und verströmt typisch französisches Flair. Der Wirt wirkt ziemlich deutsch, aber er ist sehr nett und aufmerksam. Mit jedem Gast unterhält er sich eloquent. Henry und ich haben uns Steaks bestellt. Der Wirt serviert sie gerade, wie immer von einem Spruch begleitet.
"Hier zwei Steaks, blutleer für meine speziellen Fast-Vegetarier." Der Spruch passt, denn die Steaks sind "well done". Sie schmecken hervorragend und eine Flasche Bordeaux rundet das famose Essen ab. Aus den Augenwinkeln bemerke ich, wie mir eine Frau, die links an der Weinbar sitzt, zunickt. Eine Patientin, die es aber erstaunlicherweise bei diesem Nicken belässt. Henrys Augen wandern auch von Tisch zu Tisch. Gegen Ende seiner Reise und noch mehr seit seiner Rückkehr aus Rumänien, hat er sich nämlich immer mehr verfolgt gefühlt. Ich habe versucht, mehr aus ihm herauszubekommen, aber er war entgegen seiner Art sehr verschlossen."

Wie aus weiter Ferne hörte Sarah Chrissi fragen: "Hast du eine Ahnung, welches Datum gerade geschrieben wird?"

"An der Bar hängt ein kleiner Kalender. Wir schreiben den 10. März 1999.
Ich nehme Henrys Hand und frage, was ihn beunruhigt. Er antwortet mir, dass er seit dem Anruf dieses Priesters überall Verfolger sähe. Aber er ist auch soweit gefestigt, dass er mir sagt, es sei wohl alles nur Einbildung."
Chrissi wurde äußerst aufmerksam und fragte mit monotoner, fast emotionsloser Stimme, wann der Anruf war. Sarah beziehungsweise jetzt eigentlich Zivar sagte kurz, dass es vor fünf

Tagen gewesen sei. Chrissi geleitete Sarah auf ihrer Ebene 5 Tage zurück.

"Es ist der 5. März, früher Abend. Wir sitzen beide vor dem Fernseher. Plötzlich klingelt das Telefon. Wir schauen uns an. Es ist unüblich, dass uns so spät noch jemand anruft. Ich gehe ans Telefon, denn vielleicht ist es ja ein Patient in Not. Die Stimme spricht deutsch mit italienischem Akzent. Der Anrufer ist Marcello und fragt, ob Henry da sei. Henry ahnt wohl, dass der Anruf für ihn ist, denn er steht, ohne dass ich gerufen habe, neben mir und nimmt den Hörer. Die gegenseitige Begrüßung ist weder herzlich noch abweisend. Es ist ein Telefonat, nüchtern und rational, wie zwischen Kunde und Auftragnehmer. Henry setzt sich mit dem Telefon auf einen Stuhl, der in der Nähe steht. Ich bekomme mit, wie Henry etwas über die Reiseandenken aus Rumänien erfährt. Er schüttelt den Kopf und fragt zurück, warum Bogdan ihn hätte anlügen sollen. Dann hört Henry nur noch zu. Henrys Gesicht wird fahl. Er fragt, ob es sicher sei, dass Bogdan tot ist. Dann wieder zuhörendes Schweigen. Henry murmelt schließlich, dass er damit einverstanden sei, Marcello die Tontafel für 20 000 DM Ende März persönlich im Kirchgarten von St. Nazarius zu übergeben. Warum dieser Marcello als Übergabeort den Kirchgarten gewählt hat, kann ich aus dem Gespräch nicht entnehmen. Dann legt Henry auf und geht zum Fenster, das zur Straßenseite zeigt. Er schaut hinaus, lässt aber nach kurzer Zeit den Rollladen herunter und kommt zu mir zurück an den Fernseher. Er ist nervös, schüttelt immer wieder den Kopf und murmelt etwas vom brutalen rumänischen Geheimdienst. Wie um sich selbst zu beruhigen, lenkt Henry dann aber ab, wir seien eventuell bald reicher und wenn John und Frank auch noch je 20 000 DM springen lassen würden, stünde unserer großen, schon seit langem geplanten, Weltreise nichts mehr im Wege."

Sarah atmete ruhig weiter und schwieg, als ob sie schliefe.

Chrissi fragte behutsam, ob sich Henry in den nächsten Tagen verändere.

"Die ersten beiden Tage nach dem Telefonat schaut er jeden Abend aus seinem abgedunkelten Büro zur Straße hinaus, als ob er jemanden suche. Aber er entdeckt wohl nichts Ungewöhnliches. Er scherzt noch, dass die katholische Kirche wohl zu viel Geld habe, wenn sie alle Tontafeln der Welt für 20 000 DM kaufe. Ich habe den Eindruck, dass er sogar enttäuscht ist, weil sich niemand wegen der Amphore und der Kristalle meldet.

Chrissi fragte, ob Henry nach dem Besuch im "Klein Elsass" nervös erschien.

"Wir fahren nach dem Essen im "Klein Elsass" nach Hause. Henry ist der Meinung, dass uns ein Auto ins Breidert folge. Also macht er einen Umweg über die Odenwaldstraße und stoppt dort vor der kleinen Polizeistation. Das Auto überholt uns und verschwindet in einer Seitenstraße. Zwei Tage später rennt er abends plötzlich aus dem Haus, da er gegenüber einen Beobachter vermutet. Er kommt zurück und sagt, es sei nur ein Passant gewesen, der spazieren gegangen ist und sich dabei eine Zigarette gegönnt habe.
Die nächsten Tage entspannt sich Henry, ja er freut sich sogar auf das Treffen mit Marcello und auch auf die 20 000 DM." …

Chrissi ließ Sarah nun in Ruhe. Ihre Augäpfel bewegten sich unter den Lidern so als sei sie im Tiefschlaf. Chrissi beschloss nach einiger Zeit des Schweigens, Sarah zurückzuholen.

*

Sarah schlug die Augen auf und blieb noch eine ganze Weile still liegen, als ob sie das eben Erlebte sortiere. Chrissi beobachtete sie ebenso schweigend, war jedoch froh, da ihre Probandin keine nervlichen Fehlreaktionen zeigte. Sie reichte Sarah ein Glas Mineralwasser, sie selbst nahm sich eine Tasse Kaffee. Sarah setzte sich auf und schaute Chrissi an.
"Wie du vorhergesehen hast, wir sind hin und her gesprungen. Ich erlebte alles wie im Film, sogar von einem Beobachtungsstand aus. Auch die Sequenz, als ich Henrys Hand nahm, erlebte ich wie aus weiter Ferne. Ich weiß jetzt ganz bestimmt, dass dies eine Schutzfunktion meines Gehirns ist, das meine Seele vor einem Gefühlschaos in der Gegenwart bewahren will."
Chrissi bewegte den Kopf weder nickend noch verneinend. "Das wird von Probanden unterschiedlich erlebt. Deine Reaktionen sind aber gesünder für deine Psyche hier in der Gegenwart. Die Position eines Beobachters ist bei Rückführungen für den Probanden und auch den Versuchsleiter komfortabel. Die Gefahr eines Festfahrens in der Vergangenheit ist viel geringer und ich kann einen "Beobachter" leichter zurückholen, wenn ich merke, dass seine körperlichen Reaktionen verrücktspielen."

Chrissi begann nun die Rückführungssequenz zu analysieren. "Wenn ich das als Außenstehender zusammenfassen müsste, würde ich das so machen, dass zur Lösung des Falles nur vereinzelte Hinweise für dich herausgekommen sind, die aber nicht zwingend zur Lösung des Falles beitragen:

Erstens, Bogdan wurde zu Tode gefoltert.

Zweitens, Marcello informierte Henry, dass Bogdan ihm Originale anvertraut hatte und dass der Vatikan für die Tontafel 20 000 DM angeboten hatte. Auch war schon ein Übergabetermin vereinbart worden, zu dem es aber nicht mehr kommen konnte.

Drittens, Henry fühlte sich anfangs verfolgt. Dieses Unbehagen versuchte er aber immer wieder zu verdrängen.

Viertens, einmal sprach er mit einem "Passanten" den er für einen Beobachter eures Hauses hielt. Ob das wirklich nur ein Passant war, geht aus der Rückführung nicht hervor.

Fünftens, aus der ersten Rückführung wissen wir, dass Henry den Erck-Projektleiter Frank erwartete und dieser ihm auch noch irgendein Angebot unterbreiten wollte."

Sarah hatte nichts hinzuzufügen. Sie mutmaßte, dass Eric eventuell Ähnliches bei seinem Gespräch mit den Vatikanmitarbeitern erfahren könnte. Chrissi war nicht abgeneigt, Eric gleich die gesamte Tonaufzeichnung und die Zusammenfassung zu senden. So könnte er sofort das Gespräch mit Marcello verifizieren beziehungsweise auf Ungereimtheiten überprüfen.

Eric rief bald nach Erhalt der Tonaufzeichnung zurück.
"Ich habe mir nur schnell die Zusammenfassung angeschaut, die Tonaufzeichnung höre ich mir heute Abend in einer stillen Stunde an. Die Zusammenfassung und Kardinal Marcellos Bericht sind deckungsgleich. Aus dem Gespräch mit Marcello geht auch klar hervor, dass der Erck-Projektleiter Frank nicht identisch ist mit dem Phantombild. Er muss aber nach dem Mord den Mörder getroffen haben, denn er war zum Schluss im Besitz von Henrys Reiseandenken aus Rumänien."

Sarah, die das schon geahnt hatte, war erstaunt.
"Kardinal Marcello? Unser Marcello aus dem Tagebuch?"

Eric stellte sich Sarahs überraschtes Gesicht vor.
"Ja, Marcello hat nach der Exkursion ins Bucegi-Gebirge schon nach kurzer Zeit die Karriereleiter im Vatikan erklommen, ob aufgrund der Exkursionsergebnisse, ist unklar. Treffen wir uns morgen oder übermorgen bei mir im Büro zum weiteren Abgleich?"

Sarah überlegte kurz.
"Ich fahre erst morgen früh zurück. Nachmittags treffe ich Tim, übermorgen ist besser."

*

Sarah fragte Chrissi, ob sie noch Zeit für sie hätte, denn sie wollte unbedingt wissen, ob andere Probanden die Zwischenwelt ähnlich wie sie visualisiert hätten, auch wenn diese Details überhaupt nichts zur Lösung des Mordfalles beitragen würden.

Chrissi hatte sich sowieso den ganzen Tag für Sarah reserviert und hatte deshalb ausreichend Zeit, Sarah Rede und Antwort zu stehen:
"Sarah, normalerweise darf ich dir nichts erzählen, denn falls du noch einmal eine Rückführung machen willst, egal, ob bei mir oder jemand anderem, könnte man dich als vorbelastet und beeinflusst einstufen. Aber nehmen wir mal an, du machst in der nächsten Zeit keine Rückführung mehr. Und wenn doch, muss ich zuvor einen Teil deiner Erinnerung löschen, was ich aber nur in Notfällen und nur mit deinem Einverständnis machen würde.
Eines haben alle Probanden gemeinsam, jeder berichtet von einer Zwischenwelt in die ihre Seelen eintreten. Keiner sprach", und dabei machte sie eine Sprachgestik mit der Hand nach oben deutend, "etwa von "Himmel" oder "Nirwana", was ich jetzt mal gleichsetze. Manche berichten von einer langen Wanderung in der Zwischenwelt, bevor sie an einem Ufer ankommen. Manche auch von einem See, über den eine lange Brücke zum anderen Ufer gespannt ist, das durch ein sehr helles Licht beleuchtet wird. Die Brücke besteht natürlich nicht aus Beton, sondern aus einem feinstofflichen lichtähnlichen Material. Einige bezeichnen das Licht am Ende der Brücke als göttlich. Ich habe schon hinterfragt, was sie als göttlich empfinden. Alle sagten, sie spürten eine unendliche Güte. Noch nie schaffte es einer der Probanden, die Brücke zu überqueren. Alle scheiterten und wurden wieder zurückgeschickt, entweder ans Ausgangsufer oder in einen neuen Körper. Diese

Transformation wurde allerdings verschieden erlebt. Sie geschieht zum Beispiel durch ein Eintauchen in den See. Manche Probanden sehen darin auch keinen See, sondern ein Dimensionen-Fenster. Es wurde auch vereinzelt davon berichtet, dass sich die Probanden ihre zukünftigen Eltern aussuchen konnten, das heißt, sie konnten sie durch das Dimensionen-Fenster beobachten. So ähnlich hast du das ja auch in der ersten Sitzung berichtet. Du konntest dir ja auch deine Eltern aussuchen. Was immer wieder berichtet wird ist, dass es in dieser Zwischenwelt keinerlei Feindschaften oder Aggression gibt. Mehrere Probanden berichteten auch, dass sie große Zusammenhänge über die Entstehung des Universums und die Entstehung der Seelen plötzlich verstanden. Beim Übergang von Zwischenwelt zur neuen irdischen Daseinsform jedoch geht alles Wissen verloren, auch das Wissen über vorhergehende Leben. Es wird unterdrückt und in das Unterbewusstsein des zukünftigen Gehirns verbannt."

Sarah war beeindruckt von dem, was Chrissi berichtete. Schließlich versuchte sie, ihr Verständnis zusammenzufassen:

"Stell dir nur mal vor, es gäbe keine Unterdrückung des Wissens aus der Zwischenwelt und der Vorleben. Die Menschheit würde einen gewaltigen Sprung vorwärts in ihrer geistigen Entwicklung machen. Innerhalb weniger Generationen gäbe es keinen Krieg mehr, keine Krankheiten und keine Armut. Warum müssen alle Seelen "den Trank des Vergessens" trinken?"

Chrissi versuchte Sarah aus der Perspektive einer Psychologin zu antworten.

"Ich glaube zurzeit, und ich sage bewusst "glaube", da ich einfach kein endgültiges Wissen darüber habe, dass die Menschen sich nicht automatisch an Vorleben erinnern, weil sie sonst mit dem großen Wissen aus vielen Vorleben überfordert wären. Der Mensch ist noch nicht soweit, muss sich meiner Meinung nach erst noch geistig weiterentwickeln, um mit dieser Wissensfülle umgehen zu können. Bevor diese Weiterentwicklung nicht in Gang gesetzt worden ist, muss das Mysterium des Lebens und des Todes verborgen bleiben.
Die Wissenschaft der Reinkarnationsforschung steht erst am Anfang. Aber ich bin optimistisch, dass wir in 50 oder 100 Jahren ähnliche Fortschritte gemacht haben werden wie in der Luft und Raumfahrt im vergangenen Jahrhundert. Ich glaube fest daran, dass unsere Forschung einen Beitrag zur Weiterentwicklung der Menschheit liefert."

"Ja, diese Weiterentwicklung hat die Menschheit bitter nötig", antwortete Sarah fast kleinlaut.

*

Rödermark – Ehemaliges Pfarrhaus

Sarah war am frühen Nachmittag aus Freiburg zurück. Sofort meldete sie sich bei Tim und erzählte ihm von ihrer dritten Rückführung. Auch Tim war in der Zwischenzeit nicht tatenlos gewesen. Er hatte sich von seiner Abteilungsleitung die Freigabe erteilen lassen im Konzernarchiv Zusammenhänge mit Bezug zur Entwicklung neuer Medikamente aufzurufen.

Er wusste, dass er behutsam vorgehen musste, da er nicht abschätzen konnte, ob der damalige Projektleiter Frank noch mit dem Konzern in Verbindung stand, in welcher Funktion auch immer. Er ging zwar mittlerweile davon aus, dass Frank nicht Henrys Mörder gewesen, aber dennoch irgendwie darin verwickelt war. So tastete er sich vorsichtig vor, zunächst beginnend mit dem letzten Jahrzehnt des letzten Jahrhunderts, bis schließlich in die frühen Jahre des einundzwanzigsten Jahrhunderts. So hatte er schnell einen Einblick in die Arbeitsweise des Konzerns in dieser Zeitspanne gewonnen.
Er verabredete sich mit Sarah für den Abend in Rödermark, da er die Ergebnisse nicht per Telefon besprechen wollte.

*

Tim klingelte gegen 20 Uhr an Sarahs Haustür. Der Summton der sich öffnenden Tür riss ihn aus seiner Grübelei. Auch Sarahs Stimme verbesserte seine Laune gewaltig.
"Komm hoch, du kennst dich ja aus!"
Tim rannte die paar Stufen in den ersten Stock, ohne außer Atem zu geraten.
"Immer langsam mit den jungen Pferden!", begrüßte ihn Sarah und umarmte ihn herzlich, wobei Tims Laptop, den er vor seiner Brust hielt, doch störte.
"Es wird Zeit, dass wir den Mörder finden, dann können wir endlich wieder normal leben."
"….. und wir können weiter unserer eigentlichen Forschungsarbeit nachgehen", ergänzte Tim mit einem tiefgründigen Lä-

cheln. Als sie an Sarahs Schlafzimmer vorbeigingen, verlangsamte Tim seine Schritte, doch Sarah konterte Tims wortlose Geste.
"Du weißt ja, wo mein Arbeitszimmer ist."
Dabei dachte sie an ihre erste Begegnung vor einigen Tagen in der Küche, als Tim vor lauter Verlegenheit das Gulasch x-mal umgerührt hatte. Von Verlegenheit spürte sie nun nichts mehr.
"Ich bin gespannt, was du im Archiv herausgefunden hast! Hast du Spuren dieses Projektleiters und vielleicht auch dieser in Henrys Tagebuch erwähnten Reisegruppe gefunden?"
Während Tim den Laptop hochfuhr, musste er Sarah enttäuschen. Auch wenn er keine direkten Spuren zu den aus Henrys Tagebuch bekannten Namen gefunden hatte, so hatte er jedoch Hinweise und Zusammenhänge, die sogar bis in biblische Zeiten zurückreichten, aufgespürt.

*

Sarah holte eine Flasche Primitivo und füllte die Weingläser. Tim platzierte den Laptop so, dass Sarah einen guten Blick auf den Bildschirm werfen konnte.
"Ich rufe die Dokumente auf und fasse sie aber gleichzeitig zusammen. Falls du detaillierte Informationen nachlesen willst, halte ich die Aufrufe an und lasse dir Zeit zum Lesen", eröffnete Tim die Vorstellung seiner Ergebnisse.

"Die neunziger Jahre waren geprägt von einer Auf- und Umbruchstimmung, politisch durch den Zusammenbruch der damaligen Sowjetunion und transzendent durch das Ende der

Hochphase der New Age Bewegung. Einige Kreise der sogenannten Eliten bekannten sich offen zu dieser Bewegung, die ihre Ursprünge in den östlichen Religionen hatte. Was für uns heute unvorstellbar ist, Konzernlenker, wie der damalige Vorstandsvorsitzende von Erck-Pharma, waren auch darunter. Ja es war sogar chic, sich mit Mitarbeitern zu umgeben, die einige Zeit in den Ashrams Indiens verbracht und so angeblich den Blick über die Grenzen der westlichen Wissenschaft gewagt hatten. Manche dieser Leute meinten sogar, dort ihr Bewusstsein erweitert zu haben. Heute würden diese Mitarbeiter im weitesten Sinne der "Querdenkerszene" zugerechnet. Ich fand in den Unterlagen der neunziger Jahre, dass Erck-Pharma damals einen eigenen kleinen Think-Tank finanzierte, der sich speziell mit der Thematik der Lebensverlängerung durch Medikamente oder auch durch Lebensweisen befasste. Dieser Think-Tank entsandte einen Teil seiner Mitarbeiter nach Rom in den Vatikan, nach Jerusalem, nach Moskau und Indien. Dort suchten sie in uralten Schriften, in denen der Bibel vorenthaltenen apokryphen Schriften und auch den Veden nach Hinweisen auf die Langlebigkeit der frühen Menschheit. Der erste Mensch in der Bibel, Adam, wurde 930 Jahre alt, Methusalem wurde danach 969 Jahre alt, Noah angeblich 950 Jahre, mit ihm endete gemäß der Bibel das Zeitalter der ersten Patriarchen. Die Lebenserwartung der nachfolgenden Patriarchen nahm sprunghaft ab. Abraham wurde nur noch 175 Jahre alt, Moses "nur" 120 Jahre. Es gibt natürlich auch theologische Erklärungen, dass die immens hohen Altersangaben nur Gleichnisse seien oder noch banaler, die frühen Autoren hätten Monate mit Jahren verwechselt. Der Erck-Pharma Think-Tank nahm diese Erklärungen zunächst so hin, wie geschrieben. Man forschte weiter und schickte die Mitarbeiter in Gegenden der Langlebigkeit, zum Beispiel nach

Japan, ins Himalaja-Gebiet, nach Südamerika entlang des Amazonas, immer auf der Suche nach Hinweisen zu ursprünglichen lebensverlängernden Mittelchen oder Pflanzen, die man dann durch geschicktes "Umetikettieren" oder "Weiterentwickeln" sowie progressive Marketingstrategien verkaufen wollte.
Der damalige Konzernchef von Erck-Pharma hatte natürlich auch über den Think-Tank Verbindungen zu Freimaurer-Logen und diese wiederum hielten in ihren geheimen Archiven uraltes Wissen schon aus Zeiten der ägyptischen Hochkulturen und weit davor zurück."
Tim machte eine kleine Pause und nahm einen Schluck Wein. Sarah nippte ebenfalls an ihrem Glas. Mit dem Wissen der letzten Zeit und Tims Informationen verstand sie immer mehr.
"Alles klar, es wird immer deutlicher, warum Erck-Pharma unbedingt die Amphore mit dem geheimnisvollen Inhalt in ihren Besitz bringen wollte."

Tim berichtete weiter über seine Nachforschungen.

"Über eine der Freimaurer-Logen aus Rom erhielt Erck-Pharma Ende der Neunziger einen Hinweis, dass es in Rumänien Höhlensysteme gäbe, in denen medizinisches Material aus längst vergangenen Zeiten gelagert wäre. Jetzt kann ich einen Sprung machen, denn das, was ich im Erck-Archiv gefunden habe, ist weitgehend identisch mit Henrys Tagebuch. Ich fahre also ab dem Zeitpunkt fort, als Henry wieder zurück in Rödermark und bereits ermordet worden war.
Im Erck-Archiv wurde nicht erwähnt, wie der Konzern in den Besitz der Amphore gekommen war. Es steht da lediglich,

dass die Forschungsabteilung über Umwege auf ein Pulver gestoßen war, das aus einem rumänischen Höhlensystem stammte. Es sei gleichzusetzen mit dem sogenannten einatomigen Gold. Sofort machten sich die Erck-Biologen daran, das Material in ihre Forschungsarbeiten einzubinden. Wie das genau geschah, habe ich nur rudimentär verstanden. Falls es dich interessiert, der Ansatz zur Lebensverlängerung geschieht über die Verhinderung der Zellabnutzung durch immerwährende Zellteilung. Die Forscher beschritten zwei Wege, einmal durch den Einsatz von Nanotechnologie, mit der sie versuchten, abgenutzte Zellen zu reparieren und zweitens, und das war dann neu, die Abnutzung erst gar nicht entstehen zu lassen, indem man das rumänische Mittel in den Zellen platzierte. Der genaue mikrobiologische Prozess wurde im Archiv beschrieben, aber ich habe ihn noch nicht soweit durchdrungen, dass ich ihn erklären könnte."
Sarah nahm einen weiteren Schluck Wein.
"Ich fang gleich an zu kotzen."
Tim rollte die Augen und versuchte die Situation zu entspannen.
"Es sprach die Master-Aspirantin. Und außerdem, so schlecht schmeckt der Wein doch gar nicht."
Sarah ging nicht darauf ein, sondern polterte los.
"Wenn ich das schon lese, dass sie das Material über Umwege erhalten haben! Das stinkt doch zum Himmel. Wir müssen unbedingt mit Eric einen Weg finden, den Druck auf Erck-Pharma zu erhöhen. Alleine machen wir das lieber nicht. Das ist eine Nummer zu groß für uns und unter Umständen auch zu gefährlich."
Tim klappte den Laptop zu.
"Stimmt. Wir sollten uns gleich mit Eric verabreden."

Sarah lächelte. "Stell dir vor, das habe ich gestern schon längst mit ihm vereinbart. Morgen Mittag, bei ihm im Büro der Kripo Offenbach."
"Okay, du planst voraus. Und was machen wir mit dem angebrochenen Abend? Ich habe Wein getrunken und kann eigentlich kein Auto mehr fahren."
Sarah nahm einen letzten Schluck Wein, rückte näher an Tims Seite, legte eine Hand auf seinen Oberschenkel und sah ihm dabei tief in die Augen.
"So, so, eigentlich kannst du kein Auto mehr fahren. ... Und was kannst du noch so, jetzt?"
Tim errötete, aber nicht aufgrund des guten Rotweins.

*

Kriminalpolizei Offenbach

Sarah und Tim trafen sich mit Eric um 14 Uhr in seinem Büro. Eric bot beiden eine Tasse Kaffee an. Während er die Kaffeemaschine bediente, steckte Sarah ihrem tierischen Freund Hasso ein Leckerli zu, das er freudig verputzte. Schwanzwedelnd schaute er Sarah treuherzig fixierend an und hatte mit seinem Blick Erfolg. Er bekam noch eins. Schon bald kam Eric mit drei Tassen Kaffee zurück an den Schreibtisch.
"Wie kommen wir an den großen Unbekannten heran, der am 25. März 1999 nachmittags bei Henry auftauchte und ihn und Zivar dann abends sehr wahrscheinlich ermordete? Wir wissen mit ziemlicher Sicherheit, dass er die Reiseandenken aus Rumänien irgendwie und ungesehen aus dem Haus brachte. Ferner liegt es auf der Hand, dass der Erck-Projektleiter Frank mit dem Mörder in Verbindung stand, da ja das Pulver

der Amphore in den Erck-Laboren analysiert und verarbeitet wurde. Das Phantombild ist bei Erck unbekannt, zumindest ist das die Auskunft. Das wiederum bedeutet, dass Frank entweder nicht mehr bei Erck angestellt oder vielleicht schon tot ist. Nur Frank könnte uns weitere Auskunft geben."
"Oder Frank, den wir ja nicht kennen, hüllt sich in Schweigen", warf Sarah ein.
Eric nickte und fuhr fort.
"CIA, also John oder Marcello, hatten mit der Person des Phantombildes keine tieferen Kontakte, denn es war Franks Aufgabe, diese unheilvolle Verbindung zu halten."
Tim war kein Kriminologe. Er wollte am liebsten bei Erck mit der Tür ins Haus fallen.
"Auch Erck Deutschland verkauft heute noch dieses potenzsteigernde Mittel "Tiger" und das Medikament zur Stärkung des Immunsystems an sehr gut betuchte Kunden in Deutschland. Konfrontieren wir doch den Geschäftsführer mit unseren Fragen, die da wären:

"Wer war der Mitarbeiter, der die Amphore mit dem Pulver für die Erck Labore besorgte?
Wo ist der Mitarbeiter oder Überbringer heute?
Sagen wir ihm doch, dass wir Hinweise haben, dass der Überbringer dieser Amphore in den Mordfall von 1999 verwickelt war."

Eric musste lachen.
"Ja, das ist der Inhalt, den ich dem Geschäftsführer von Erck unter die Nase reiben muss, nur halt diplomatischer. Was machen wir aber, wenn die Aussage sein wird, dass der Überbringer tot oder untergetaucht sei?"

"Dann setzen wir Erck unter Druck, drohen wir ihnen mit negativer Presse," warf Sarah ein.
Eric beschwichtigte seine jungen "Mit-Ermittler".
"Jetzt wird das Eis immer dünner. Wir dürfen keine Erpressung starten, dann machen wir uns strafbar. Die Anwälte von Erck würden uns den Löwen im Bostoner Zoo zum Fraß vorwerfen. Lasst mich in Ruhe überlegen. Haltet ihr in der Zwischenzeit den Ball flach und erregt in Rödermark kein Aufsehen."

*

Eric ließ sich am nächsten Tag erneut mit Kardinal Marcello verbinden.
"Unsere Telefonate scheinen zur Gewohnheit zu werden", startete Marcello entspannend die Unterhaltung. Eric bat Marcello um seine Einschätzung, ob Frank noch bei Erck-Pharma arbeite, untergetaucht oder schon tot sei.
"Wie schon in der letzten Videokonferenz gesagt, wir haben damals den Kontakt zu ihm abgebrochen, nachdem er uns die Tontafel übergeben hatte. Wir wollten schlicht nicht wissen, wie er oder sein undurchsichtiger Kontaktmann des rumänischen Geheimdienstes an die Reiseandenken gekommen war. Frank hüllte sich auch in Schweigen, als ob er etwas zu verbergen hätte. Nachdem ich jetzt durch Sie an den Fall erinnert wurde, bin ich ins Grübeln gekommen. Ich glaube nicht, dass er tot ist. Vielmehr glaube ich, dass er mit einer neuen Identität, vielleicht sogar durch eine Gesichts-OP verändert, ganz oben in der Führungsetage im Erck-Konzern arbeitet. Wie kann man ihn heute identifizieren? Nun, wir haben ja damals

in Rumänien oft abends beim Bier zusammengesessen. Da erzählte er von einer Verletzung an seiner rechten Hand, genauer, eine alte, aber verheilte Verletzung an seinem kleinen Finger. Er hatte ihn sich in jungen Jahren beim Skifahren ausgekugelt. Dabei verletzte er sich eine Gelenkkapsel so sehr, dass dieser kleine Finger für immer krumm und geschwollen blieb. Zweitens, und das ist nun ein absolut unveränderliches körperliches Merkmal, seine Augen sind zweifarbig. Nur sehr wenige Menschen werden mit dieser Auffälligkeit geboren, welche die Fachärzte "Heterochromie" nennen. Betroffene gleichen diesen Effekt oft mit farbigen Kontaktlinsen aus. Also, falls Sie den Kreis um Frank enger ziehen und er sein Äußeres chirurgisch verändert hat, achten Sie auf die Augen. Auch den kleinen Finger dürfte er nicht verändert haben, denn Fingerchirurgie misslingt oft."
Eric war verblüfft über diese guten Hinweise, die es ermöglichen könnten, Frank zu identifizieren.
"Eine letzte Frage habe ich noch. Warum warnten Sie damals Henry nicht?"
Marcello hatte geahnt, dass diese Frage irgendwann kommen musste.
"Aus heutiger Sicht war dies ein unentschuldbarer Fehler. Aber damals war ich nur auf diese Tontafel fixiert. Ja ich wollte sie Henry sogar abkaufen. Als dann Frank mit ihr auftauchte und sie mir kostenlos übergab, war ich zufrieden und glaubte sogar noch, das Budget der Glaubenskongregation entlastet zu haben. Ich habe erst kurze Zeit später von dem brutalen Doppelmord erfahren und dann schockiert und verbittert alle Verbindungen abgebrochen. Sehen Sie meine detaillierten Auskünfte als späte Wiedergutmachung an."
Eric war mit dieser Antwort nicht ganz zufrieden.

"Sie sind ein hochrangiger Vertreter der Kirche", meinte Eric. "Letztlich ist Ihr damaliges Verhalten kein Fall für die irdische Justiz, aber eines Tages wird darüber an höherer Stelle Gericht gehalten werden."
Marcello antwortete nichts auf diesen verbalen Angriff. Im Gegenteil, er verblüffte Eric erneut.
"Ich habe noch eine Bitte. Könnten Sie mir die Telefonnummer von Sarah Winter geben? Ich kann ihr vielleicht bei ihrer Suche helfen."
Eric, der sich für Sarah verantwortlich fühlte, zog die Augenbrauen hoch.
"Woher haben Sie den Namen Sarah Winter?"
"Ach wissen Sie, die Wege der Glaubenskongregation sind vielseitig und wir haben ein gutes weltweites Informationsnetz. Ich weiß auch, dass sie mit dem Freiburger IEPR, mit Professorin Chrissi Roth in Verbindung steht, oder sagen wir genauer, von ihr behandelt wird. Freiburg ist Bischofsstadt. Und der Freiburger Bischof steht mit uns in regem Kontakt, auch weil er und wir die Forschungen des IEPR für sehr interessant halten."
Eric wurde es unbehaglich, was sehr selten vorkam, wenn er sich dienstlich fordernd mit Menschen unterhielt.
"Sie verstehen, dass ich nicht so ohne Weiteres die Telefonnummer herausgeben darf. Aber wenn sie zustimmt, steht dem nichts im Wege."
Marcello baute eine goldene Brücke.
"Sie können ihr auch meine Telefonnummer geben. Sie kann mich zurückrufen, wenn sie mutig und neugierig ist."

*

Nachdenklich legte Eric den Telefonhörer auf. Hasso hatte ein gutes Gespür für die Situation. Er spitzte seine Ohren und beobachtete Eric, als ob er ihn vor einer unsichtbaren Gefahr beschützen wollte. Eric grübelte, bei welcher Suche Marcello Sarah wohl helfen könnte? Er ärgerte sich nun, dass er seiner Neugier nicht sofort nachgekommen war. Auf der anderen Seite würde Sarah ihn ja informieren, falls Marcello mehr zur Lösung des Falles beitragen könnte. Eric rief Sarah an, informierte sie über das Gespräch mit Marcello und gab ihr dessen Telefonnummer. Sarah war am Telefon zunächst zögerlich, doch dann entschied sie sich, Kardinal Marcello demnächst anzurufen.

Als nächstes wählte Eric die Telefonnummer des Erck-Geschäftsführers der Niederlassung in Deutschland. Er verabredete sich mit ihm für den nächsten Vormittag.

*

Erck-Pharma Deutschland – Büro des Geschäftsführers

Eric saß wieder Dr. Seluschko gegenüber. Dieser war wie immer sehr freundlich. Eric informierte ihn, dass die Kripo Offenbach im Zuge der Ermittlungen zu dem alten Doppelmordfall neue Erkenntnisse gewonnen habe. Er kam schnell auf den Punkt, dass Erck-Pharma 1999 aufgrund der Ankündigungen und schließlich auch der Einführung des Potenzmittels "Tiger" und des Immunsystem-Medikaments "Immuno" einen steilen Anstieg des Aktienkurses zu verzeichnen hatte.
"Nach unseren Unterlagen gab es damals einen Erck-Projektleiter, der ihren Vorgängern eine Amphore mit einem antiken

Pulver übergeben hat und aus dem ihre Labore dann die Medikamente entwickelten. Wir kennen von diesem Projektleiter leider nur den Vornamen. Er heißt Frank. Können Sie uns den Verbleib Franks erklären oder gar ein Gespräch mit ihm arrangieren? Dieser Frank ist irgendwie in den Besitz dieser Amphore gelangt, die noch kurze Zeit vorher im Keller der Mordopfer gestanden hatte. Ich kann Sie aber vorerst beruhigen, Frank war nicht der Täter. Wir glauben allerdings, dass wir über ihn an den Täter, der im Milieu des rumänischen Geheimdienstes wirkt oder wirkte, herankommen."
Eric merkte sofort, dass sich sein Gegenüber nun unbehaglich fühlte.
"Eigentlich sind Sie bei mir da an der falschen Adresse, aber um Schaden vom Gesamtkonzern abzuwenden, werde ich mit Ihnen vollständig kooperieren, soweit ich dazu etwas beitragen kann. Nach unserem ersten Gespräch ist auch mir aufgefallen, dass da eine Korrelation zwischen dem Doppelmord und dem rasanten Anstieg des Erck-Aktienkurses von 1999 bestehen könnte, aber nicht unbedingt muss. Diese Medikamente, die Sie angesprochen haben, wurden alle in den Laboren in den USA hergestellt. Wir hier in Deutschland haben daran keinen Anteil. Ich kann Ihnen aber die nötigen Kontakte vermitteln. Ich schätze die Lage so ein, dass wir unbedingt mit dem CEO des Konzerns, dem Chef der Forschungsabteilung und dem Chef für die globale Konzernsicherheit reden müssen. Ich benötige einige Tage, um alle an einen runden Tisch zu bekommen. Meine amerikanischen Kollegen sind da zurückhaltender mit Terminvergaben."
Eric konnte sich noch gut an das erste Gespräch zwischen dem Geschäftsführer und den amerikanischen Kollegen erinnern, das er im Vorbeigehen mitgehört hatte.

"Mit Verlaub, Sie meinen wohl, dass sich Ihre Kollegen da etwas arrogant verhalten und dem Gespräch nicht die nötige Dringlichkeit beimessen."

Dr. Seluschko kniff die Augen zusammen, als ob er noch etwas sagen wollte, es dann aber doch besser unterließ.

"Das ist Ihre Interpretation der Situation. Ich schlage vor, ich rufe Sie umgehend an, wenn ich einen Termin habe. Es kann allerdings sein, dass wir dazu nach Boston fliegen müssen, denn bestimmte Dinge lassen sich besser direkt vor Ort klären."

Eric wusste, dass so eine Dienstreise in der Privatwirtschaft an der Tagesordnung war, aber bei polizeidienstlichen Ermittlungen über die Landesgrenzen hinweg müsste so einiges an administrativen Vorarbeiten geleistet werden.

"Gut, dass Sie das erwähnen. Mein Chef wird sich freuen, wieder einmal mit amerikanischen Polizeikollegen reden zu können und unsere Ermittlungen anzukündigen."

*

Rödermark – Ehemaliges Pfarrhaus – Vatikan – Büro von Kardinal Marcello

Sarah saß an ihrem Schreibtisch und versuchte sich in ihre Masterarbeit zu vertiefen. Es gelang ihr jedoch nicht. Aufgrund der letzten Erlebnisse schwirrten in ihrem Kopf zu viele ablenkende Gedanken herum. Es irritierte sie auch, dass dieser Kardinal Marcello sich mit ihr unterhalten wollte. Wie war er auf sie aufmerksam geworden? Angeblich war der Vatikan global gut vernetzt, was sie sich ja noch vorstellen konnte,

aber dass Chrissi und sie im Fokus stehen würden, hätte sie vor Tagen noch weit von sich gewiesen. Sie zögerte, die Telefonnummer Marcellos zu wählen, denn sie verblüffte auch, dass er ihr über Eric seine Telefonnummer gegeben hatte. So ging sie, wie immer, wenn sie verunsichert war, in die Küche und schaltete die Kaffeemaschine an. Kaffee tat ihr gut. Er entspannte sie und manchmal brachte sie das Koffein in ihrer Blutbahn wirklich auf gute Ideen und zu Entscheidungen. Solange die Kaffeemaschine hochheizte und sie ein Kaffeepad einlegte, überlegte sie, wie man wohl einen Kardinal ansprach. Ihre Gedanken drehten sich plötzlich nur noch um dieses Gespräch.
"Eure Eminenz? Ja, ich glaube, so spricht man einen Kardinal an. Ich werde lieber vorher nochmal nachschlagen. Was verschafft mir die Ehre? Keine Ahnung, wie das Gespräch laufen soll. Was will er von mir? Angeblich kann er mir bei der Suche helfen. Vielleicht sollte ich es auch ganz anders anfangen und ihn fragen, wie die Kirche heute zu Chrissis Reinkarnationsforschung steht."
Sarah ging mit der randvollen Kaffeetasse langsam in ihr Arbeitszimmer zurück. Nachdem sie sich vergewissert hatte, dass die Ansprache "Eminenz" richtig war und einen weiteren Schluck Kaffee genommen hatte, wählte sie die Telefonnummer von Kardinal Marcello. Gespannt hörte sie auf den Wählton in ihrem Handy. Zu ihrer großen Überraschung meldete sich der Sekretär des Kardinals auf Deutsch.
"Guten Tag, hier ist das Sekretariat seiner Eminenz Kardinal Marcello. Sie wünschen?"
Sarah hätte sich fast am Kaffee verschluckt.
"Der Kardinal hat mir seine Telefonnummer hinterlassen mit der Bitte, ich könne ihn zurückrufen. Können Sie mich mit ihm verbinden?"

Der Sekretär kannte die ungewöhnlichen, aber meist sehr erfolgreichen Kommunikationswege Marcellos und wunderte sich nicht.
"Aber natürlich, der Kardinal ist im Büro. Ich verbinde Sie, wie war nochmal ihr Name?"
Da erst bemerkte Sarah, dass sie vor lauter Aufregung vergessen hatte, sich vorzustellen.
"Sorry, ich vergaß meine gute Kinderstube, mein Name ist Sarah Winter."
Wieder ertönte ein Wählton und kurze Zeit später wurde sie von Marcello in perfektem Deutsch begrüßt.
"Guten Morgen, Frau Winter. Das ist sehr nett, dass Sie mich so schnell zurückrufen. Sie werden sich sicher fragen, warum ich mich mit Ihnen unterhalten will."
Sarah wurde von Minute zu Minute selbstbewusster.
"Eure Eminenz, guten Morgen, Sie können auch Gedanken lesen?"
Marcello war kein Freund von pathetischen Ansprachen.
"Kardinal genügt. Eminenz müssen mich nur Politiker nennen. Ich möchte mich mit Ihnen unterhalten, denn ich wurde informiert, dass Sie aufgrund einer Erkrankung die Hilfe von Frau Professor Chrissi Roth des IEPR in Freiburg in Anspruch genommen haben. Nun, Frau Roth ist bei uns im Hause der Kongregation für die Glaubenslehre keine Unbekannte. Vielleicht wissen Sie, dass ich Forschungsergebnisse überprüfe, die in irgendeiner Weise den christlichen Glauben tangieren. Frau Roth forscht auf dem Gebiet der Reinkarnation. Viele große Weltreligionen basieren ja sogar auf der Reinkarnation und selbst das Christentum verbietet nicht traditionell den Glauben an die Reinkarnation der Seele, die ja

noch bis ins sechste Jahrhundert nach Christus stark in unserem christlichen Kulturkreis präsent war. Aber ich komme etwas zu sehr ins theologische Plaudern.
Ich sage mal so, ich wurde informiert, dass Sie bei einer Rückführung erkannt haben, die Reinkarnation einer ermordeten Psychologin zu sein. Nun, schon allein dies ist für uns interessant. Noch interessanter ist, was Sie in der Astralwelt oder Zwischenwelt erlebt haben wollen. Ihre Erlebnisse unterscheiden sich gar nicht mal grundlegend von den Erlebnissen der biblischen Seher oder Propheten. Ich finde es überaus interessant, dass Sie gemeinsam mit Kommissar Schwab den Doppelmord an Zivar und Henry Kurz über den Weg der Rückführung in ihr früheres Leben aufklären helfen wollen."
Sarah unterbrach den Kardinal.
"Wobei ich ursprünglich nur die Symptome meiner grässlichen Bauchschmerzen ergründen und lindern wollte. Ich bin da sozusagen reingerutscht. Ich hoffe, dass wir den Mörder bald finden, denn ich möchte in Ruhe weiter studieren und eigentlich alles vergessen. Ich habe kein Interesse an meinem früheren Leben, ich lebe im Hier und Jetzt."
"Sagen Sie das nicht. Es gibt Menschen, die sehnen sich nach der Erkenntnis, was nach dem Tod kommt. Dann gibt es sogar Menschen, die sich aufgrund der bewussten Reinkarnation weiterentwickeln", gab Marcello zu bedenken.
"Vielleicht bin ich auch deswegen so abweisend, weil ich durch die Rückführung in einen Mordfall verwickelt wurde und auch noch in meinen eigenen. Eigentlich müsste ich Tag und Nacht an meiner Masterarbeit sitzen. Zurzeit dreht sich aber alles nur um die Suche nach dem Mörder."

Sarahs letzte Bemerkung war für Marcello die Gelegenheit, dem Gespräch die eigentlich angedachte Richtung zu geben.

"Ich glaube, Ihr Mörder lebt nicht mehr. Ich habe das nicht so deutlich Kommissar Schwab gesagt, denn er glaubt, über den Projektleiter Frank den Mörder finden zu können. Frank wiederum ist nicht auffindbar, aber Eric Schwab ist in dieser Hinsicht wie ein Terrier. Wenn er sich in eine Sache verbissen hat, lässt er nicht mehr los."

Sarah war wie elektrisiert. Der Satz schlug bei ihr wie eine Bombe ein.

"Wie kommen Sie darauf, dass der Mörder von Zivar und Henry nicht mehr lebt?"
"Nun ja, unsere Kontakte in Rumänien, die auch bis in den dortigen Geheimdienst reichen, informierten uns, dass der auf Zivar und Henry angesetzte Agent nicht zurückkehrte. Seine Agentenführer mutmaßten, dass er die Reiseandenken aus der Bucegi Höhle im Westen teuer verkauft und sich dann abgesetzt hat. Aber das kann nicht sein, denn Frank übergab mir die Tontafel ja kostenlos, was der Theorie widerspräche."
"Sie glauben das alles, aber glauben heißt doch, nicht wissen. So argumentieren Sie doch immer, wenn Sie in Diskussionen nicht mehr weiterwissen", hakte Sarah ein.
Sarah konnte nicht sehen, dass Marcello lächelte.
"Genau, diesen Glauben könnten Sie aber durch Wissen ersetzen."
Einige Sekunden herrschte Stille.
"Wie soll ich das machen?"
"Ganz einfach, gehen Sie zurück in die Astralwelt, wenn ich das so salopp formulieren darf. Schauen Sie sich dort nach unruhigen Seelen um, die vielleicht sogar in Ihrer Nähe weilen. Suchen Sie das Gespräch mit diesen. Ich darf Sie jetzt nicht

weiter beeinflussen, sonst sind die Ergebnisse später anzweifelbar. Wenn Sie wieder zurück sind aus Freiburg, informieren Sie mich bitte", schloss Marcello seine Ausführungen.
Nun sah der Kardinal nicht, wie Sarah nickte.
"Okay, ich fahre erneut nach Freiburg und unterziehe mich einer weiteren Rückführung. Vorher werde ich aber Eric und Chrissi über Ihre Theorie informieren. Wenn Zivars Mörder wirklich nicht mehr leben sollte, dann könnte Frank Zivars Mörder umgebracht haben. Das ist jetzt eine große Wende in unseren Überlegungen und Ermittlungen. Sagen Sie, Sie sprechen so selbstverständlich von der Astralwelt oder Zwischenwelt. Wissen Sie mehr über diese Grenzwissenschaft, mehr als der Vatikan offiziell mitteilen darf?"

"Ja."

Wieder herrschte Stille nach der kurzen Antwort Marcellos. Dann schob er eine Einladung hinterher.

"Wenn dieser Doppelmord und alle Verwicklungen aufgeklärt sind, und Sie die Masterarbeit abgeschlossen haben, lade ich Sie nach Rom ein. Ich zeige Ihnen in den Katakomben der großen Vatikanischen Apostolischen Bibliothek Schriften zur Präexistenz der Seele der verschiedensten Verfasser. Manichäer, das Thomas Evangelium, von Justinus dem Märtyrer, Clemens von Alexandria, dem heiligen Augustinus und auch Origenes. Fragen Sie vorher Professorin Roth, sie kennt diese Textstellen, denn sie hatte bereits früher einen Forschungsauftrag, der über eine Kooperation zwischen dem IEPR und der Universität des Vatikans zustande kam."
Sarah war beeindruckt. Einmal über Marcellos tiefgründiges Wissen, seine offene Art, über Reinkarnation zu reden und

auch über die andere Seite Chrissi Roths. Bisher hatte sie noch nie über ihren Forschungsauftrag bezüglich Präexistenz und Reinkarnation der Seele in den literarischen Quellen der Vatikanischen Apostolischen Bibliothek geäußert.

"Ich werde die Einladung nach Rom eines Tages sehr gerne annehmen."

*

Sarah legte bedächtig den Hörer auf, nachdem sie sich von Marcello verabschiedet hatte. Der Fall nahm eine Wendung. Das musste sie unbedingt mit Eric besprechen. Ihr Kaffee, war jetzt kalt, wie so oft in den letzten Tagen. So ging sie erneut in die Küche und warf die Kaffeemaschine wieder an. Sie wählte dabei Erics Nummer. Die Verbindung kam sofort zustande. Sie erzählte ihm von Marcellos Vermutung und seinem Ratschlag, erneut eine Rückführung in die Astralwelt zu machen.
"Davon hat er mir kein einziges Wort gesagt. Sicher ist, dass er es mir nicht vorenthalten wollte, denn es muss ihm ja klar gewesen sein, dass du mir alles erzählen würdest. Dann gehen wir jetzt zweigleisig vor. Du fährst wieder nach Freiburg und ich werde hoffentlich mit dem Erck-Geschäftsführer nach Boston reisen, um dort ein wenig Druck in der Konzernzentrale zu machen. Der Erck-Geschäftsführer ist sehr hilfreich. Vielleicht sieht er auch nur eine Chance für seinen beruflichen Aufstieg. Die nächsten Tage werden sehr spannend, deine in Freiburg und wenn es dazu kommt, meine in Boston."

Freiburg, IEPR

Sarah fuhr schon am nächsten Tag wieder nach Freiburg. Da sie die Atmosphäre von Cafés liebte, wollte sie sich mit Chrissi im Café Einstein treffen, um vor der nächsten Rückführung über das Gespräch mit Kardinal Marcello zu berichten. Das Café lag nur 500 Meter Luftlinie von Chrissis Institut entfernt, war aber von dort zu Fuß nicht ganz einfach zu erreichen, da man eine vierspurige Bundesstraße per Unterführung queren musste. Dafür bot das Café eine grandiose Wohlfühlatmosphäre in einem älteren Haus. Die Wände waren nicht verputzt, roher Backstein, kleine Fenster und brennende Kerzen auf jedem Tisch vermittelten ein behagliches Gefühl. Um die Mittagszeit füllte sich das Lokal mit Studenten und Geschäftsleuten, deren Unterhaltungen dem Raum eine angenehme Geräuschkulisse gaben. So glaubte Sarah sicher sein zu können, dass ihr Gespräch mit Chrissi nicht auffallen würde. Sarah war etwas früher als Chrissi eingetroffen und so suchte sie den Tisch für beide aus. Die aufmerksame Bedienung kam schon kurze Zeit später.
"Guten Tag, darf ich Ihnen schon etwas zu trinken bringen oder warten Sie noch auf jemanden?"
Sarah bestellte einen Cappuccino und ein Mineralwasser und kündigte Chrissi an, die aber genau in diesem Moment atemlos auftauchte. Gerade noch rechtzeitig, um sich bei der Bedienung eine große Apfelsaftschorle bestellen zu können.
"Ich habe den Weg zu Fuß hierher doch zeitlich etwas unterschätzt. Aber egal, jetzt bin ich ja da."
Sarah begrüßte sie herzlich und begann zu lächeln.
"Sorry, ich kann mir vorstellen, dass ich fast schon etwas nerve mit meinen Extrawünschen. Einmal mit der nächsten

Rückführung so kurz hintereinander und dann dieses Vorgespräch hier im Café. Aber Erics Gesprächspartner im Vatikan, Kardinal Marcello, erzählte mir, dass du dort keine Unbekannte seist und in der Vatikanischen Apostolischen Bibliothek sogar schon geforscht hättest. Er hat mich richtig neugierig gemacht. Hier im Cafe können wir entspannt plaudern, dachte ich mir."

Chrissi reagierte entgegen ihrer offenen Art zurückhaltend.

"Er hat dich neugierig gemacht? Wahrscheinlich hast du dich auch schon gefragt, warum ich dir gegenüber diesbezüglich noch nie eine Andeutung gemacht habe? Das liegt einfach daran, dass ich dich nicht vor den Rückführungen beeinflussen wollte. Es macht jetzt aber keinen Sinn, deine Neugier nicht zu befriedigen. Ich muss aber unbedingt die Andeutungen Marcellos und das was ich dir jetzt erzähle vor zukünftigen Rückführungen berücksichtigen.
Ja, es stimmt, ich habe im Vatikan einschlägig auf meinem Arbeitsgebiet geforscht. Lange bevor ich die jetzige Forschungsarbeit begann, ging ich der Frage der Präexistenz der Seele im frühen Christentum nach. Es war eine meiner schönsten Forschungsarbeiten. Ich war davor noch nie in Rom gewesen, geschweige denn im Vatikan. Du wirst von der Geschichte Roms und auch des Vatikans im positiven Sinne faszinierend erschlagen. Jeder Tag meines Aufenthaltes war ein kultureller Höhepunkt. Allein die Engelsburg, der Petersdom, die vatikanischen Museen, die Katakomben, die vielen Kirchen, das Kolosseum, die Sixtinische Kapelle und, last but not least, die Vatikanische Apostolische Bibliothek, die ich dank

meiner von der Universität Gregoriana genehmigten Forschungsarbeit betreten durfte, waren Highlights, die ich mein ganzes Leben nie vergessen werde.

Worum ging es in meiner Forschungsarbeit im Vatikan? Die Ausarbeitung bekam schließlich von mir den Titel:

"Reinkarnation im Christentum – Ein Widerspruch?"

Ich suchte in der Bibliothek nach Urschriften, die mir Auskunft geben könnten. Marcello hat dir dazu ja schon einige Textstellen und Verfasser genannt.

Meine Erkenntnisse fasste ich in Aufsätzen unter folgenden Titeln zusammen:

"Reinkarnation auch im Neuen Testament!"

**"Neues Testament,
Karma, Schuld und Sühne"**

**"Reinkarnation,
gerade in den Apokryphen Schriften!"**

"Hinweise zur Reinkarnation im Thomas-Evangeliums "

**"Kirchenlehrer des Urchristentums,
Aussagen zur Reinkarnation"**

**"Reinkarnationsglaube
contra
Macht und Calvinismus"**

"Wenn du Zeit hast, gebe ich dir gerne ein Exemplar zum Studieren. Ja, ich sage bewusst studieren, denn der Stoff ist nicht leicht zu lesen und zu verstehen. Am faszinierendsten fand ich das apokryphe Evangelium nach Thomas bezüglich Wiedergeburt. Dort steht im Vers 84" …, Chrissi unterbrach, weil sie den Vers im Internet nachlesen wollte, "… dort steht also:

"Jesus sprach, wenn ihr eure Ebenbilder seht, freut ihr euch. Wenn ihr aber eure Ebenbilder seht, die vor euch entstanden sind, die weder sterben noch sich offenbaren, wie viel werdet ihr dann ertragen?"

Dieser Vers ist elementar zur Thematik Reinkarnation im Christentum. Es gibt Interpretationen dazu die sagen, dass es vor uns von uns Ebenbilder gab. Der Vers gibt Hinweise, warum wir nach einer erneuten Geburt nichts von der Vorherigen wissen sollen, nämlich aus Gründen des geistigen Selbstschutzes. Mit der Sequenz, "die weder sterben noch sich offenbaren" wird eine Verbindung zum Weltgedächtnis, im Sprachgebrauch der Esoteriker, "Akasha" hergestellt.

Es lohnt sich, die gesamte Arbeit zu lesen, dann siehst du meine jetzige Forschungsarbeit mit anderen Augen und übrigens auch deine persönlichen Erlebnisse in den Rückführungen."

Sarah hörte aufmerksam zu. Nur langsam begann sie zu sprechen.
"Ich habe dir ja schon am Telefon gesagt, dass der Vorschlag zur nächsten Rückführung von Kardinal Marcello gekommen ist. Ich soll versuchen zu ergründen, ob ich in der Astralwelt Kontakt zu meinem Mörder aufgenommen habe. Aber sagtest

du nicht, dass man sich nicht beeinflussen und konditionieren lassen soll? Wenn ich jetzt hypnotisch zurückwandere, gibt mir dann nicht mein Unterbewusstsein das Ergebnis vor, das mir Marcello indirekt vorgeschlagen hat?"

Chrissi nahm einen großen Schluck Apfelsaftschorle und überlegte, wie sie Sarah ihre Strategie bei der nächsten Rückführung erklären sollte.

"Ja, du hast recht, dass es durch Marcellos Vorinformationen etwas schwieriger wird, valide Geschehnisse aus der Rückführung zu filtern. Aber ich werde versuchen, deine Erinnerung an Marcellos Hinweise soweit in dein Unterbewusstsein zu verdrängen, dass sie nicht an die Oberfläche kommen kann. Das ist schwierig, aber machbar."

Nachdenklich trank Sarah ihr Mineralwasser, schaute versonnen in ihr Glas und äußerte sich dann aber schelmisch.

"Der Trank des Vergessens, injiziert von Chrissi Roth."

"Du hast deinen Humor nicht verloren!", musste Chrissi lachen.

"Sollen wir heute noch die nächste Rückführung starten oder lieber morgen?"

Sarah überlegte nicht lange.

"Also, da ich ja die Prozedur schon kenne und so zwei bis drei Stunden einkalkuliere, könnten wir das heute noch erledigen. Aber lass uns erst mal etwas essen, dann sehen wir weiter."

"Essen ist immer eine gute Idee", stimmte Chrissi zu und winkte die Bedienung herbei. Sie freute sich über Sarahs Abgeklärtheit.

*

Die Aussicht auf ein Ende der Suche nach dem Mörder war so groß, dass sich Sarah noch nachmittags nach dem guten Essen und einem Spaziergang zurück zum IEPR zur 4. Rückführung entschloss. Wieder verdrängte sie alle Ängste.

Routiniert legte sie sich auf die Couch. Später würde sie Chrissi erzählen, dass sie sich diesmal fast wie ein Astronaut gefühlt hatte, der sich kurz vor dem Verlassen der Erde befand.

"Proband Sarah Winter, 4. Rückführungssitzung, 2022."

Während Chrissi erneut beruhigend auf Sarah einwirkte, schaltete sie automatisch Sarahs Lieblings-CD und den Taktgeber ein. Sarah schloss die Augen und diesmal brauchte sie noch nicht einmal Chrissis Hilfe, um den Zustand der Trance zu erreichen. Wie von weit her, drang Chrissis Stimme in ihr Bewusstsein vor. Sie wählte gezielte Schlüsselsätze, mit denen sie eine etwaige Vorkonditionierung von Sarah verhindern wollte.

"Sarah, atme tief ins Zentrum deines Körpers ein. Dein Körper wird leicht und du beginnst zu schweben. Öffne deine Seele. Vergiss die Gegenwart und alles was man dir von der Gegenwart bisher erzählt hat. Du weißt nichts mehr. Du bist leer. Erkennst du die Situation wieder?"

Sarah begann zu wimmern:

"Mir läuft Blut übers Gesicht. Dieses Schwein hat mir das Gesicht zerschnitten. Er sucht im Keller, was Henry aus Rumänien mitgebracht hat. Verzweifelt versuche ich mich zu befreien, aber es gelingt mir nicht. Die Fessel ist zu professionell.

Der Eindringling kommt zurück. Ein Wortwechsel. Ich trete ihn. Sein Gesicht kommt meinem Knie sehr nahe. Ich kann mich nicht mehr beherrschen, ramme mein Knie in sein Gesicht."

Sarah durchlebte jetzt schon zum zweiten Mal alle grausamen Details ihrer Ermordung. Wieder war es für sie eine Tortur. Chrissi war fast so weit, diese Rückführung abzubrechen. Plötzlich entspannten sich Sarahs Gesichtszüge.

"Ich bin drüben. Um mich herum sind einige humanoid wirkende, fast durchsichtige Gestalten. Sie begrüßen mich und ich grüße zurück. Alle meine Schmerzen, die mir zugefügt worden sind, sind verschwunden. Auch habe ich keinerlei Verwundung mehr. Da ich kein Zeitgefühl habe, kann ich nicht bestimmen, wann Henry ankam. Auch sein Körper wirkt durchsichtig, ja fast zerbrechlich. Er hat den Moment des Todes, als der Eindringling ihm die Kehle durchschnitten hat, überwunden, ja er wirkt befreit. Er verabschiedet sich von mir, da er am großen See der Seelen auf Wanderung gehen will, zu dem hellen, gütigen Licht. Andere Astralkörper erzählen, dass nur ganz wenige bis zum Licht gelangen. Ich versuche es erst gar nicht. Irgendetwas sagt mir, dass ich noch nicht bereit bin für diese große Wanderung, dem Camino zum Ursprung. So bleibe ich in der Nähe des Ufers und gehe ab und zu zum Baden in den See. Baden ist der falsche Ausdruck, denn der See besteht nicht aus Wasser, sondern aus einer Art Energiefluid. Wenn man in den See eintaucht, kann man in die Welt sehen, aus der ich gekommen bin. Mich zieht nichts dahin zurück. Andere Astralkörper glauben zu wissen, dass sich das auch ändern könnte. So vergeht die Zeit, für die ich keinerlei Gefühl mehr habe. Lediglich das Kommen und Gehen anderer Astralkörpern zeigt mir, dass es so etwas wie Zeit geben muss. Aber das ist mir egal. Ab und zu kommen andere Wesen. Sie unterscheiden sich von den Astralkörpern durch ein schimmerndes Licht um ihre Konturen. Sie unterhalten sich mit den anderen Körpern am Strand, manchmal legen sie auch ihre Hände auf die Köpfe ihrer Gesprächspartner. Irgendwann fällt mir auf, dass die meisten der so gekennzeichneten Seelen nicht mehr vom Baden oder Tauchen im See der Seelen zurückkehren. Sie haben sich wohl auf zu einem neuen Leben auf der Erde gemacht. Ich bin aber noch nicht soweit. Ich genieße mein jetziges Dasein. Mir sind alle Zusammenhänge des Universums klar. Viele Dinge, die mich vorher nicht interessierten oder die ich nie verstand, sind mir jetzt bewusst.

Irgendwann kommt ein Lichtwesen auf mich zu und bedeutet mir, dass mein Mörder mich um Verzeihung bitten möchte. Ich bin irritiert, wie kommt mein Mörder hierher? Kann er zwischen den Welten wandeln? Ich werde gefragt, ob ich bereit bin. Ich spüre keinen Hass und auch keine Rachegelüste. Das Lichtwesen kann meine Gefühle spüren, nickt mir zu und ich verstehe, dass ich bald meinen Mörder treffen werde.

Ich gehe in dem See, dem Energiefluid, baden, denn ich möchte einen Blick in die jenseitige Welt werfen. Mich interessiert plötzlich, wie Rödermark auf den Doppelmord reagiert hat. Ich tauche unter und kann wie durch ein Fenster auf den Marktplatz von Ober-Roden schauen. Leute besuchen den kleinen Markt, einige stehen an einem Metzgerwagen, andere am Wagen für Fischdelikatessen und wiederum andere am kleinen Gemüsestand. Sie unterhalten sich, auch über den Doppelmord. Alle können es nicht fassen, dass eine Psychologin, die hier am Marktplatz ihre Praxis hatte, und ihr Mann im Wohngebiet Breidert ermordet wurden und niemand etwas bemerkt hat. Gerüchte machen die Runde. Man spricht von

einem Mord im Agentenmilieu, da sich Henry ja oft in Osteuropa aufgehalten hat. Andere vermuten, dass der persische Geheimdienst Rache an mir genommen hat und einige wenige vermuten gar einen deutschen Mörder, der sich für eine fehlgeschlagene Behandlung rächen wollte. Die Kripo gehe jeder Spur nach, aber richtig vorwärts käme sie nicht. Man erzählt sich, dass alle Partner und Partnerinnen meiner Patienten und Patientinnen demnächst zu einem großen DNA-Test zur Kripo nach Offenbach geladen werden. Für einen Moment überlege ich, wie ich diese Sinnlosigkeit verhindern kann, werde mir dann aber meiner Machtlosigkeit bewusst. Ich tauche wieder aus dem Energiefluid auf und schwimme zum Ufer zurück. Da sehe ich, wie das Lichtwesen, das mir meinen Mörder angekündigt hat, mit einem anderen Astralkörper auf mich wartet. Der Astralkörper dreht sich zu mir um und ich kann in das verklärte Gesicht meines Mörders schauen. Seltsam, ich habe keine Angst und mein Gegenüber ist auch nicht von Hass erfüllt. Wir setzen uns beide ans Ufer und das Lichtwesen verlässt uns. Mein ehemaliger Peiniger erzählt mir von seiner Karriere im rumänischen Geheimdienst und wie es dazu kam, dass er auf Henry angesetzt wurde.
Er wollte uns nicht ermorden, als sich Henry aber weigerte, ihm die Reiseandenken auszuhändigen und jeden Kompromiss ablehnte, sei er zornig geworden und habe alles aus Henry herausprügeln wollen. Dabei sei er zu grob vorgegangen. Vollends aggressiv und ungehalten sei er dann geworden, als ich ihn mit dem Knie verletzte. Er blickt auf den See hinaus, hinüber zu dem gütigen, hellen Licht. Dabei murmelt er, dass er dort wohl noch lange nicht hingelangen könne. Er müsse noch viel an seinem Karma arbeiten. Deshalb bittet er mich um Verzeihung. Ich bin unschlüssig. Ich übermittele ihm meine Gedanken, dass ich ihn eher in der Hölle vermutet

hätte, als hier. Da bemerke ich so etwas wie ein Lächeln. Er gesteht mir, im Augenblick seines Todes ebenfalls an die auf ihn wartende Hölle gedacht zu haben. Als er hier schließlich angekommen sei, empfingen ihn diese Lichtwesen wohlwollend und ihm sei klar geworden, dass es keine Hölle gebe. Sie machten ihm schmerzlich bewusst, dass er schon vielen Mitmenschen großes Leid zugefügt hatte. Der Schmerz über seine Untaten hat ihn vollends erfüllt, aber irgendwann bedeuteten ihm die Lichtwesen, er müsse wieder zur Erde zurückkehren um sein Karma zu verbessern. Ich frage ihn, wie er zu Tode kam. Er erklärt mir, dass er keinem Mord zum Opfer fiel, sondern einer Körperverletzung mit Todesfolge. Ich werde neugierig.

Er erzählt, wie ihn Frank aus der Reisegruppe kontaktiert hat und sehr viel Geld, nämlich 100 000 DM angeboten hat, wenn er die Reiseandenken, statt dem rumänischen Geheimdienst, ihm übergebe. Tagelang hat er dann in Rödermark unsere Gewohnheiten studiert. Er folgte uns in die Restaurants "Gasthaus zum Löwen" und auch ins "Klein Elsass".

Bedauernd gibt er zu, dass ihn die Aussicht auf die enorme Geldsumme so brutal habe vorgehen lassen.
Nachdem er die Reiseandenken gefunden und uns im Blutrausch umgebracht hat, verlässt er unser Haus. Im Wohngebiet Breidert ist es ruhig, keine Menschen sind unterwegs, kleinbürgerliche Nachtidylle, was ihm ermöglicht, unbemerkt zum Bahnhof zu laufen, wo er sein Auto, einen VW-Golf, geparkt hat. Er fährt direkt nach Frankfurt zu seinem Hotel und telefonierte noch nachts mit Frank, um einen Übergabe-

termin auf dem Waldparkplatz gegenüber des einsam gelegenen Landgasthofs "Zur Thomashütte", im Wald bei Eppertshausen an der Landstraße nach Messel, zu vereinbaren.
Einige Tage später trifft er sich spät nachts am Waldparkplatz mit Frank. Im Kofferraum seines Leihwagens befinden sich Amphore, Tontafel und Kristalle.
Er erzählt mir unaufgeregt, dass er nun eine halbe Million DM mehr verlangt, da er in Nigeria untertauchen will, gerade als Frank nach dem ersehnten Material greift. Mit dem Geld will er einige ehemalige Stasi-Agenten bestechen, denn nur sie seien in der Lage gewesen ihm das problemlose Untertauchen zu ermöglichen, da sie alle Berater der nigerianischen Regierung waren und über die nötigen Kontakte verfügten.
Er resümiert, wie es zum tödlichen Streit gekommen ist. Um seine Forderung zu unterstreichen, zieht er seine Pistole und stößt Frank vom Kofferraum weg. Frank stolpert und gerät in Wut, dass er am Boden liegend schnaubend Sand in sein Gesicht wirft. Für eine kurzen Moment sieht er nichts mehr. Das nutzt Frank aus und schlägt ihm die Pistole aus der Hand. Dabei löst sich ein Schuss, der ihn unglücklich am Hals trifft. Die Verletzung ist so schwer, dass er kollabiert und schließlich verblutet.

Er erzählt weiter.

Als sich seine Seele aus seinem irdischen Körper löst, kann er beobachten, wie Frank hektisch und nervös am Parkplatz auf und ab läuft. Seine größte Sorge ist wohl, ob jemand den Schuss gehört hat. Jedoch sei niemand aufmerksam geworden. Frank hat dann seinen toten Körper in den Kofferraum seines PKWs gelegt, nachdem er zuvor die Amphore, die Tontafel und die Kristalle entwendet und verstaut hat. Er sei dann zunächst planlos mit dem leblosen Körper in den Wald gefahren, bis er an einen See gekommen sei. Unschlüssig steht er am leicht abschüssigen Uferbereich. Dann löst er die Handbremse und versenkt den Wagen im See."

Jetzt schwieg Sarah.

Als sie nach einigen Minuten immer noch still aber ruhig atmend dalag, begann Chrissi die Rückführung zu beenden.

"Sarah, komm wieder zurück zu uns. Ich zähle bis drei, dann bist du wieder hier bei uns. "Eins, …… zwei, ……. drei,"

Aber Sarah kam nicht zurück.

Chrissi kontrollierte Atmung, Puls und Blutdruck, alles im perfekten Bereich. Chrissi wurde nervös. Sie hatte schon erlebt, dass Probanden nach einer Rückführung in Panik gerieten oder aber in tiefe Melancholie fielen. Aber alle waren zurückgekommen. Sarah war die erste Probandin, die sich nicht aus der Zwischenwelt lösen konnte. Chrissi sprach Sarah erneut an.
"Sarah, was hält dich in der Zwischenwelt fest?"

Sarah begann erneut zu berichten:

"Ich vergebe unserem Mörder seine Tat. Das Lichtwesen, das unsere Zusammenkunft anbahnte, kommt zu uns in den Uferbereich. Es nickt mir aufmunternd zu. Ich merke, wie sich der Astralleib des ehemaligen Söldners verändert. Er strahlt jetzt ein helleres Licht aus und ich spüre aus seiner Aura heraus eine gewisse Zufriedenheit. Er steht auf und verabschiedet

sich von mir, dann geht er mit dem Lichtwesen davon. Mir schießt ein Gedanke durch den Kopf, ob ich ihn oder seine Seele je wiedersehen werde?
Da sehe ich am Horizont, wie Henrys Astralleib von seiner Wanderung langsam zu meinem Platz am Uferrand zurückkehrt. Weil mir das Gefühl für Zeit fehlt und es in der Zwischenwelt weder Morgen, Tag, Abend oder Nacht gibt, kann ich nicht schätzen, wie lange er weg war. Er setzt sich zu mir und berichtet von seinem Versuch, zum Licht am Horizont zu gelangen. Er sei gescheitert, jedoch verspüre er keine Frustration. Auf der Wanderung sei er immer wieder Lichtwesen begegnet, die ihn ermunterten, weiter zu wandern, aber gleichzeitig auf ein eventuelles Scheitern vorbereiteten. Kurz vor der vielleicht göttlichen Lichtquelle wurde er von weiteren Lichtwesen, die sich durch eine intensivere Aura von den ersteren unterschieden, angehalten. Sie bedeuteten ihm, dass sein Weg hier zu Ende sei und er wieder zurückmüsse. Er könne noch in der Zwischenwelt verweilen, aber sein Weg zur Vervollkommnung seines Karmas ginge nur über eine erneute Reinkarnation.
Ein weiteres Lichtwesen gesellt sich zu uns. Es erklärt uns, dass jeder von uns mit einem neuen Seelenplan zur Erde zurückkehren müsse. Auch würden wir uns in einem anderen Leben wiedersehen. Allerdings wird uns nicht verraten, wann das sein wird. Es lässt offen, ob das schon im nächsten oder in einem weiteren Leben stattfinden wird."

Sarah schwieg erneut.

Chrissi versuchte nun noch einmal die Rückführung zu beenden.

"Sarah, komm wieder zurück zu uns. Ich zähle bis drei, dann bist du wieder hier bei uns. "Eins, …… Zwei, ……. Drei."

Sarahs Augen begannen sich langsam zu öffnen. Wie benommen und desorientiert blieb sie auf der Behandlungscouch liegen. Chrissi reichte ihr ein Glas Wasser, das sie dankbar annahm und in einem Zug leerte.

Dann setzte sie sich langsam auf und schüttelte den Kopf.
"Mein Gott, was habe ich eben für Dramen erlebt."
Sarah schenkte sich noch ein Glas Mineralwasser ein und sie versuchte zu verstehen.
"Wie du weißt, empfinde ich heute nichts mehr für Henry. Ihm ist wie mir großes Unrecht widerfahren und ich werde alles daransetzen, dass dieses Unrecht geahndet wird. Blenden wir einmal unser gemeinsames Leben aus. Henry und ich hätten nicht sterben müssen. Wenn die Teilnehmer der Reisegruppe nicht so auf diese Amphore, die Tontafel und die Kristalle fokussiert gewesen wären, wenn sie uns direkt angesprochen hätten, statt diesem Agenten zu vertrauen……",
"dann wärst du wahrscheinlich jetzt nicht hier als Sarah Winter", beendete Chrissi den Satz. Chrissi bezeichnete sogar Frank als den hauptverantwortlichen Täter.
"Ohne die 100 000 DM Prämie wäre der rumänische Söldner wahrscheinlich nie so rabiat gegen Henry und dich, also Zivar, vorgegangen. Falls Frank je ausfindig gemacht wird, kann er auch heute noch vor Gericht gestellt werden, denn Anstiftung zum Mord verjährt nicht. Der Totschlag gegen den Rumänen ist aber meines Wissens wahrscheinlich verjährt, denn die Verjährungsfrist bei Totschlag beträgt 20 Jahre, in schweren Fällen 30 Jahre, was also von einem Richter entschieden werden müsste."

Sarah stimmte ihrer Analyse zu. Aber die Prophezeiung, dass sie Henry in einem neuen Leben wiedersehen würde, ließ sie nicht ruhen.

"Ich habe Tim erst vor kurzem kennengelernt. Ich bin jetzt total verunsichert. Ist Tim vielleicht Henrys Reinkarnation? Vom Alter her könnte es stimmen. Aber wenn Tim nicht Henry ist, lerne ich Henry nach Tim kennen?"

Chrissi glaubte, Sarahs Gedanken lesen zu können. "Du machst einen Fehler. Du kannst Henry kennenlernen und trotzdem mit Tim zusammenbleiben. Die Lichtwesen haben nur von einem Wiedersehen gesprochen. Sie haben nicht von einer erneuten sexuellen Beziehung gesprochen. Auch kann dies alles erst im nächsten oder übernächsten Leben passieren. Wir könnten Tim natürlich fragen, ob er mit einer Rückführung einverstanden wäre, aber ich frage ganz offen, wollt ihr das wirklich?"

Sarah schüttelte vehement den Kopf.

"Nein, ich möchte das auf keinen Fall! Wenn er wirklich Henry wäre, würde er erneut seinen grausamen Tod in der Rückführung erleben. Vielleicht erlebt er ja von alleine ein "Erwachen" oder will von sich aus in eine Rückführung. Bisher habe ich bei ihm noch nie einen Drang in diese Richtung gespürt, auch nicht nach meiner ersten Rückführung damals, die er ja miterlebt hat. Ich werde ihn nicht zu diesem Schritt drängen. Um es ganz kurz zu machen: Tim soll Tim bleiben, ich möchte keinen Tim-Henry!"

*

Sarah fuhr am nächsten Morgen nach Rödermark zurück.
Diese 4. Rückführung war bisher ihre intensivste Erfahrung,
entsprechend aufgewühlt war sie auch noch heute Morgen,
zwölf Stunden später.

Über die Freisprechanlage schaltete sie eine Verbindung zu
Eric. Sie teilte ihm die neuesten Erkenntnisse mit, auch dass
er demnächst eine Kopie der Tonaufzeichnung erhalten
werde.

Eric musste die Neuigkeit, dass der Mörder der Eheleute Kurz
tot sei, erst einmal verdauen. Sarah merkte an seiner zögerlichen Antwort, dass er nachdachte und die Situation neu ordnete. Aber er fing sich schnell.

"Der Mörder von Zivar und Henry Kurz ist also sehr wahrscheinlich tot. Dann kann ich mich ganz auf das Auffinden
von Frank konzentrieren, wenn ich demnächst mit dem Geschäftsführer von Erck-Pharma Deutschland nach Boston
aufbreche. Aber ich werde die Details, die du mir eben mitgeteilt hast, zunächst für mich behalten. Wir beide sind zwar
geneigt, ja man kann sogar sagen überzeugt, dass deine Erlebnisse in der Astralwelt zur Lösung der Mordfälle beitragen, jedoch hätten diese Informationen vor amerikanischen Gerichten, auch deutschen, keinen Bestand."

Sarah nickte, konzentrierte sich aber trotz der interessanten
Unterhaltung weiter auf den dichten Verkehr auf der Autobahn A5.

"Ich mach jetzt mal Schluss, der Verkehr wird mir hier zu
dicht. Ich habe keine Lust, schon in jungen Jahren wieder in
die Astralwelt aufzubrechen. Wenn ich in Rödermark angekommen bin, werde ich auch Kardinal Marcello informieren.
Er hat ja ein sehr schlechtes Gewissen. Ihm ist schon klar, dass
er gemeinsam mit den anderen den Mord an Zivar und Henry
hätte verhindern können. Ich komme vor deiner Abreise nach

Boston nochmal in deinem Büro vorbei. Vielleicht gibt es ja noch das eine oder andere zu besprechen. Ich glaube aber, dass wir jetzt ganz dicht dran sind, den Fall komplett zu lösen, das heißt, auch den Mord an unserem Mörder."

*

Rödermark – Ehemaliges Pfarrhaus – Vatikan – Büro von Kardinal Marcello

Am frühen Nachmittag saß Sarah wieder zuhause in ihrem Büro. Sie wählte Marcellos Telefonnummer und wurde auch sofort zu ihm weitergeleitet. Sarah begrüßte den Kardinal, und er schien sogar auf ihren Anruf gewartet zu haben.
"Frau Winter, guten Tag. Wie war die Reise?"
Sarah wusste zwar, was Marcello meinte, spielte aber das Begrüßungsspiel mit.
"Sie meinen meine Reise nach Freiburg?"
Sarah konnte nicht sehen, wie er lächelte und sich auf die Floskeln einließ.
"Natürlich, nach Freiburg! Wohin sonst? Nein jetzt mal wieder ernsthaft. Haben Sie die 4. Rückführung gut verkraftet? Haben Sie Professorin Roth meine Grüße übermittelt? Ich habe gehört, dass sie von ihrem letzten Forschungsauftrag hier im Vatikan geschwärmt hat."
Sarah verschlug es wieder die Sprache.
"Woher wissen Sie .... ?"
" Sie waren doch vor der letzten Rückführung im "Cafe Einstein". Sie fühlten sich unbeobachtet und glaubten auch, dass Ihnen niemand zugehört hatte. Am Nachbartisch saß ganz

zufällig ein Priester des bischöflichen Ordinariats Freiburg, der Ihre Unterhaltung ganz interessant fand. Er berichtete dem Bischof .... und den Rest können Sie sich zusammenreimen."

Sarah war überrascht, aber es war ihr klar, dass sie und Chrissi sich sehr laut unterhalten hatten. Es hatte ja auch nichts zu verbergen gegeben. Trotzdem war sie für die Zukunft gewarnt, vorsichtiger zu sein.

Sie berichtete Marcello von den Ergebnissen ihrer 4. Rückführung, speziell von dem Totschlag am rumänischen Agenten. Marcello fühlte seine Vermutung bestätigt.

"Ich habe es immer geahnt, wollte es aber nicht wahrhaben. Die ganze Expedition damals stand unter keinem guten Stern. Ich war verblendet und zu gierig auf diese Tontafel. Mir ist nicht klar, ob John bzw. die CIA schon vor längerer Zeit das Schicksal des Rumänen aufgeklärt haben. Johns Hauptaufgabe war ja nur die Bergung der Kristalle. Ich vermute mal, dass ihm alles andere egal war.

Den Bericht über die Lichtwesen mit intensiver Lichtabstrahlung finde ich sogar noch interessanter. Moses und Abraham berichten über Engelserscheinungen im Alten Testament. Auch ganz gewöhnliche Menschen der Neuzeit glauben, Begegnungen mit Engeln bei der Bewältigung von Gefahren gehabt zu haben. In der Theologie spricht man davon, dass Engel eine Möglichkeit Gottes sind, Menschen zu führen und zu beschützen.

Ich werde übrigens den Kontakt zu John nicht aufnehmen. Vermutlich wird er über die Seilschaft Erck-Pharma-CIA sowieso informiert. Seien Sie zukünftig vorsichtiger, wenn Sie sich an öffentlichen Orten unterhalten. Ich werde versuchen Sie und Kommissar Schwab zu schützen, soweit mir das möglich ist. Sie beide wirbeln zurzeit sehr viel Staub auf. Nehmen

Sie mein Schutzangebot als Wiedergutmachung an. Es war nicht richtig, wie sich der Vatikan, speziell ich, sich in der Vergangenheit verhalten hat."
Sarah horchte auf.
"Schutz? Haben Sie Hinweise, dass wir in Gefahr sind? Wie wollen Sie uns schützen?"
Marcello beschwichtigte sie.
"Ich habe keine Hinweise auf eine bevorstehende Gefahr, außer, dass einige Herren in den USA nervös werden. Das sollten Sie wissen. Ich weiß, dass es Ihnen schwerfällt, mir zu vertrauen, aber ich werde Sie beide beschützen lassen. Gott und die gütigen Engel mögen Sie schützen! ..." Und in Gedanken fügte er hinzu "... und der Leibwächter meines Vertrauens!"

*

Marcello kontaktierte umgehend das Bischöfliche Ordinariat Mainz in Deutschland und kündigte einen Mitarbeiter in geheimer Mission an. Dies war nicht ungewöhnlich, denn die Kongregation für die Glaubenslehre schickte sehr oft Mitarbeiter in aller Herren Länder, um die Lehre Christi zu verteidigen. Marcello bat das Ordinariat Mainz bei der Stadtverwaltung Rödermark vorzusprechen, damit dieser Mitarbeiter in der freien Parterre-Wohnung des ehemaligen Pfarrhauses in Ober-Roden für eine gewisse Zeit einziehen könne. Er begründete dies damit, dass bei der bevorstehenden Umgestaltung des Areals rund um die Kirche St. Nazarius weitere Fundstücke aus der sogenannten Gründungszeit des Klosters Rotaha gefunden werden könnten, die ein neues Licht auf die Regierungszeit Karls des Großen werfen, speziell auf die Christianisierung der Sachsen, die Karl der Große unbarmherzig vorangetrieben hat. Es war Marcello gleich, ob die "geheime Mission" publik wurde, ja es war ihm sogar recht, denn das wäre dann sogar noch die perfekte Tarnung.

Das Ordinariat hatte seit dem Verkauf des Pfarrhauses einen guten Draht zum Bürgermeister Rödermarks entwickelt, der wiederum gerne und nicht uneigennützig an das Ordinariat und den Gast aus Rom vermieten wollte, nicht zuletzt, weil er eine große Story für seine kleine Stadt witterte.

*

Der Leibwächter des Kardinals Marcello

Danielo Alto war 23 Jahre alt, 1,80 Meter groß, durchtrainiert, schlank, schwarze Haare und hatte neben seiner militärischen Ausbildung zum Einzelkämpfer der italienischen Armee einen Bachelor-Abschluss in Geschichte erfolgreich abgelegt. Kurz nach seinem Studium hatte er sich bei der Schweizergarde beworben und wurde von Kardinal Marcello aufgrund seiner Ausbildung als Leibwächter erwählt. Danielo liebte es, mit oder für Marcello auf Reisen zu gehen, denn so kam er mit vielen Kulturen in Kontakt und lernte viel über die geschichtlichen Zusammenhänge bei der weltweiten Christianisierung. Marcello hatte aktuell wieder einen Spezialauftrag für ihn. Er sollte alleine nach Deutschland reisen und in der Kleinstadt Rödermark die Ausgrabungen und Umgestaltung des Areals um den Rodgaudom St. Nazarius überwachen. Kardinal Marcello bat ihn zu einem einweisenden Gespräch in sein Büro.

"Danielo, ich habe dir schon den Marschbefehl nach Deutschland in die Kleinstadt Rödermark geschickt, nun möchte ich dir deine inoffiziellen Aufgaben erklären. Du wohnst im dortigen ehemaligen Pfarrhaus in der Pfarrgasse in der Parterre-Wohnung. Im ersten Stock wohnt eine junge Studentin, Sarah Winter, deren Schicksal mir sehr am Herzen liegt. Sie ist gemeinsam mit der Kriminalpolizei Offenbach, speziell Kommissar Eric Schwab, ihrem Freund Tim Baumgar und der Freiburger Professorin Chrissi Roth auf der Suche nach dem Mörder einer vor 23 Jahren ermordeten Psychologin, ebenfalls aus dieser Kleinstadt. Mittlerweile hat das Quartett hier in Rom, in Deutschland und auch in USA viel Staub aufgewirbelt. Sie kommen mächtigen Verbindungen in die Quere. Deine inoffizielle Aufgabe ist es, auf Sarah aufzupassen und sie zu beschützen. Offiziell sollst du dich natürlich um die Ergebnisse der Ausgrabungen kümmern. Aber, ganz klar, der Schutz Sarahs geht vor. Sarah ist deine Zielperson."

Marcello übergab Danielo ein Bild von Sarah und einige Notizen. Dieser hatte seinen Auftrag verstanden und vertraute voll und ganz Marcellos Briefing, ohne über Einzelheiten informiert worden zu sein. Er war im Besitz eines Diplomatenpasses und hatte natürlich einen Waffenschein für seine Dienstpistole, eine Beretta 92 FS. Er fühlte sich fit für den Einsatz.

"Eminenz, ich werde Sie nicht enttäuschen und notfalls das Leben dieser Sarah Winter mit meinem Leben beschützen!"

*

Marcello nickte Danielo zu und verabschiedete ihn.

"Möge unser gütiger Herr dich und Sarah beschützen!"

Er wusste, dass er sich auf Danielo verlassen konnte. Dabei erinnerte er sich an seine erste Begegnung mit ihm, als dieser sich frisch nach dem Studium der Geschichte als Leibwächter beworben hatte. Sie hatten sich damals angeschaut, als ob ein unsichtbares Band zwischen ihnen existierte. Auf die Frage, warum er sich gerade für diese Stelle beworben habe, wo er doch außerhalb des Vatikans mit seiner militärischen und akademischen Ausbildung viel mehr Geld verdienen könnte, hatte Marcello eine sehr mystische aber auch direkte Antwort.

"Wissen Sie Eminenz, ein Priester wird in der Regel Priester, weil er eine Berufung verspürt. Mich zieht es hierher, weil eine innere Stimme mir sagt, dass ich hier Gutes tun und viel für mein Seelenheil gewinnen kann."

Marcello erinnerte sich noch gut daran, wie Danielo damals voller Überzeugung diese Worte über die Lippen gekommen waren. Er hatte sich schon damals gefragt, ob sich Danielo der mystischen Tragweite seiner Worte bewusst gewesen war. Aus dem weiteren Bewerbungsgespräch hatte Marcello erkannt, dass Danielo sich noch nie mit den theologischen Fragen von Vorherbestimmung oder Seelenplänen beschäftigt hatte. Marcello hingegen, der mit der Thematik der Seelenwanderung bestens vertraut war, hatte Danielos Worte als so fundamental eingestuft, dass er durch sie alleine ein tiefes Vertrauen zu Danielo empfunden hatte.

Marcello faltete seine Hände und schaute auf das kleine Kreuz, das auf seinem Schreibtisch stand.

"Ja, Herr, ich glaube und spüre, dass nach diesem Einsatz in Deutschland Danielos Mission hier im Vatikan erfüllt ist und er zumindest einen Teil seines Seelenplans erfüllt hat."

*

Danielo packte seine Reisetasche routiniert, jeder Handgriff saß. Als Vielflieger musste er nicht lange überlegen, was er einpacken sollte. Marcellos Sekretär buchte das Ticket für ihn nach Frankfurt am Main, das Rückflugticket hatte noch keinen Termin, es war ein offenes Ticket. Er war noch nie in Deutschland gewesen und er freute sich auf seinen Einsatz.
"Eine junge Studentin heimlich zu beschützen, kann ja nicht so schwer sein, ist also fast wie Urlaub", dachte sich Danielo. Er nahm sich Marcellos Informationsmappe und verließ seine Unterkunft im Vatikan. Sein Flug ging erst am nächsten Tag, mittags gegen 13 Uhr. Er hatte also genügend Zeit, die Mappe zu studieren.
Danielo liebte es, abends alleine entlang der Via della Conciliazione in Richtung Engelsburg zu laufen, sich in einem Ristorante oder gar nur mit einer guten Flasche Wein auf einer Bank am Tiber niederzulassen. Er entschied sich für die Bank und öffnete die Flasche Rotwein. Einen Becher hatte er immer in seinem Rucksack dabei. Danielo vertiefte sich in die Unterlagen. Sarahs Bild berührte ihn. Er konnte seinen Blick nicht vom Bild lösen.

"Diese Augen, dieser Blick, eigenartig, als ob ich sie kenne. Mal schauen, mit was sie sich so beschäftigt, außer Biologie und Kriminalistik. Ah ja, gemeinsam mit dieser Professorin ist sie in die Materie der Reinkarnation eingetaucht. Na ja, jeder wie er es liebt. Wenn sie beide meinen, es gäbe so etwas, bitte schön. Mir genügt mein Leben jetzt und wenn es eines Tages zu Ende ist, darf ich hoffentlich im Jenseits bleiben und muss nicht noch einmal runter auf die Erde."
Er nahm einen weiteren Schluck Rotwein und schaute den Tiber entlang hinüber zum Vatikan.
"Ich habe erfahren, Gottes Wege sind unergründlich. Es wird schon einen Sinn haben, dass Marcello mich zum Schutz von Sarah nach Deutschland schickt."
Danielo hatte selbstverständlich im Laufe seiner Kooperation mit Marcello von den Begriffen Karma, Seelenpläne und Reinkarnation gehört. Er wusste auch, dass seine Kirche Karma, Seelenpläne und Reinkarnation nicht unter Häresie einordnete.
"Wenn es einen Seelenplan für mich geben sollte, bin ich gespannt, was dieser Plan in Deutschland für mich bereithält."
Er hielt sein Glas hoch zur untergehenden Sonne.
"Prost, Danielo, dann mal gutes Gelingen beim kommenden Auftrag!"
Der Tiber floss ruhig etwa 3 Meter unterhalb seiner Bank vorbei. Die leichten Wellen brachen sanft am Ufer und Danielo schaute abwechselnd vom Fluss hinüber zur Engelsburg.
"Ich bin gespannt, wie lange dieser Einsatz in Deutschland dauern wird und noch mehr gespannt bin ich auf Sarah. Ob sie schon weiß, dass demnächst ein neuer Mieter in das Pfarrhaus einziehen wird?

Lange nachdem die Sonne untergegangen war, brach er auf. Wie so oft, wenn er am nächsten Tag zu neuen Aufträgen aufbrechen musste, kehrte er auf dem Rückweg zu seiner Unterkunft in seinem Lieblingsbistro ein und genehmigte sich einen letzten Limoncello.

*

Danielo saß in der Business Class des Alitalia-Fliegers nach Frankfurt. Er schaute nachdenklich hinaus auf das Rollfeld. Das Servicepersonal verstaute gerade das letzte Gepäck. Das Kabinenpersonal bereitete den Start vor. Ihm ging Sarahs Bild nicht aus dem Kopf. Er schloss die Augen und begann sich zu entspannen. Es dauerte nicht lange und er fiel in einen oberflächlichen Schlaf. Im Traum sah er Sarah, wie sie sich gegen einen Fremden wehrte. Plötzlich zog dieser ein Messer und stach zu. In dem Moment, als das Messer in Sarahs Unterleib eindrang, schreckte er auf. Die Stewardess stand neben seinem Sitz und berührte sanft seine Schulter.
"Sorry Sir, wenn ich Sie erschreckt habe, aber bitte ziehen Sie den Sicherheitsgurt fest, wir starten in Kürze."
Mit einem Griff zog Danielo den Gurt strammer. Kurze Zeit später bog das Flugzeug zur Startbahn ab, verharrte noch ein paar Momente, bis der Tower das endgültige Okay zum Start gab, um dann mit gewaltigem Schub zu starten. Es dauerte nicht lange, bis die Reiseflughöhe von rund 10 000 Metern erreicht war. Der Flug verlief ruhig, auch über den noch schneebedeckten Alpen kam es zu keinen Turbulenzen. Nach nur knapp 60 Minuten Flugzeit verließ die Maschine schon wieder

die Reiseflughöhe und begann über Zürich, Stuttgart und Heidelberg den Anflug auf den Rhein-Main-Flughafen.

*

Die Maschine setzte sanft auf der Nordwest-Landebahn auf. Die Flughafenleitung hatte eine Außenposition für die Alitalia-Maschine reserviert. Es dauerte einige Zeit, bis die Türen geöffnet werden konnten, da die Passagierbusse zum Terminal B aufgrund kreuzender Maschinen aufgehalten worden waren. Da Danielo nur Handgepäck hatte, musste er nur noch am Sperrgepäckschalter seine Dienstwaffe abholen. Dann eilte er durch die Menschenmassen der Ankunftshalle nach draußen und winkte ein Taxi heran. In gebrochenem Deutsch nannte er dem Fahrer die Adresse seines Ziels. Der Fahrer wohnte zufällig in Rödermark und kannte sich daher aus.
"Sie wollen in die Pfarrgasse? Hoffentlich haben Sie Ohropax mitgenommen. Die Pfarrgasse ist mittlerweile eine Großbaustelle. Naja, die Bewohner des alten Ortskerns warten ja auch schon Jahre auf den Beginn der Umbaumaßnahmen."
Danielo konnte mit diesem Hinweis zunächst nicht viel anfangen. Aber rund 30 Minuten später verstand er, worauf der Fahrer ihn hatte vorbereiten wollen. Über einen Bohlenweg kletterte er aus Richtung Frankfurter Straße kommend zu seiner neuen Unterkunft ins ehemalige Pfarrhaus. Marcello hatte ihm noch vor dem Abflug erklärt, er solle bei Sarah Winter klingeln, da sie ihm die Schlüssel zur Wohnung aushändigen könne. Er drückte den Klingelknopf. Innerhalb kürzester Zeit ertönte Sarahs Stimme aus der Türsprechanlage. Die Stimme kam ihm bekannt vor. Aber das konnte ja nicht sein!

"Ah, Danielo Alto. Ich bin sofort unten, nur einen Moment bitte."
Als Danielo Sarah sah, kam ihm ein überraschtes "Buon Giorno" über die Lippen. Er glaubte bei ihrem Anblick immer deutlicher, sie zu kennen. Die weitere Unterhaltung setzten beide in Englisch fort.
"Verzeihen Sie, kennen wir uns? Waren Sie schon einmal im Vatikan oder in Rom? Sie kommen mir so bekannt vor."
Sarah schüttelte den Kopf, obwohl auch sie zu grübeln begann, weil auch ihr Danielo vertraut vorkam.
"Also, in Rom war ich noch nie. Das wird sich aber ändern, denn Kardinal Marcello hat mich dorthin eingeladen, wenn ich mit meiner Masterarbeit fertig bin. Ich wurde von unserer Stadtverwaltung informiert, dass Sie die Ausgrabungen rund um St. Nazarius begleiten sollen. Eine tolle Aufgabe ist das. Aber jetzt kommen Sie erst einmal herein in die gute Stube. Packen Sie aus und wenn Sie so weit sind, zeige ich die Umgebung und auch unseren Rodgaudom. Wahrscheinlich ist er winzig gegenüber den Kirchen in Rom oder gar dem riesigen Petersdom im Vatikan."
Danielo war von der Offenheit Sarahs positiv überrascht.
"Gerne nehme ich das Angebot an. Ich vermute mal, dass wir beide fast gleichaltrig sind. Wir sollten uns daher nur bei den Vornamen nennen."
Sarah lächelte, grübelte aber weiterhin. Da war er wieder, dieser Gedanke und der Hinweis, dass sie gleichaltrig seien. Sie verdrängte aber diese Gedanken und antwortete auf Danielos Angebot.
"Sehr gute Idee, das wird vieles vereinfachen."
Danielo nahm seine Reisetasche und folgte Sarah zu seiner Wohnung.

"In einer Stunde hole ich dich zur kleinen Stadtführung ab", verabschiedete sich Sarah. Sie war froh, dass sie jetzt nicht mehr alleine in dem großen, alten, ehemaligen Pfarrhaus wohnen musste.

*

Gegen 17 Uhr klingelte sie an Danielos Wohnungstür. Er öffnete sofort und Sarah bemerkte an seiner Körpersprache, wie er sich auf den Rundgang freute. Sie verließen das Pfarrhaus über den Bohlenweg in Richtung Marktplatz.
Der Brunnen mit den vielen Wappen war die erste Station. Sarah erzählte ihm, dort wo heute das Ärztehaus mit der kleinen Ladenpassage gebaut sei, habe vor einiger Zeit eine schöne fränkische Hofreite gestanden. Plötzlich fühlte sich Danielo aus unerfindlichen Gründen nicht ganz wohl. Er spürte, wie sich ein Angstgefühl in ihm breit machte. Kalter Schweiß übermannte ihn. Er suchte hektisch nach einem Taschentuch, um ihn von der Stirn zu wischen.
"Mir ist irgendwie nicht gut, mein Magen spielt verrückt und ich spüre, wie sich in mir alles zusammenzieht. Gehen wir weiter, vielleicht ist es auch nur eine Reaktion meines Kreislaufes auf den Flug."
Sarah musterte ihn besorgt.
"Als nächstes wollte ich dir das kleine Eiscafé zeigen. Bruno, ein Landsmann von dir, macht dort hervorragendes Eis. Aber wenn dein Magen verrücktspielt, ist das vielleicht keine so gute Idee."
Danielo winkte ab.

"Vielleicht brauche ich auch nur einen Espresso. Den bekomme ich doch bestimmt auch in diesem Eiscafé."
Nach zwei Minuten kamen sie bei Bruno an. Der begrüßte Danielo überschwänglich, denn nun konnte er wieder einmal ein paar Sätze in Italienisch reden.
"Prego. Un espresso per il mio connazionale."
Danielo zelebrierte das Zuckern seines Espressos und man konnte sehen, wie er sich entspannte.
"Mir geht es wieder viel besser. Von mir aus können wir jetzt noch stundenlang laufen."
Sarah lachte lauthals.
"Naja, Stunden werden wir wohl nicht brauchen, dazu ist unser Ort zu klein."
Sie erklärte ihm noch den weiteren Weg, wo sie zum Beispiel so gerne Kaffee trank und wie die Stadtverwaltung dort den Platz umbauen, ein identitätsstiftendes, schönes, altes Haus abreißen und wieder ähnlich aufbauen wollte. Über den Weg am kleinen Bach Rodau entlang, ging sie dann mit ihm zurück zur Kirche St. Nazarius und schließlich wieder über Bohlen zum alten Pfarrhaus.

"Immerhin, jetzt, nach fünf Jahren Planung und Administration, haben sie angefangen zu buddeln und es geht vorwärts!"
Danielo musste lauthals lachen, als er die lange Vorlaufzeit erfuhr.
"Selbst in Italien geht das schneller!"

*

Geschäftsleitung, Erck-Pharma Deutschland

Dr. Seluschko war es wider Erwarten sehr schnell gelungen, die Gesprächspartner in den USA von der Bedeutung einer Unterredung mit der deutschen Kriminalpolizei zu überzeugen.
Jetzt begann er sich akribisch auf das Gespräch vorzubereiten. Es sollte schon in einer Woche in Boston stattfinden. Er ließ sich von seinen IT-Experten die notwendigen Links zu den Dokumenten aus dem Wissenschaftsarchiv bereitstellen. Ein Hinweis dieser Experten ließ ihn aufhorchen. Der junge Erck-Doktorand Tim Baumgar hätte sich vor kurzem just in diese Dokumente eingeloggt. Neugierig suchte Seluschko in der Organisationsstruktur nach Tim Baumgar.
"Hm, er betreut auch eine Studentin namens Sarah Winter aus Rödermark. Wenn das mal kein Zufall ist! Mordfall in Rödermark, Tim Baumgar auf der Suche nach Unterlagen aus dem Jahr 1999/2000 und die Studentin aus Rödermark."
Er überlegte, ob er mit Tim reden oder erst Eric Schwab auf seine Entdeckung aufmerksam machen sollte und entschied sich, zuerst mit Schwab zu telefonieren.
"Guten Tag, Herr Schwab, ich habe eine gute Nachricht für Sie und dann etwas, das mich ins Grübeln bringt. Womit soll ich anfangen?"
Eric wollte die guten Nachrichten immer zuerst hören.
"Ich habe einen Gesprächstermin schon in der nächsten Woche mit unseren Gesprächspartnern, dem CEO, dem Leiter der Forschungsabteilung und dem Leiter der globalen Konzernsicherheit vereinbaren können. Das war das Positive und jetzt zum zweiten Teil. Kennen Sie Tim Baumgar und Sarah Winter?"
Eric reagierte professionell.

"Ich wäre kein guter Kriminalist, wenn ich sie nicht beide kennen würde. Und bevor Sie fragen oder beleidigt sind, ich habe bisher keine Notwendigkeit gesehen, Sie über beide zu informieren, ja ich musste sogar schweigen, denn beide könnten unter Umständen sogar sehr gefährdet sein, wenn etwas über ihre Rolle während der laufenden Ermittlung bekannt würde."

Dr. Achim Seluschko sah sich bestätigt, zuerst mit Eric Schwab gesprochen zu haben. Er wollte von Anfang an mit offenen Karten spielen.

"Wir beide fliegen demnächst nach Boston. Das Gespräch wird mit Sicherheit nicht einfach und wir müssen beide unbedingt an einem Strang ziehen und deshalb auf einem Informationslevel sein. Ich schlage vor, dass Sie und Tim mich umfassend informieren. Sie sollen wissen, dass ich mit Tim Baumgar absichtlich noch nicht gesprochen habe. Nehmen Sie das als Vertrauensvorschuss."

Die Art und Weise, wie Dr. Seluschko die Ermittlungen begleitete, gefiel Eric.

"Ich weiß das alles zu schätzen. Ich schlage daher vor, dass wir uns so schnell wie möglich zu dritt treffen, Sie, Tim und ich, in Ihrem Büro. Wir werden Sie vollständig aufklären. Sie sind dann prinzipiell Geheimnisträger."

Dann wurde Eric etwas ernster.

"… und glauben Sie mir, wenn nur eine Silbe an die Öffentlichkeit dringt, ist Ihre Karriere zu Ende."

Achim Seluschko ließ sich davon nicht beeindrucken.

"Ich habe schon viele Geheimnisse mit mir herumgetragen, auf eines mehr oder weniger kommt es auch nicht mehr an. Kommen Sie am besten heute Nachmittag um 16 Uhr zu mir. Ich sehe auf meinem Bildschirm, dass Tim auch hier auf dem Gelände ist. Ich werde ihn sofort einladen."

"Täuschen Sie sich nicht, wir werden Sie in etwas einweihen, das Sie wahrscheinlich so noch nicht einmal erahnt haben. Bis heute Mittag, in Ihrem Büro", verabschiedete sich Eric.

*

Tim war noch niemals zuvor zu einem Gespräch mit dem Geschäftsführer von Erck-Pharma Deutschland eingeladen worden. Dementsprechend nervös war er. Was mochte wohl der Grund für dieses Meeting sein? In der kurzen Einladung stand nur, dass er Inputs für ein Gespräch auf Konzernleitungsebene liefern sollte. Kein Hinweis, ob er aus fachlicher oder administrativer Richtung etwas beitragen soll. Mit einer gewissen Anspannung saß er daher im Vorzimmer von Dr. Seluschkos Büro. Die Sekretärin klärte ihn auf, dass noch ein weiterer Gesprächspartner erwartet würde. Kurze Zeit später betrat Eric Schwab das Sekretariat. Als die Sekretärin Tim vorstellen wollte, winkte Eric ab.
 "Danke, wir kennen uns schon."
Pünktlich um 16 Uhr wurden beide in Achim Seluschkos Büro hereingebeten.
"Guten Tag, schön, dass Sie beide so schnell kommen konnten. Nehmen Sie beide in meiner Besprechungsecke Platz."
Noch bevor Achim Seluschko das Gespräch einleitete, wurde Kaffee und Gebäck hereingebracht.
Es sollte ein gutes und langes Informationsgespräch werden. Tim und Eric informierten abwechselnd über den Ermittlungsstand im Mordfall Zivar und Henry Kurz, über Sarahs Rückführungserlebnisse und auch über die Tagebucheinträge Henrys.

"Herr Schwab, in der Tat. Diese Informationen passen so nicht in mein rationales, wissenschaftsbasiertes Weltbild. Ja, um meinen Gefühlszustand zu beschreiben: Ich bin erschüttert. Jetzt verstehe ich Ihr penetrantes Nachhaken hier bei uns. Der Mörder von Zivar und Henry ist tot, offensichtlich ein rumänischer Agent. Es gilt jetzt eigentlich nur noch, unseren ehemaligen oder vielleicht auch aktuellen Mitarbeiter Frank zu finden. Einmal weil er diesen rumänischen Agenten getötet und er ihn bestochen hat, die Amphore mit dem medizinischen weißen Pulver, die Kristalle und die Tontafel von Henry zu erpressen. Es war ihm gleich, wie der Rumäne das erreichen würde. Frank nahm wohl auch Gewalt in Kauf und das alles womöglich im Auftrag meines Konzerns!"
Eric nickte.
"Gut auf den Punkt gebracht."
Achim Seluschko schaute Tim an.
"Warum sind Sie nicht zu mir gekommen?"
"Herr Dr. Seluschko, Hand aufs Herz, wenn vor ein paar Tagen ein kleiner Doktorand mit zunächst einigen Vermutungen und später mit Ergebnissen aus Rückführungen in das frühere Leben einer Studentin, gepaart mit einem Doppelmord zu Ihnen gekommen wäre, wie hätten Sie reagiert? Meine Karriere hier im Konzern wäre doch schon beendet gewesen, noch bevor ich überhaupt die Chance dazu hatte", antwortete Tim.
"Stimmt. Aber jetzt im großen Kontext sieht das anders aus. In wenigen Tagen werde ich mit Eric Schwab nach Boston aufbrechen, vielleicht gibt es ja Spuren, die zu dem damaligen Projekteiter Frank führen. Wenn wir ihn finden, muss sich der Konzern von ihm trennen. Ob das geräuschlos vonstattengeht, kann ich heute nicht abschätzen. Vielleicht sind sogar noch weitere Personen in den Fall verwickelt. Es wird also

spannend und ich überlege, wie ich letztendlich Schaden von Erck-Pharma Global abwenden kann.
Herr Baumgar, wenn ich wieder zurück bin aus USA, möchte ich gerne Frau Winter kennenlernen. Bringen Sie am besten auch noch Professorin Roth mit. Ich könnte mir eine gute Kooperation mit ihrem Institut vorstellen. Und Frau Winter scheint ja jetzt schon eine sehr "starke" Frau zu sein. Junge Nachwuchskräfte müssen gefördert werden und für Sie hätte ich nach Ihrer Promotion auch einen neuen Job. Mein jetziger persönlicher Assistent wechselt zu einem anderen Unternehmen, die Stelle wird also frei und ich kann sie bis zum Abschluss Ihrer Promotion freihalten."
Tim war sprachlos und brachte nur ein freudiges wie verdutztes "Danke, ich werde es Sarah mitteilen" hervor.
"Und was haben Sie für mich im Angebot?", schmunzelte Eric.
Achim Seluschko war weit entfernt, die Frage nicht ernst zu nehmen. Im Gegenteil, er baute immer Brücken für seine Gesprächspartner und vielleicht konnte er in Zukunft sogar auf Eric Schwab bauen, im Konzern oder für den Konzern.
"Sie wissen doch, wenn ich Beamten etwas anbieten würde, wäre es Korruption. Mal sehen, was die Zukunft bringen wird. Aber eines könnten wir jetzt schon machen, was uns die weitere Kooperation erleichtern würde, wir beide sollten uns beim Vornamen nennen."

*

Erck-Pharma Global, Konzernzentrale in Boston

Eine Woche später trafen sich Eric und Achim am Frankfurter Flughafen, Abfluggate A 34, Terminal 1, Lufthansa, nach Boston. Achim hasste das Treiben am Gate. Touristen, Wichtigtuer und sonstige Arten von Managern tummelten sich dort. Eine Durchsage ließ allerdings alle gleichermaßen aufstöhnen. Wieder einmal wurde von einer freundlichen Stimme über Lautsprecher mitgeteilt, dass sich der Flug aufgrund erhöhter Sicherheitsmaßnahmen um mindestens eine Stunde verspäten würde. Achim war das schon gewohnt. So lud er Eric in die Senator Lounge ganz in der Nähe ein.
"In der Lounge erträgt man die Verspätung besser. Man wird es nicht als Korruption auslegen. Wir können uns dort schon auf das Gespräch vorbereiten oder einfach nur noch ein Bier trinken. Zeig mir doch mal dein Ticket."
Ein Blick auf das Ticket holte Achim in die Niederungen des deutschen Beamtentums zurück.
"Hm, Vater Staat spendiert dir nur ein Ticket in der Holzklasse. Wir fliegen ca. 6 Stunden, da wäre es doch vorteilhaft, wenn wir nebeneinandersitzen könnten."
Achim nahm Erics Ticket und ging zum Empfang der Lounge. Er legte seine Senator Karte vor und bat um ein Upgrade für Erics Ticket.
"Sie können das Upgrade über mein Meilenkonto abgleichen und wenn noch möglich, wollen wir auch im Flugzeug nebeneinandersitzen", schlug er der Dame am Empfang vor.
"Ich tue mein Bestes, aber ich kann keinen Erfolg versprechen."
Eric kannte die Lufthansa-Angestellte von früheren Begegnungen in der Lounge, deshalb konnte er sich mit ihr fast kollegial unterhalten.

"Bisher haben Sie doch schon alles hinbekommen", lächelte er.

Achim und Eric nahmen in einer gemütlichen Ecke der Lounge Platz. Beide konnten das Flugvorfeld beobachten auf dem das Servicepersonal ihr Flugzeug belud und die Vorflugkontrolle akribisch durchführte. Sie hatten sich beide ein Getränk und Knabberzeug vom kleinen Buffet geholt. Achim wollte die Wartezeit nutzen und sprach mit Eric über das Thema Reinkarnation.
"Vor unseren Begegnungen lag es mir sehr fern, mich mit der Reinkarnation auseinanderzusetzen. Ich habe aber in der Zwischenzeit einige Abhandlungen amerikanischer Psychiater gelesen, die viele Fälle wissenschaftlich fundiert untersucht haben. Ich komme zu dem Schluss, dass da etwas dran sein könnte."
Eric nahm einen Schluck von seiner Cola.
"Du kannst mir glauben, als Sarah vor einiger Zeit erstmals in mein Büro kam und mich praktisch überfiel, dass sie die Reinkarnation des Mordopfers Zivar Kurz sei, war ich auch mehr als skeptisch. Aber wir haben die Aussagen Sarahs und sie selbst von unseren Psychologen überprüfen lassen. Da ist alles stimmig. Auch wie Professorin Chrissi Roth die Thematik angeht. Alles sehr professionell. Ich bin mittlerweile fest davon überzeugt, dass das alles wahr ist. Außerdem hat uns ja Sarah nach der letzten Rückführung berichtet, dass dieser Frank den rumänischen Agenten in einem Waldsee bei Eppertshausen, dem "Aje", versenkt hat. Mittlerweile lasse ich das Auto mit der Leiche im See suchen. Es ist allerdings sehr schwieriges Unterwassergelände, neun bis zwölf Meter tief, Felsspalten mit Schlick und Tang. Da kann schon einmal ein Auto

spurlos verschwinden. Aber falls das Auto doch noch von unseren Tauchern gefunden werden würde, wäre das der absolute Beweis, dass es eine Zwischenwelt und Reinkarnation gibt."
"Wie lange suchen die Taucher denn schon?", fragte Achim.
Eric winkte ab.
"Du weißt, das ist alles eine Kostenfrage. Wir haben nicht viele Taucher bei der Wasserschutzpolizei. Zurzeit sind zwei Taucher mit der Suche beschäftigt. Aber, wie schon gesagt, wenn sie in dem schwierigen Gelände innerhalb der nächsten Tage nichts finden, müssen wir die Suche abbrechen."
Gerade als Achim erwidern wollte, kam eine Durchsage.
"Werte Gäste des Fluges nach Boston, Lufthansa Flug LH 1541 ist einsteigebereit. Bitte begeben Sie sich zu Gate A34."

Achim und Eric standen auf und als sie an der Empfangstheke der Lounge vorbeikamen, wurden sie von der netten Lufthansa-Assistentin angehalten.
"Herr Dr. Seluschko, es waren leider keine Plätze in der Business Class nebeneinander frei."
Dann grinste sie.
"Ich konnte Sie nur noch beide nebeneinander in die First-Class einbuchen. Das kostete aber ein paar Meilen mehr, hält sich aber in Grenzen. Ich habe stillschweigend ihr Einverständnis vorausgesetzt, sonst wären die Plätze weg gewesen. Falls ich es rückgängig machen soll, müssen Sie es mir jetzt sofort sagen."
Achim war hocherfreut.
"Nein, lassen Sie nur, das haben Sie ganz toll hinbekommen."
Eric freute sich noch mehr. Er war noch nie Business Class, geschweige denn First-Class geflogen.

"Sage nur nochmal einer, unsere Lufthansa wäre stur und nicht flexibel. Unser Trip nach USA fängt gut an!"

*

Nach sechs Stunden Flug landeten sie mit einer guten Stunde Verspätung auf dem Boston Logan International Airport, Terminal C.
Corona hatte die Einreiseformalitäten auch noch 2022 komplizierter als in den Jahren zuvor gestaltet. Musste man vor Corona neben dem Visum nur Fingerabdrücke hinterlassen, so musste man nun diese und digitale oder mindestens analoge Covid Impfpässe mit Nachweis der aktuellen Corona-Impfung vorlegen. Außerdem wurde die Körpertemperatur gemessen und ein aktueller Covid PCR-Test verlangt.
"Wann hört dieser Schwachsinn endlich auf?", war die verzweifelte Frage Achims.
"Das hört dann auf, wenn die WHO es will", war die kurze emotionsgeladene Antwort Erics.
Da sie in der First-Class geflogen waren, hatten sie einen gewaltigen Vorsprung vor den anderen Mitreisenden und gelangten schnell durch alle Einreiskontrollen der US-Behörden, ohne in einer Schlange stehen zu müssen. Auch am Gepäckband kamen die Koffer der First-Class-Reisenden zuerst an. Von der Landung bis in die Ankunftshalle mit den vielen Cafés und Restaurants brauchten sie nur rekordverdächtige 45 Minuten. Weil es noch ganz früher Morgen war und ihre gebuchten Zimmer im Boston Marriott Hotel mit Sicherheit noch nicht bezugsfertig waren, gönnten sie sich ein kleines Frühstück im Starbucks Café in der Nähe der Ankunftshalle.

Erst danach machten sie sich mit einem Taxi auf den Weg in die Innenstadt.
Wie New York schläft auch Boston nie. Sie kamen durch den gerade anlaufenden Berufsverkehr nur langsam voran. Irgendwann erreichten sie dann doch die Brücke der Massachusetts Ave über den Charles River. Von dort waren es nur noch wenige Minuten Fahrzeit bis zum Hotel.
Auch das Einchecken dort ging schnell und problemlos.
"Wir haben unser erstes Gespräch heute Mittag um 14 Uhr. Bis dahin sollten wir uns noch etwas ausruhen. Die Konzernzentrale liegt gerade um die Ecke, nur einen Kilometer entfernt von hier im Erck-Building, nicht weit vom MIT Museum entfernt. Vielleicht hast du das große Gebäude bei der Herfahrt schon gesehen?"
"Für mich sind hier alle Gebäude groß", antwortete ein übermüdet wirkender Eric.
Achim schaute auf seine Uhr.
"Wir haben jetzt 6.30 Uhr. Ich schlage vor, wir treffen uns um 11 Uhr zu einem Strategiegespräch auf der Café-Terrasse des Hotels und fahren um 13.30 Uhr mit dem Taxi die paar Meter zur Zentrale, denn hier läuft man nicht unnötig in der Großstadt herum. Im Strategiegespräch legen wir fest, wer von uns wann was sagt".
Eric nickte und wollte sein kleines Gepäck packen. Aber ein Angestellter kam ihm zuvor, nahm ihm die Reisetasche ab und begleitete ihn zu seinem Zimmer.

*

Pünktlich um 11 Uhr betrat Eric die Café-Terrasse und hielt nach Achim Ausschau. Ganz am hinteren linken Ende erspähte er ihn, wie er genüsslich ein Tonic Water trank. Er bestellte sich eine Cola light und zückte sein Notizbuch.
"So, ich bin bereit."
Achim verlor auch keine weitere Zeit.
"Ich schlage vor, dass sich die Kollegen vorstellen und danach machst du das Gleiche. Danach gibst du eine Zusammenfassung der Ergebnisse der Mordermittlungen. Erzähle aber wirklich nur das Nötigste. Wir müssen nicht unser gesamtes Wissen sofort preisgeben. Allerdings sollten wir ziemlich schnell nach dem Projektleiter Frank fragen."
Eric war mit der Einleitung und dem Vorgehen einverstanden.
"Ich bin gespannt, wie sie bei der Nennung des Namens "Frank" reagieren."
Achim rundete das Vorgehen ab, indem er die Börsenkurse ins Spiel brachte.
"Genau, und noch bevor sie sich besinnen können, fange ich an, die Börsenkurse von Erck-Pharma 1998, 1999 und die der ersten 2000er Jahre zu zeigen. Ein Hinweis, dass dieser zufällige Anstieg des Börsenkurses etwas mit der Exkursion Franks und dem Doppelmord zu tun haben könnte, kann nicht schaden. Außerdem soll mir doch mal der Entwicklungschef erklären, warum die Mittel "Tiger" und "Immuno" nur an die reichsten 2000 Menschen der Erde verkauft werden. Zu guter Letzt werde ich vehement vortragen, dass es die Pflicht der anwesenden Erck-Führungskräfte ist, die deutsche Kriminalpolizei zu unterstützen, einfach auch, um jeden Verdacht vom Unternehmen fernzuhalten. Außerdem muss die Forderung deutlich werden, dass sich Erck-Pharma von Frank trennen muss, falls er noch für die Firma arbeitet."

Achim lehnte sich zurück.
"Das sollte jetzt ganz grob unser Fahrplan sein. Wir sind im Vorteil, denn sie wissen nicht, was wir schon alles wissen."
Eric war nicht ganz zufrieden.
"Die grobe Gesprächsstrategie steht. Aber sie haben ein großes Ass im Ärmel. Sie können sich unwissend stellen, uns ins Leere laufen lassen, letztendlich werden sie pokern, dass wir außer Vermutungen nichts in der Hand haben. Sie können uns belügen, wie sie wollen. Mich würde es nicht wundern, wenn wir am Abend das Gespräch beenden mit der Schlussfolgerung, Frank sei auch tot."
Achim ließ sich von Eric nicht negativ beeinflussen.
"Ich glaube an unsere Chance. Wir müssen dem CEO klarmachen, dass er seinen Job verliert, falls herauskommt, dass Frank noch lebt und in der Firma arbeitet."

*

Um 13.30 Uhr stiegen Achim und Eric in ein Taxi und fuhren zum Erck-Building. Nach nur 3 Minuten Fahrtzeit waren sie auch schon am Ziel. Achim musste für die kurze Strecke dennoch zehn Dollar zahlen. Eric schüttelte den Kopf und musste dabei lachen.
"Das hätten wir uns sparen und heute Abend dafür ein Bier trinken können."
"Das stimmt, aber: andere Länder, andere Sitten. Stell dir mal vor, wir zwei wären zu Fuß, schwitzend hier angekommen und man hätte uns vielleicht noch vom 40. Stock da oben be-

obachtet. Die hätten sich doch totgelacht über uns. Den Superermittler der deutschen Kripo und der kleine Geschäftsführer von Erck-Pharma Deutschland."
Sie betraten die große Empfangshalle. Das Erck-Building war ein 45-stöckiger ringförmiger Turmbau. Es wurde kaum Platz verschwendet, denn zwei Ringbauten füllten den Raum, einer innen und einer in der Peripherie. Links und rechts fuhren gläserne Fahrstühle raketengleich mit großer Beschleunigung zu den einzelnen Stockwerken, die wiederum über futuristische Verbindungsstege zwischen innen und außen verbunden waren. Während Eric sich staunend umschaute, merkte man, dass Achim schon oft hier gewesen war. Er ging geradeaus zum Empfangspult, der fast verloren im Mittelpunkt der runden Halle platziert war.
"Hi Cathy, wir haben um 14 Uhr ein Meeting mit dem CEO. Kannst du uns bitte schon in seinem Sekretariat anmelden."
Cathy kannte Achim von vielen Begegnungen. Sie wollte von ihm deshalb auch keinen Ausweis mehr sehen. Eric musste sich ausweisen. Cathy kopierte seinen Reisepass und den Dienstausweis.
"Nehmen Sie doch bitte gegenüber noch ein paar Minuten Platz. Sie werden abgeholt. Darf ich noch einen Kaffee oder eine Erfrischung reichen?"
Achim blickte zu Eric, der den Kopf schüttelte.
"Danke nein, Cathy. Wir trinken im Laufe des Nachmittags bestimmt noch jede Menge Kaffee."
Um Punkt 14 Uhr kam die Chefsekretärin des CEO's und begleitete beide zum Gespräch in den 40. Stock des Gebäudes.

*

Es war offensichtlich, dass sich Achim schon oft mit der Führungsriege und dem CEO getroffen hatte. Beim Small Talk zur Begrüßung glaubte Eric eine Vertrautheit zu spüren. Er hingegen wurde mit einer gewissen Distanz betrachtet. Wie von Achim vorgeschlagen, stellten sich zuerst die amerikanischen Erck-Mitarbeiter vor, zuletzt Eric.
"Ich bin Charles Lind und seit 22 Jahren der CEO dieses tollen Unternehmens", leitete der Vorstandsvorsitzende ein.
Es folgte der Chef der Forschungsabteilung, Dirk Rain, seit 23 Jahren in dieser Position.
Eric machte sich Notizen, ließ sich aber nicht anmerken, dass es ihn stutzig machte, dass beide kurz vor oder kurz nach dem Doppelmord in diese Positionen gekommen waren.
Auch der Chef der globalen Sicherheit, Nic Snider, reihte sich in den zeitlichen Rahmen ein. 2001 war er in diese Leitungsfunktion aufgestiegen. Er war der auffälligste Gastgeber, da er eine Brille mit getönten Gläsern und weiße Handschuhe trug. Eric versuchte seine Augen zu erkennen. Der Begriff "Heterochromie" und "verletzte Gelenkkapsel" des kleinen Fingers der rechten Hand schossen ihm durch den Kopf. Er hatte allerdings keine Chance, das zu überprüfen. So fragte er direkt.
"Verzeihen Sie die Frage Nic, Sie tragen eine getönte Brille und Handschuhe. Hatten Sie einen Arbeitsunfall?"
"Man kann es so nennen. Die rechte Hand quetschte ich mir bei einem Einsatz in einem unserer Zweigwerke in Indien und meine Augen sind extrem lichtempfindlich, seitdem ich in einem Labor aus Versehen in einen Excimer-Laserstrahl gelaufen bin. Ich habe aber gelernt, mit diesen Handicaps zu leben."

Achim, der die Moderation übernommen hatte, erteilte Eric das Wort, um den neuesten Stand der Ermittlungen mitzuteilen. Er verriet gemäß Absprache nur das Allernötigste und beendete seine Einleitung mit der Frage nach dem Projektleiter Frank, wobei er genau die Mimik aller im Raum beobachtete. Alle blieben gelassen und entspannt. Wie vereinbart zeigte Achim die Aktienkurse des Konzerns von 1999 bis 2001 und kommentierte sie, dass diese Kurse von der Kriminalpolizei Offenbach in Korrelation mit den Doppelmorden gesehen werden. Als der CEO etwas dazu sagen wollte, bedeutete ihm Achim, es sei ebenfalls auffällig, dass die Mittel "Tiger" und "Immuno" nur an die reichsten Menschen des Planeten verkauft werden.
Charles Lind erduldete diese Ausführungen, die für ihn einem verbalen Angriff glichen, mit stoischer Ruhe. Aber dann holte er zur Gegenrede aus.
"In der Tat sieht das alles so aus, dass da Zusammenhänge bestehen könnten. Aber ich kann versichern, dass das alles wirklich nur Zufälle sind. 1999 war in unserer Firmengeschichte ein ganz schwieriges Jahr. Wir standen kurz vor dem globalen Bankrott. Die Mittel "Tiger" und "Immuno" befanden sich damals schon lange in der Entwicklung. Wir stellen den Experten der Kriminalpolizei Offenbach gerne die Entwicklungsunterlagen zur Verfügung. Sie werden erkennen, dass es da keine mysteriösen Zusammenhänge zu den bedauernswerten Doppelmorden gibt. Nun zum Kundenstamm von "Tiger" und "Immuno". Es ist wahr und soll auch nicht geleugnet werden, dass diese Mittel ausschließlich an die "Upper Class" der Erde geliefert werden. Kurz nachdem die Mittel erstmals ausgeliefert wurden, kauften genau diese Kunden fast alle Erck-Pharma Aktien auf. Seit dieser Zeit befinden wir uns sozusagen in einem Allzeit-Aktienhoch. Die Kunden

von "Tiger" und "Immuno" wollen nicht, dass diese Mittel an die gesamte Menschheit verkauft werden. Man kann jetzt diskutieren, ob das ethisch vertretbar ist. Hauptargument dieser Klientel ist, dass es unter dem Einsatz beider Mittel zu einer krassen Überbevölkerung der Erde käme, da alle Menschen den bisherigen Schnitt von 72,5 Jahren überleben würden."
Achim war entsetzt über das kühle Statement des Konzernchefs.
"Das bedeutet doch, Charles, du lässt diese 2000 reichsten Menschen der Erde Gott spielen und im Endeffekt entscheiden, wer die Mittel bekommt und wer nicht."
Charles Lind sah Achim überrascht an.
"Sie sind im Prinzip die Eigentümer des Konzerns. Ich muss ihnen und folglich auch den Anordnungen des Aufsichtsrates folgen."
Achim beherrschte sich und griff Charles nicht weiter an, denn jetzt war nicht die Zeit einer unüberwindlichen Konfrontation.
Charles wechselte schnell die Thematik.
"Kommen wir zu diesem angeblichen Mitarbeiter Frank. Schon bei der ersten Bitte um dieses Gespräch heute, habe ich Nic gebeten, in den Konzernunterlagen nach einem Mitarbeiter dieses Namens zu forschen. Was soll ich sagen, es gibt und gab diesen Mitarbeiter nicht. Keine Ahnung, wie das Mordopfer Henry Kurz in seinem Tagebuch darauf kommt, dass dieser ominöse Frank unser Mitarbeiter gewesen sei."
Eric kannte aus vielen Gesprächen mit Verdächtigen oder Zeugen, wie diese immer wieder versuchten, die Wahrheit zu verdrehen. Noch wollte er sich nicht festlegen, aber ein Gefühl sagte ihm, dass die Drei vor ihm entweder logen oder selbst Opfer eines konzernweiten Komplotts waren.

"Können Sie sich vorstellen, dass man Sie nicht immer mit der Wahrheit konfrontiert, wie so manchen anderen Vorstand?"
Charles Lind schüttelte vehement den Kopf.
"Für meine engsten Mitarbeiter damals und heute würde ich meine Hand ins Feuer legen. Das ist ein ungeheuerlicher Vorwurf, den Sie da in den Raum stellen."
Achim heizte die Diskussion weiter an.
"Wenn es diesen Mitarbeiter Frank gegeben hat, sei es unter diesem Namen oder einem anderen, muss er an Deutschland ausgeliefert werden. Sie sind den Mitarbeitern und den Aktionären gegenüber verpflichtet, Schaden vom Konzern abzuwenden."
Jetzt wurde Charles Lind aggressiv. Achim war ihm schon von Beginn an mit seinen Anschuldigungen auf die Nerven gegangen. Er vermisste seine Firmenloyalität.
"Dr. Seluschko, ich kenne meine Pflichten und Sie sollten Ihre Loyalitätspflichten gegenüber Erck-Pharma auch nicht vergessen. Sie wissen genau, was mit solchen untreuen Mitarbeitern hier in Amerika geschieht. Seien Sie froh, dass Sie in Deutschland arbeiten und dort leider andere Arbeitsgesetze gelten."
Das saß. Achim verstummte und verkniff sich weitere verbale Spitzen.
Das bisher informative Gespräch drohte zu kippen. Plötzlich klingelte Erics Handy.
"Sorry, da muss ich kurz rangehen", bat er um eine kurze Pause und wischte mit dem Zeigefinger über das Empfangssymbol auf dem Display seines Handys. Schon nach den ersten Sekunden konnte man bei Eric eine freudige Veränderung seiner Gesichtszüge bemerken.
"Ah ja. Haben die Taucher wirklich etwas gefunden? Okay, bergt das Fahrzeug. Vielleicht finden wir die Überreste des

Mörders und auch noch Hinweise auf unseren zweiten Verdächtigen Frank."
Eric sprach deutsch, betonte aber den Namen Frank absichtlich und glaubte zu bemerken, dass in seinen Gesprächspartnern eine Veränderung vorging. Er wusste jedoch nicht, ob man ihn verstand.
Achim nutzte diese Gelegenheit, um die neuesten Entwicklungen in Deutschland zu schildern. Er schaute dabei zu Eric hinüber.
"Sie werden verstehen, dass wir aufgrund dieser Meldung das Gespräch vertagen müssen, bis wir Genaueres wissen."
Charles Lind nickte.
"Natürlich, wir sind wie immer kooperativ. Ich vermute, dass die deutsche Polizei den Wagen schnell bergen kann und Sie uns dann informieren. Vertagen wir uns auf übermorgen."

*

Rödermark

Eric rief noch am selben Tag Sarah an.
"Gratulation. Jetzt müssten auch die letzten Skeptiker verstummen. Mit dem Fund des Autos ist dein Bericht über die Erlebnisse in der Zwischenwelt bewiesen. Was hältst du von einem Fahrradausflug an den Aje? Dann kannst du mir direkt berichten, wenn sie das Auto heben. Es sei denn, du hast eine Abneigung, die Überreste deines Mörders zu sehen. Ich würde dich beim Bergungsleiter der Polizei anmelden, so dass du auch wirklich nah dran sein könntest."

Sarah wollte auf alle Fälle die Bergung des Autos hautnah miterleben.

"Du kannst mich schon mal anmelden und am besten auch meinen Begleiter. Kardinal Marcello hat einen Beobachter der Glaubenskongregation entsandt, er soll die Ausgrabungen um St. Nazarius begleiten. Außerdem sieht er gut aus und ist sehr wissbegierig."

Eric grübelte, warum Kardinal Marcello einen Mitarbeiter nach Rödermark entsandt hatte. Er glaubte nicht, dass die paar Scherben, die dem Kloster Rotaha zugeordnet werden könnten, der Grund für die Entsendung eines Mitarbeiters seien.

"Okay, Sarah. Wie heißt denn der Mitarbeiter?"

Sarah bemerkte wohl, dass Eric zögerte.

"Er heißt Danielo Alto und ist wirklich sehr nett. Du brauchst keine Angst zu haben. Ich vertraue dem Kardinal."

Eric ließ Sarah wissen, dass er Danielo ebenfalls anmelden würde, aber gleichzeitig ließ er über seine Kontakte beim BKA Wiesbaden eine Anfrage an das Dipartimento della Pubblica Sicurezza Italia laufen. Schon kurze Zeit später kam die Entwarnung. Danielo Alto war bisher nicht auffällig gewesen. Nur eine Notiz am Rande verunsicherte Eric erneut, denn Danielo war Besitzer einer Waffe.

*

Sarah klingelte an Danielos Wohnungstür. Da die Stadtumbauarbeiten und damit auch die Ausgrabungen um St. Nazarius noch nicht begonnen hatten, war Danielo zuhause und öffnete sofort die Tür.

"Bon giorno bella, was kann ich für dich tun?", schmeichelte er ihr in typisch südländischer Art.
Sarah versuchte die Schmeichelei zu überhören. Es gelang ihr aber nicht ganz und so kam ihre Frage fast schon ansatzlos.
"Hast du Lust auf eine kleine Fahrradtour? So ungefähr sechs Kilometer zu einem See und zurück? Taucher haben dort ein Auto auf dem Grund des Sees entdeckt und wollen es heute bergen. Auf dem Rückweg könnten wir in der Thomashütte eine Pause einlegen und etwas essen. Die Thomashütte ist eine Gaststätte im Wald. Angeblich wurden dort schon im 17. Jahrhundert Gäste bewirtet. Es wird Zeit, dass du hessische Spezialitäten kennenlernst."
"Ich würde das gerne machen, aber wo bekomme ich so schnell ein Fahrrad her?"
Sarah hatte dazu sofort die Lösung.
"In der Garage steht noch das alte Fahrrad des letzten Pfarrers. Er hat es nicht mitgenommen, als er pensioniert wurde, aber wie so vieles wollte er es auch nicht wegwerfen, in der Hoffnung, dass es noch jemand gebrauchen könnte. Wenn wir die beiden Reifen aufpumpen, ist es wieder verkehrstüchtig und müsste bis zum Aje-See und zurück funktionieren."
Sie gingen in die Garage und kramten tatsächlich ein fast antiquiertes Fahrrad hervor.
"Ich glaube, man sagt zu dem Fahrradtyp "Holland-Fahrrad". Immerhin hat es eine kleine Gangschaltung", kommentierte Sarah das Gefährt.
Danielo pumpte die beiden Reifen auf und beobachtete dann einige Minuten den Zustand der Reifen und in der Tat, sie hielten den Reifendruck.
"Gut, dann lass uns in einer halben Stunde aufbrechen. Ich hole mir nur noch etwas zu trinken und eine Jacke, dann kann es losgehen."

Danielo freute sich über die unerwartete Abwechslung, die sich perfekt mit seinem geheimen Auftrag ergänzte.

*

Sarah gab das Tempo und den Weg über Rödermark-Urberach vor. Nachdem sie den alten Ortskern und den sogenannten "Dalles" von Urberach in Richtung Eppertshausen überquert hatten, fuhren sie entlang schöner großer Aussiedlerhöfe und Kleingärten in den Eppertshäuser Wald, zunächst Richtung Thomashütte. Danielo konnte mit dem alten Holland-Fahrrad nur mit größter Mühe Sarahs Tempo halten. Obwohl er gut durchtrainiert war, war an seinem durchgeschwitzten T-Shirt zu sehen, dass er sportlich gefordert war. Kurz vor der Verbindungsstraße von Eppertshausen nach Messel bogen sie in den Wald in Richtung Aje-See ab. Schon von weitem erkannten sie mehrere Polizeiautos und auch ein Auto der Wasserschutzpolizei, das die Ausrüstungen der Taucher transportierte. Als sie am See ankamen, meldete sich Sarah mit Danielo beim Bergungsleiter an. Dieser nickte nur.
"Ja, ich wurde informiert. Momentan ist Pause, aber der Mobilkran muss jeden Moment hier ankommen. Wenn er in Position ist, wird es noch einige Zeit dauern, bis unsere Taucher die Bergungsseile am Wrack befestigt haben. Danach ziehen wir das Auto hoch. Wir konnten noch keine Fotos des Auto-Innenraums machen, da alles voller Schlamm und Algen ist. Fotos von der Unterwassersituation am Bergungsort können Sie sich bis zur Ankunft des Mobilkrans im Begleitfahrzeug des Tauchtrupps anschauen."

Sarah übersetzte für Danielo und bedankte sich beim Bergungsleiter.

Danielo war überrascht, dass der Bergungsleiter Sarah beinahe kollegial behandelte.
"Du bist bei den Polizisten hier bekannt?"

"Ja, aber das ist eine lange Geschichte", meinte Sarah nur. "Schauen wir uns die Fotos an und warten hier im Uferbereich. Der Bereich ist ja überschaubar und wir werden schon nichts verpassen."

Danielo gab sich mit Sarahs Antwort zufrieden, spürte aus einem ihm unbekannten Grund aber ein gewisses Unbehagen.

Die Unterwasser-Fotos zeigten ein Fahrzeug, das in einer großen Felsspalte etwa zehn Meter unter dem Wasserspiegel in einer dicken Schlamm- und Algenschicht steckte. Es war nur durch einen Zufall entdeckt worden. Am Grund des Sees war die Sicht nur sehr eingeschränkt. Deshalb hatten die Taucher über weite Strecken den Grund mit den Händen abtasten müssen. Dabei war einer der Taucher plötzlich fast einen halben Meter im Schlamm versunken und auf etwas Hartes, was sich nur kurze Zeit später als ein Autodach herausstellte, gestoßen. Beim Anblick der Bilder musste sich Danielo übergeben.
"Sorry, irgendetwas liegt mir plötzlich auf den Magen. Mir kommt diese Unterwasserwelt so unwirklich vor, fast wie ein verwunschener Garten. Wenn ich die Nahaufnahmen des Wracks betrachte, bekomme ich kalte Schweißausbrüche. Ich habe so etwas noch nie gehabt."
Sarah war irritiert von Danielos heftiger Reaktion.

"Gehen wir an die frische Luft, setzen uns an die Uferböschung und verfolgen die Aktion von weitem. Wir müssen ja nicht ganz nah dabei sein."

Nach wenigen Minuten ging es Danielo wieder besser und sie konnten die Ankunft des Mobilkrans beobachten. Die Teleskopstützen wurden ausgefahren und die Bergungsseile schnell an der Kranunterflasche des Auslegers angebracht. Dann wurde er vorsichtig über die Position des Autowracks geschwenkt. Nur wenige Minuten später wurden die Bergungsseile in den See abgesenkt, begleitet von den beiden Tauchern.

Während die Taucher die Bergungsseile unter Wasser am Auto befestigten, wollte Sarah Danielo aufmuntern und erzählte ihm zwei Geschichten über den Aje-See, die wahrscheinlich besorgte Eltern erfunden hatten, um ihren Kindern die Lust am Baden im See zu vermiesen. Eine handelte vom sogenannten "Aje-Monster", angeblich ein zwei Meter langer Wels, der kleine Hunde und auch Kinder in die Tiefe ziehen würde. Die andere etwas martialische Geschichte, handelte vom sogenannten Aje Panzer, der kurz vor Kriegsende bei einem Feuergefecht mit amerikanischen Soldaten von der Steilklippe in den See gestürzt sei. Der ums Leben gekommene Panzerkommandant soll heute noch nachts in der Gegend umherspuken.
Danielo, der auf Reisen schon viele Geschichten gehört hatte, fand diese gar nicht mal so weit hergeholt, ja fast realistisch.
"Wenn ich mir die Klippen hier gegenüber angucke, kann ich mir das sogar gut ausmalen, wie ein Panzer dort oben rück-

wärts fährt, eine Kette reißt, er sich dreht und dann den Abgang macht. Und von zwei Meter langen Welsen hat man auch schon so einiges gehört!"

Nach etwa einer halben Stunde waren die Seile unter Wasser am Wrack fixiert und der Kran begann ganz sachte mit dem Hochhieven. Schon fünf Minuten später schwebte das Autowrack triefend über der Seeoberfläche und der Kranausleger schwenkte langsam zum Uferbereich. Ein VW-Golf war durch die zentimeterdicke Schlammschicht zu erkennen. Er wurde abgesetzt und vorsichtig begannen die Mitarbeiter der KTU, den Wagen zu inspizieren.

Langsam wurde die Fahrertür mit einem Brecheisen geöffnet und ein Schwall dunkler Brühe schoss aus dem Innenraum zu Boden. Ein Mitarbeiter schüttelte den Kopf, das hieß, keine Person bzw. Überreste im Innenraum. Dann wurde die Kofferraumklappe geöffnet.
"Bahre und Rechtsmediziner hierher!"
Dieser Ruf war eindeutig. Es befanden sich menschliche Überreste im Kofferraum. Ein Aal hatte sich sogar im Schädel eingenistet und wand sich in der dunklen Brühe des Kofferraumes.

Sarah und Danielo hatten aufgrund von Erics Anmeldung die Erlaubnis, die Bergung und Öffnung des Fahrzeugs aus allernächster Nähe zu beobachten. Sie warfen einen Blick in den Kofferraum. Der Kopf hing noch an einigen Muskelsträngen am Rumpf fest, war aber unnatürlich zur Seite abgekippt. Sie hörten, wie der Rechtsmediziner sagte, dass der Körper aufgrund der Sauerstoffknappheit im Schlamm des Sees so gut erhalten geblieben war. Dann beugte er sich erneut über den zur Seite abgekippten Kopf.

"Schusswunde, das Projektil steckt in der Wirbelsäule. Eine nähere Untersuchung mache ich im Institut. Das genaue Baujahr des Autos lässt sich ja über die Motorblocknummer feststellen. Ich schätze mal so 1990 bis 1995, also kann das Opfer maximal 32 Jahre lang tot sein. Im Institut kann ich diesen Zeitraum mit genaueren Untersuchungen weiter einengen."

Danielo schaute sich das Opfer näher an. Plötzlich sackte er lautlos bewusstlos in sich zusammen. Einer der umstehenden Polizisten fing ihn auf, so dass er nicht mit dem Kopf auf den harten Boden aufschlug. Ein herbeigeeilter Ersthelfer hielt ihm eine Riechampulle unter die Nase, was sofort Wirkung zeigte. Sarah war durch diesen Vorfall von ihrer Grübelei abgelenkt. Als Danielo wieder langsam zu vollem Bewusstsein kam, hörte sie in sich hinein. Sie wusste, dass die im Kofferraum gefundene Leiche ihr Mörder gewesen war. Sie spürte allerdings keinerlei Gefühle des Hasses. Sie schaute in die Augenhöhlen des skelettierten Schädels, als ob sie mit der Leiche reden wolle. Aber auch jetzt war das Opfer für sie nur eine leere Hülle.

*

"Zart besaitet der junge Mann!", war der mitleidige Kommentar des Rechtsmediziners. "Dabei riecht es hier nur nach Seewasser und nicht nach Tod und Verwesung."

Sarah und Danielo setzten sich etwas abseits des Geschehens und Danielo versuchte, den gerade erlebten Zusammenbruch zu verstehen.
"Als ich den abgewinkelten Kopf sah, spürte ich an meinem Hals einen Schmerz so heftig, dass ich für einen Moment glaubte, ich würde angeschossen. Kurz bevor mir schwarz vor Augen wurde, schoss mir ein Gedanke durch den Kopf -"Europcar"- und dann war ich auch schon weg. Seltsam, diese unheimlichen Gefühle der Niedergeschlagenheit, die Angst am Marktplatz in Ober-Roden und jetzt die Bewusstlosigkeit. Sie häufen sich, seitdem ich in Rödermark angekommen bin. Entweder habe ich einen Virus im Flugzeug gefangen oder meine Nerven spielen verrückt."
Sarah wollte Danielos Kreis der trübsinnigen Gedanken unterbrechen.
"Komm, lass uns zur Thomashütte radeln. Ich glaube, du brauchst wie gestern nur einen Ortswechsel. Ich sage schnell dem Bergungsleiter Bescheid, dass wir von hier verschwinden."

Ein paar Minuten später fuhren sie in Richtung Thomashütte. Als sie am Parkplatz ankamen, kam es fast erneut zu einer Panikattacke: Danielos Magen zog sich kurz zusammen und sein Puls schnellte aus unerklärlichen Gründen in die Höhe. Aber irgendwie verflog die Attacke so schnell, wie sie gekommen war. Danielo verunsicherte das jedoch mehr und mehr.

Sie stellten die Fahrräder im Innenhof der Thomashütte ab und setzten sich in den Biergarten.
"Geht es dir wieder besser? Glaubst du, etwas essen zu können? Vielleicht fehlt dir ja auch nur etwas Blutzucker! Eine

gute hessische Spezialität könnte Wunder wirken. Normalerweise würde ich dir jetzt "Handkäse mit Musik" empfehlen, aber in Anbetracht deiner Magenprobleme ist vielleicht ein "Kochkäse mit Bauernbrot" die bessere Wahl."
Danielo horchte auf. Er hatte noch nie etwas von Handkäse mit Musik gehört. Irgendwie lenkte ihn dieses urige hessische Gericht sogar soweit ab, dass er lachen musste.
"-"Handkäse mit Musik?"- Was bedeutet das, mit Musik?"
Sarah erklärte ihm, wie es zu dieser Bezeichnung gekommen war, indem sie umschrieb, dass in der Essig-Öl-Soße viele kleingehackte Zwiebeln verarbeitet sind, die sich im Laufe der Verdauung bemerkbar machen könnten.
Danielo konnte kaum noch ernst bleiben.
"Also, ihr Deutschen seid schon ein seltsames Volk! Schon meine römischen Vorfahren waren von den germanischen Essgewohnheiten und Bräuchen beeindruckt. Handkäse und Musik. Ich glaube, ich bleibe mal lieber bei Kochkäse."
So bestellte Sarah zwei Portionen Kochkäse und zwei Apfelweinschorlen, die auch sehr prompt serviert wurden. Danielo war zunächst skeptisch, aber nach den ersten Bissen war er von Sarahs Wahl sehr angetan. Ihm schmeckte es so gut, dass er sich eine zweite Portion bestellte.

"Erzähle mir doch mal von deiner Arbeit als rechte Hand Kardinal Marcellos", meinte Sarah. "Ich kann mir vorstellen, dass du schon sehr viel von der Welt gesehen hast und viele angebliche und vielleicht auch tatsächliche Wunder mit ihm gemeinsam untersucht hast."

Während Danielo immer gelöster von seinem Leben als Assistent Kardinal Marcellos erzählte, verlor sich jetzt allerdings Sarah wieder in Grübeleien. Ohne dass es Danielo mitbekam,

ließ sie alle Unpässlichkeiten Danielos Revue passieren. Sie kam zu einem Ergebnis, das sie aber schnell wieder verwarf. "Nein, Nein, das kann und darf so nicht sein", versuchte sie alle diese Gedanken zu verdrängen.
Auf dem Nachhauseweg ging ihr dann aber ein Satz von Chrissi durch den Kopf:

"Du wirst Dinge erleben und erfahren, die du dir vor ein paar Wochen noch nicht einmal vorstellen konntest." …..

*

CIA-Zentrale in Langley – Abteilung fremde Technologien

John saß in seinem Büro in der CIA-Zentrale in Langley. Natürlich war er auch über die Aktivitäten Achims und Erics informiert. Seitdem sie amerikanischen Boden betreten hatten, wurden sie überwacht. Noch war er entspannt und sah keinerlei Grund zum Eingreifen.
Das klingelnde Telefon auf seinem Schreibtisch ließ ihn aufschrecken. Genervt nahm er das Gespräch entgegen, denn die Telefonnummer des Anrufers war unterdrückt, was ihn Schlechtes erahnen ließ. Schon die ersten Worte bestätigten seine Vorahnungen.
"Es wird ungemütlich. Ich wollte dich nur informieren. Wenn ich auffliege, fliegen der Vatikan und eure ehrenwerte Gesellschaft mit auf."
John war irritiert. Er wusste zunächst nicht, wer ihn anrief und was der Anrufer meinte. Er wollte den lästigen Anrufer abfertigen und auflegen.

"Was glaubst du, wie oft ich das schon gehört habe?"
Gerade als John auflegen wollte, wurde auf seinem Laptop ein Bild übermittelt: eine Amphore mit einem weißen Pulver als Inhalt, kugelförmige Kristalle und eine Tontafel. John erinnerte sich schlagartig an die dunklen Ereignisse, damals vor 23 Jahren in Rumänien, und auch jetzt gingen ihm die Ereignisse der letzten Tage durch den Kopf.
"So langsam wird das Ganze zu einem Bild. Vor ein paar Tagen eine Interpolanfrage mit einem Phantombild und jetzt dieser Anruf."
Er vermutete, dass sich dieser deutsche Projektleiter Frank hinter der unterdrückten Nummer verbarg. Er konnte sich kaum noch an ihn erinnern. Seit der Übergabe der Kristalle aus dieser rumänischen Höhle hatte er nichts mehr von ihm gehört. Das von Interpol übermittelte Phantombild und Frank, so wie er ihn in Erinnerung hatte, waren nicht identisch. Aber es war ihm klar, dass Frank irgendwie in den Mordfall verwickelt sein musste. John attackierte den Anrufer direkt, indem er ihn glauben ließ, er wisse genau, wer anrief.
"Ich weiß gar nicht, was du willst. Wir hatten einen Deal. Du hattest von uns Geld bekommen, um die Kristalle zu besorgen. Das hast du gemacht. Punkt aus. Für welches Vergehen sollten wir auffliegen? Wir hatten dich noch nicht einmal bestochen. Wir hatten dir keinen Mordauftrag erteilt. Was willst du also von uns?"
Die verzerrte Stimme formulierte ihre Ansprüche fließend.
"Nicht viel. Lasst eure Beziehungen spielen und sorgt dafür, dass dieser deutsche Kriminalkommissar und der Geschäftsführer von Erck-Pharma Deutschland zu unerwünschten Personen erklärt werden. Wie wäre es denn, wenn du anführst, dass die nationale Sicherheit der USA auf dem Spiel stehe. Ich

könnte mir vorstellen, dass es peinlich für die US-Regierung wäre, wenn im Internet veröffentlicht würde, was ihr so in der Area 51 treibt und warum Rumänien so schnell Nato-Mitglied werden konnte, nämlich nur aufgrund der Funde in der Höhle!"
John schüttelte den Kopf.
"Hast du sonst noch einen Wunsch? Das muss in der Administration der Regierung beschlossen werden. Einen Polizeibeamten Deutschlands auszuweisen, der Hinweisen in einem Mordfall nachgeht, würde kein gutes Bild auf uns alle werfen."
"Das ist mir egal. Gestern verlor sogar der CEO von Erck-Pharma für einen kurzen Moment die Fassung, als er sich mit Dr. Seluschko und Kripochef Schwab unterhielt. Also, macht etwas!"
John versuchte, Zeit zu gewinnen.
"Lass mich überlegen, was ich tun kann. Können wir uns treffen?"
"Nein!", war die kurze Antwort. "Du wirst versuchen mich umzubringen. Das macht ihr doch normalerweise so mit unliebsamen Mitwissern."
John war genervt.
"Du schaust zu viele schlechte Agentenfilme. Wie kann ich dich erreichen?"
"Gar nicht. Ich melde mich bald bei dir. Nochmal, macht etwas, sonst bereut ihr es!"

*

Der unbekannte Anrufer, der wahrscheinlich wirklich Frank hieß, legte auf. John überlegte, was Frank wohl für Druckmittel in der Hand hielt. Er saß still und in sich gekehrt da und ließ die Zusammenhänge noch einmal im Geiste Revue passieren.

"Er übergab uns die Kristalle und ich machte ein Foto von der Tontafel. Unsere Kryptologen entzifferten die Inschrift. Im Wesentlichen sagt die Inschrift das aus, was in Kreisen der sogenannten Verschwörungstheoretiker seit Jahren kursiert." Mit einigen Klicks öffnete John eine Datei, die die wortwörtliche Übersetzung der Tontafel zeigte:

"....Von den Sternen kamen Götter.
....Die von den Göttern erschaffenen Menschen werden immer von wenigen verborgenen und auserwählten Menschen und den Nachkommen der Götter gelenkt.
....Sie reisten in die Zukunft und Vergangenheit.
....Andere Götter kamen aus dem Himmel und bestraften die Götter der Erde.
....Ein schrecklicher Überfall.
....Die Kontinente Atlantis und Lemuria versanken in den Fluten.
....Die Götter verbargen ihr Wissen in Kristallkugeln.
....In ferner Zukunft werden Menschen die Kristalle zum Sprechen bringen.
....Sie bergen das Geheimnis der Sternenschiffe.

"....Die weiße Medizin wird den außerwählten Menschen zu langem Leben verhelfen."

Ein CIA-Linguisten-Team übertrug den entzifferten Text in neuzeitliches Englisch

"Die Geschicke der Menschheit werden von einem kleinen Kreis Menschen und Außerirdischen gelenkt. Die Inschrift spricht von Außerirdischen, die vor langer Zeit auf der Erde landeten und die Entwicklung der Menschheit vorantrieben. Es wird von Zeitreisen und Zeitreisenden berichtet und auch von einem großen Krieg unter den Außerirdischen, in dessen Folge Atlantis und Lemuria in den großen Ozeanen untergingen. Ein Hinweis auf die Kristalle war im Text auch versteckt. Es wird angedeutet, dass in den Kristallen Baupläne für große Raumschiffe verborgen sind, mit denen man zu den Sternen reisen kann. Das weiße Pulver sollte von Biologen und Chemikern untersucht werden. Es könnte durchaus Bausteine zur Verlängerung des menschlichen Lebens enthalten."

John schloss beide Dateien.
Schon möglich, dachte er, dass Frank die Übersetzungen der Tontafel kennt und sich zusammenreimt, dass wir die Daten aus den Kristallen mittlerweile kennen. Und da hätte er gar nicht so unrecht. Ich bin kein Physiker und habe immer nur die Berichte gelesen, aber nie im Detail verstanden.

John rief einen weiteren Bericht aus seinem Datenarchiv ab und las darin.
Ein Kristall war stellvertretend für alle bemaßt und fotografiert. Er war eine durchsichtige Kugel mit einem Durchmesser von vier Zentimetern. Die Pole der Kugel waren abgeflacht. Oberer und unterer Pol hatten unterschiedliche kleine Führungsschienen. John hatte an einer anderen Stelle früher einmal gelesen, dass die unterschiedlichen Führungsschienen nur dem Zweck dienten, den Kristall richtig herum in ein Lesegerät einlegen zu können. Das Lesegerät der Aliens existierte natürlich schon lange nicht mehr oder es war in der Bucegi-Höhle verschollen. Er schüttelte den Kopf, als er sich weiter in den Bericht vertiefte.

"In dem Bericht werden Effekte beschrieben, die ich wohl nie verstehen werde, dachte er. Die Außerirdischen nutzten tausende Jahre, bevor der Mensch die physikalischen Grundlageneffekte zur Speicherung von Daten in kristallinen Strukturen entdeckte, diese Speichermethode. Sie nutzten laut dem mir vorliegenden Bericht die photorefraktiven, elastooptischen, piezoelektrischen und pyroelektrischen Effekte des transparenten kristallinen Feststoffs, der den heutigen künstlichen Materialien Lithium- oder Kaliumniobat ähnlich ist. Diese Kristalle eignen sich gut als holografische Speicher, au-

ßerdem sind sie relativ unempfindlich gegenüber Umwelteinflüssen und sehr stabil. Obwohl dazu die physikalischen Grundlagen von Kerr 1875 und Bragg 1912 erarbeitet wurden, also schon lange bekannt sind, kann diese Technik erst jetzt, 100 Jahre später genutzt werden. Unseren Physikern in der Area 51 gelang es vor knapp über 10 Jahren, die Informationen aus den Kristallen abzurufen und teilweise zu entschlüsseln, auch wenn mir nicht klar ist, wie sie das im Detail gemacht haben. Seit der Übergabe der Kristalle an uns sind jetzt mehr als zwanzig Jahre vergangen.
Unsere Fortschritte bezüglich der aus den Kristallen abgeleiteten Antriebstechnologien von Raumschiffen werden weiterhin extrem geheim gehalten, müssen aber enorm sein, denn ab und zu werden die hochentwickelten Fluggeräte in der Mojave Wüste gesichtet. Sie werden dann als UFOs klassifiziert und von den von uns kontrollierten großen Tageszeitungen ins Lächerliche gezogen.

Reicht das, um uns zu erpressen?"

Mit einer Feststellung hatte Frank recht, wer die CIA erpresst, wird normalerweise eliminiert.

"Schade, dass er sich mit mir nicht treffen will. Es nützt auch nichts, ihn zu suchen. Er ist untergetaucht. Ich habe zwar eine blasse Ahnung, wo er sich versteckt, beziehungsweise für wen er heute arbeitet, aber die Zeit drängt."

John griff zum Telefon und bat seinen Vorgesetzten um eine dringende Unterredung.

*

John erhielt sofort einen Termin.
"Es geht also um dieses Phantombild, das uns Interpol vor kurzem geschickt hat?"
John holte weit aus und erklärte die Zusammenhänge, angefangen von 1999 mit der Expedition ins Bucegi-Gebirge über den Doppelmord an dem deutschen Ehepaar Zivar und Henry Kurz, bis zu den Ermittlungen, die zurzeit bei Erck-Pharma durchgeführt werden.
Der CIA-Direktor brachte es auf den Punkt.
"Und dieser Frank glaubt nun, dass wir die beiden Ermittler des Landes verweisen sollen und dann seien seine Probleme gelöst. Wenn wir sie des Landes verweisen, bedeutet das nur einen Zeitaufschub. Deutschland wird versuchen, die Auslieferung auf diplomatischem Weg zu erreichen."
John hakte ein.
"Dazu müssten sie ihn aber erst einmal identifizieren. Zurzeit tappen sie noch im Dunkeln."
"Glaube mir, sie werden Mittel und Wege finden, dass Erck diesen Frank ausliefern muss, wenn er noch in deren Diensten steht, was anzunehmen ist, auch wenn sie noch keine Person identifiziert haben. Aber gut, ich rufe die Homeland Security an. Weisen wir diese zwei Deutschen aus und gewinnen so etwas Zeit.

*

Nachdem John das Büro verlassen hatte, telefonierte der Direktor mit einem externen Mitarbeiter. Er erteilte ihm einen

Spezialauftrag, den er in Deutschland zu erledigen habe. Genauere Anweisungen würde er zu gegebener Zeit in Deutschland erhalten.

*

Erck-Pharma Global-Konzernzentrale in Boston

Achim und Eric saßen schon 15 Minuten vor dem erneuten Besprechungstermin im Konferenzzimmer des 40. Stocks im Erck-Building. Sie unterhielten sich über die neusten Erkenntnisse aufgrund des geborgenen Fahrzeugs. Es war ihnen gleich, ob man sie bereits abhörte, denn sie würden das Thema schon zu Beginn der Besprechung anschneiden. Trotzdem achtete Eric genau auf seine Worte. Er wollte auf keinen Fall das Wort "Reinkarnation" in den Raum stellen, denn das würde seine Argumentation schwächen. Deshalb sprach er auch nur von einer Informantin.
"Die Hinweise unserer Informantin sind mit dem Auffinden des Fahrzeugs und der Leiche verifiziert. Die Leiche war der Mörder von Zivar und Henry Kurz und der gesuchte Frank hatte ihn mit viel Geld bestochen. Er hatte ihm zwar keinen direkten Mordauftrag gegeben, aber der Auftrag war so eindeutig auf die Beschaffung der Reiseandenken fixiert, dass der Mord oder Totschlag zumindest als Möglichkeit im Raum standen. Und das ist die große Schuld von Frank und Erck-Pharma."
Achim intensivierte beider Emotionen.
"Meine Loyalität gegenüber der Firma hin oder her, ich sehe die Schuldfrage genauso wie du. Ich sehe auch, wie diese ganze

Geschichte den Kurs der Erck-Aktien nach unten drücken wird. Das zu verhindern, das ist mein Loyalitätsgedanke."
Beide nahmen sich einen Kaffee, der schon früh für die Besprechung bereitgestellt worden war.
"Ich bin gespannt, ob man heute etwas zugänglicher sein wird. Aber der Kaffee ist wenigstens schon mal gut", blickte Eric der Besprechung skeptisch entgegen.

*

Pünktlich um 10 Uhr betrat das Erck-Triumvirat das Besprechungszimmer. Im Gegensatz zum ersten Gespräch hielt man sich nicht lange mit Begrüßungssmalltalk auf. Eine spürbare Aggressivität lag in der Luft. Charles Lind übernahm sofort die Initiative und begann das Gespräch sehr förmlich, für einen Amerikaner eher ungewöhnlich.
"Herr Schwab, wir sind nochmals alle unsere Personalunterlagen durchgegangen, aber bei uns arbeitete nie ein Projektleiter namens Frank."
Entgegen seiner sonstigen Art unterbrach Eric den CEO.
"Wir haben andere Erkenntnisse. Auch der gestrige Fund des PKWs in einem See, in der Nähe des Tatortes, belegt das. Das Fahrzeug war ein Leihwagen der Firma Europcar und wurde kurz nach dem Doppelmord vermisst. Der Fahrer war ein Rumäne und Frank hatte mit diesem Mann Kontakt. Und jetzt kommt die neueste Mitteilung aus Deutschland. Unter dem Beifahrersitz wurde in einer Luftblase eine Mappe mit Unterlagen gefunden, leider zurzeit noch unleserlich aufgrund der langen Zeit in der feuchten Blase, aber unsere Experten sind zuversichtlich, die Lesbarkeit wiederherstellen zu können. Ich

gehe heute davon aus, dass wir dann noch direktere Hinweise auf die Verwicklungen von Erck finden werden."
Charles bluffte und schaute arrogant, sich unantastbar fühlend, zu Eric und Achim.

"Das ist ja alles schön und gut. Wenn Sie die Hinweise haben, gehen Sie", und dann provozierend hinüber zu Achim, "gemeinsam mit Dr. Seluschko zum Staatsanwalt und erst dann sehen wir weiter. Meine Herren, damit ist für uns heute das Gespräch beendet. Nochmal fürs Protokoll, wir kennen keinen früheren oder aktuellen Mitarbeiter Frank. Dr. Seluschko, Sie wissen, wo die Ausgänge sind. Normalerweise bringen wir unsere Gäste zum Ausgang, aber das können Sie ja übernehmen. Sie sind ja unser Mitarbeiter, oder soll ich sagen "noch"? Wie gesagt, Herr Schwab, gerne wieder auf ein Neues, aber nur, wenn Sie Beweise vorlegen können, die von einem US-Staatsanwalt begutachtet worden sind."

Alle drei Erck-Führungskräfte verschwanden so schnell, wie sie gekommen waren und ließen Achim und Eric alleine zurück. Das Gespräch dauerte so noch nicht einmal zehn Minuten.

"So ein Arschloch! Die drei verbergen doch etwas! Die wissen mehr!"
Achim nickte.
"Für mich sieht das auch so aus. Charles' Hinweis ist eindeutig. Ich stehe auf seiner Abschussliste. Mal schauen, wer früher gehen muss, er oder ich. Charles Lind ist meiner Meinung nach als CEO nicht mehr haltbar. Er ist nur ein knappes Jahr nach den Morden zum CEO ernannt worden. Es muss ja eine

Übergabe vom alten zum neuen CEO gegeben haben. Er muss etwas wissen!"
"Oder aber, sein Vorgänger wusste nichts und Charles ist irgendwie in die Angelegenheit mit anderen Mitwissern verwickelt. Komm, Kopf hoch, lass uns zurück ins Hotel fahren und überlegen, wie wir weiter vorgehen", meinte Eric.

*

Das Erck-Triumvirat zog sich sofort zu einem internen Gespräch zurück. Sie wussten, dass Achim und Eric noch im Besprechungszimmer waren und sie hörten beide ab. Charles verhöhnte Eric und Achim abfällig.
"Okay, ein Arschloch bin ich also. Würde ich an seiner Stelle auch so sehen. Sie vermuten, dass wir mehr wissen, was ja auch stimmt. Wir wissen, wer Frank ist. Wenn wir ihn ausliefern, gehen wir aber zu dritt hoch. Also, Nerven bewahren und vor allem dichthalten. Wir reden mit beiden nur noch mit juristischem Beistand. Dieser kleine Geschäftsführer, Dr. Seluschko, wird gefeuert, wenn hier wieder etwas Ruhe eingekehrt ist. Der ist gefährlicher als Kommissar Schwab.

*

Hotel in Boston und Abschiebung aus USA

Achim und Eric fuhren zu ihrem Hotel zurück. Da es noch früh am Tag war, setzten sie sich auf die große Terrasse ihres Hotels und bestellten Mineralwasser und Cappuccino.

"Wir können jetzt nur noch auf die Ergebnisse der KTU warten. Wenn sie den Inhalt der unter dem Beifahrersitz gefundenen Unterlagen sichtbar gemacht haben und tatsächlich eine Verwicklung von Erck-Pharma nachweisen können, sollten wir die Staatsanwaltschaft einschalten", war Achims Einwand.
Eric war da etwas nüchterner.
"Das Einschalten der Staatsanwaltschaft ist eine Sache. Aber wir können keinen hundert Prozent Verdächtigen präsentieren. Ich weiß auch nicht, wie wir da weiterkommen können."

Gerade als Achim antworten wollte, näherte sich ein Herr im dunklen Anzug ihrem Tisch. Er trug eine Sonnenbrille und wurde von einem Polizisten der Homeland Security begleitet. Sie zeigten Ausweise und zwei auf die Namen von Achim und Eric ausgefüllte Papiere mit der Aufforderung der sofortigen Ausreise aus den USA.
Achim überflog die Begründung der Aufforderung. Er wusste, dass sie keine Chance auf Einspruch hatten, denn offenbar waren mächtige Kreise an ihrem Verschwinden interessiert.
"Sie werfen uns staatsgefährdende Aktionen vor. Was soll das denn sein?"
Einer der beiden Beamten führte seine Hand zum Headset des rechten Ohres.
"Ich bin nur der Überbringer der Botschaft. Angeblich haben Sie militärische Geheimnisse in der Mojave Wüste erkundet und hochrangige Vertreter der US-Pharmaindustrie unter Druck gesetzt."
"Das ist an den Haaren herbeigezogen. Wir waren noch nie in der Mojave Wüste und die hochrangigen Vertreter der US-Pharmaindustrie sind womöglich in Mordfälle in Deutschland verwickelt."

Einer der beiden Homeland Security-Agenten zuckte mitleidig die Schultern.
"Wie schon gesagt, wir sind nur die Boten. Kein weiterer Kommentar."
Achim versuchte Zeit zu gewinnen.
"Okay, wie lange haben wir noch Aufenthaltsrecht in Ihrem schönen und freiheitsliebenden Land?"
"Der nächste Flieger geht heute Nacht nach Frankfurt. Sie dürfen bis dahin das Hotel nicht verlassen. Falls Sie es doch tun, werden Sie verhaftet und bis zur Ausreise inhaftiert. Ein Tipp von mir: Riskieren Sie es nicht! Unsere Abschiebezellen sind nicht sehr komfortabel. Genießen Sie die restlichen Stunden hier im Hotel. Wir holen Sie um 23 Uhr ab und bringen Sie beide zum Airport."

*

"Diese Abschiebung zeigt doch, dass Erck-Pharma wirklich Dreck an den Händen klebt. Der CIA sind wir doch egal. Die Aufforderung an die Homeland Security kommt ganz klar von Erck und zwar von ganz oben", empörte sich Achim. "Was hat unser Trip nach Boston gebracht?"
Eric versuchte es positiv zu sehen.
"Erck ist nervös, und da bin ich jetzt etwas anderer Meinung als du, auch die CIA muss nervös sein. Die Begründung 'Ausspähung von militärischen Geheimnissen in der Mojave Wüste' klingt nach CIA und nicht nach Erck. Wahrscheinlich haben sie das beide gemeinsam ausgeheckt. Weißt du, falls ich irgendwann wieder einreisen darf, gehe ich wirklich einer Spur

nach, die mit unserem Doppelmord nichts zu tun hat. Nämlich, was die CIA mit den Hinweisen der Tontafel und den Informationen, die angeblich in den Kristallen gespeichert sind, gemacht hat. Bei der Begründung "Mojave Wüste und militärische Geheimnisse" fällt mir sofort die Area 51 ein und die vielen unbekannten Flugobjekte, die dort immer wieder gesichtet werden. Ich kann mir gut vorstellen, dass die gespeicherten Daten in den Kristallen aus der Bucegi-Höhle und das angeblich abgestürzte Raumschiff in Roswell 1947 in einer Linie zu sehen sind."
Achim war das zu phantasievoll.
"Ich glaube, jetzt gehen mit dir die Pferde durch. Ich würde viel lieber diesen arroganten Typen Charles stürzen sehen. Daten in Kristallen und die daraus entwickelten Raumschiffe, das klingt mir so utopisch, zu unwissenschaftlich."
Eric nickte.
"Du hast ja recht, es hat mit unserem Fall ja auch nichts zu tun. Aber wenn man der Phantasie freien Lauf lässt, tun sich schnell neue Welten auf."
Achim bestellte für beide noch zwei Bier.
"Gönnen wir uns erst mal zwei Bier auf diesen miesen Schachzug der Abschiebung. Das macht uns lockerer. Phantasie, das ist aber das Stichwort. Ich phantasiere jetzt einmal: Es wird nicht lange dauern, da wird mich Charles wegen Illoyalität entlassen wollen. Also muss ich ihm zuvorkommen. Meine größte Angst bisher war, dass die Erck-Aktie im Kurs sinkt, wenn irgendetwas aus den Ermittlungen durchsickert. Und jetzt sind wir an der Reihe mit dem nächsten Schachzug.

"Wem lastet man ein Sinken des Aktienkurses an?"

Erics Gesichtsausdruck veränderte sich zu einem verschwörerischen Grinsen. Seine Laune verbesserte sich schlagartig.

"Genial. Im Endeffekt dem CEO."

Achim war nun in Hochform.
"Genau. Bauen wir ein Narrativ auf und stellen es Stück für Stück ins Netz."
Eric winkte ab.
"Ich kann das Wort 'Narrativ' nicht mehr hören."
Achim verdrehte die Augen.
"Okay, dann sag halt 'Erzählung', 'zielführende, manipulierende Geschichte', 'Story' oder sonst etwas, Hauptsache wir lassen etwas durchsickern, was den Aktienkurs einbrechen lässt. Am besten in Etappen und dazwischen fordern wir immer wieder die Auslieferung Franks. Ich glaube, dass die Großaktionäre schnell aufmerksam werden und Druck ausüben. Es genügt dann auch nicht mehr nur ein Abdanken von Charles, denn der Aktienkurs würde auch nach der Abdankung weiter sinken. Wenn diese Upper Class etwas hasst, dann sind es sinkende Aktienkurse. Das ist so, als ob man Raubtieren das rohe Futterfleisch wegnimmt, unser ultimativer Hebel gegen diese Brut."
Achim leerte sein Bier auf einen Zug. Eric winkte die Kellnerin an den Tisch.
"Das ist so genial", und mit Blick auf die Bedienung, "jetzt bin ich dran. Noch zwei Bier, bitte."
Man merkte Achim den Hass auf seinen CEO an.
"Dieser frostige Rauswurf und die Abschiebung haben sich doch wirklich gelohnt. Jetzt laufen wir erst zur Hochform auf. Die werden sich wundern. Wir landen morgen Mittag in Frankfurt. Hast du etwas dagegen, wenn wir uns noch abends

mit Sarah und Tim treffen und die Eckpunkte der 'Story' festlegen?"
"Ganz im Gegenteil. Ich rufe beide noch vor unserem Rückflug an, dass wir uns morgen Abend in Rödermark treffen. In Sarahs Wohnung können wir besser das weitere Vorgehen festlegen als bei mir im Büro, denn dort sind wir ungestört"

*

Gegen 23 Uhr wurden Achim und Eric von zwei Homeland Security Agenten abgeholt und zum Flughafen gebracht. Die Abschiebung hatte den Vorteil, dass sie nirgends warten mussten. Weder bei der Gepäckaufgabe, noch bei der Personenkontrolle, noch beim Einchecken. Sie wurden wie VIPs behandelt. Achim drehte sich kurz vor dem Einsteigen ins Flugzeug zu den beiden Homeland Security Agenten um und meinte in leicht beschwipstem Zustand:
"Keine Frage, wir kommen wieder, schneller als ihr beiden denken könnt!"
Sprach es und verschwand mit Eric in der First-Class.

*

Rödermark – Ehemaliges Pfarrhaus

Wie von Eric vorgeschlagen, trafen sie sich alle im ehemaligen Pfarrhaus. Auch Chrissi Roth kam kurzfristig aus Freiburg angereist, denn Tim hatte sie in der Zwischenzeit über die Möglichkeit einer Kooperation zwischen ihrem Institut und Erck-Pharma Deutschland informiert. Unterstützung aus der Großindustrie konnte ein NGO-Institut immer gebrauchen. Achim war erstmalig in Rödermark und im alten Pfarrhaus. Sarah hatte noch in der Nacht ihre Wohnung auf Hochglanz gebracht, typisch für eine Frau, die ihren obersten Chef daheim zu einer Besprechung erwartete.

Achim, der Sarah noch nicht kannte, bewunderte den Einrichtungsstil und lobte auch die Wahl des Wohnumfeldes.

"Frau Winter, Sie haben eine tolle Wohnung und wenn es Ihre Stadtverwaltung eines Tages geschafft haben sollte, die Straßen rundum neu zu pflastern und zu gestalten, wohnen Sie auch noch in einer sehr schicken und geschichtsträchtigen Umgebung, gegenüber einer historischen Hofreite, die zu einer Zeit gegründet wurde, als in Frankreich die Revolution ausgerufen worden war.

Die Nähe der Fundamente des Klosters Rotaha, von denen ich auch auf dem Rückflug im Internet gelesen habe, runden das stimmige Bild ab. Ich habe von Tim gehört, dass Sie wegen des momentanen Baulärms oft nur nachts arbeiten können."

Sarah nickte.

"Ja, das stimmt, aber zurzeit bin ich ja krankgeschrieben, da kann ich das ganz gut verkraften. Und wenn alle Stricke reißen sollten und ich es vor Baulärm gar nicht mehr aushalten kann, muss ich eben bei Erck oder in der Uni weiter an meiner Masterarbeit schreiben."

"Wenn ich Ihnen da ein Büro zur Verfügung stellen darf, sagen Sie meinem Sekretariat ruhig Bescheid."

Sarah wusste gar nicht, wie ihr geschah. Die Fürsorge des Geschäftsführers war ihr sogar fast peinlich.

"Vielen Dank, ich werde auf das Angebot zu gegebener Zeit vielleicht zurückkommen müssen. Aber jetzt bin ich doch mal gespannt, was Eric und natürlich auch Sie für Neuigkeiten aus Boston mitbringen."

Tim kam mit einem Tablett Kaffee und weiteren Getränken aus der Küche. Achim musste schmunzeln und dachte sich, dass die Rollen hier bei Tim und Sarah klar verteilt waren. Aber Tim ahnte seine Gedanken. "Sie spielt die Hauptrolle in diesem Doppelmordfall, ich bin nur der unterstützende Erck-Doktorand."

Die frustrierenden Ergebnisse der Besprechung mit dem CEO von Erck-Pharma Global waren schnell mitgeteilt. Wichtiger war nun, die am Vorabend besprochene Strategie der scheibchenweisen Veröffentlichung der Fahndungsergebnisse in die Tat umzusetzen.

Eric gab die Richtung vor.

"Wir dürfen das Thema Reinkarnation mit keinem Wort erwähnen, denn man könnte dies negativ auslegen, denn viele Menschen halten Seelenwanderungen für Spinnereien. Wir jedoch wissen, dass Sarah wirklich die Reinkarnation von Zivar ist und können das sogar beweisen, nur sind die Beweise für Außenstehende schwer zu verstehen. Also umschreiben wir alles. Sarahs Berichte aus der Zwischenwelt während der Rückführungen erwähnen wir auch nicht. Lediglich unsere Schlussfolgerungen daraus. Was wir auch noch bringen, sind der Zusammenhang von Henrys Reiseandenken mit den Aktivitäten des Erck-Pharmaagenten Frank und die Bestechung des rumänischen Agenten durch Erck-Pharma. Dass Vatikan und CIA auch darin verwickelt waren, lassen wir weg. Das wären dann nämlich zu mächtige Gegner.

Chrissi und Sarah, könnt ihr mir aus euren Unterlagen verschiedene Inputs für Presse und Internet bereitstellen?"

Chrissi und Sarah nickten.
"Das ist überhaupt kein Problem. Mein Institut weiß, dass man nicht alles schreiben und sagen darf, was man weiß. Darin sind wir geübt."
Eric schlug vor, zunächst einen "Versuchsballon" steigen zu lassen und einen kleinen Artikel in das 'Neue Heimatblatt Rödermark' und in den Lokalteil der Tageszeitung 'Offenbach Post' zu stellen. Eric kannte genügend Gerichts- und Polizeireporter, über die er Artikel in die Zeitungen lancieren konnte. Sie würden alles Weitere übernehmen. Er musste nichts formulieren. Sie würden aus den von Eric sorgfältig zusammengestellten Inputs knackige Storys machen. Achim sollte dann diese Artikel erzürnt nach Boston weiterleiten, auch mit dem Hinweis, Frank fallen zu lassen und auszuliefern.

*

Nachrichten in den Lokalzeitungen Rödermarks

Schon wenige Tage später berichtete die Wochenzeitung Neues Heimatblatt Rödermark sogar auf Seite 1 mit dem Titel und Untertitel:

Wende im Mordfall Zivar und Henry Kurz
Nach 23 Jahren - Tagebuch im Mord-Haus gefunden

In dem Artikel, der bewusst kurzgehalten war, wurde berichtet, dass Henry beruflich nach Rumänien aufgebrochen war, um dort den Pharmavertreter Frank als Reiseleiter zu betreuen. Es wurde über die Höhle geschrieben und auch über das weiße Pulver in der Amphore, ohne Details preiszugeben. Der Bericht schloss mit der Mitteilung, dass Henry die Amphore mit nach Deutschland brachte, ein Mitarbeiter Erck-Pharmas diese unbedingt von ihm erwerben wollte, die dann vor 23 Jahren nach dem Mord überraschend verschwunden war. Dem Leser wurde suggeriert, dass die Kriminalpolizei Offenbach mit dem aktuellen CEO von Erck-Pharma Global in Verbindung gewesen sei, dieser sich aber wenig kooperativ gezeigt hätte. Die Fortsetzung der Berichterstattung wurde ebenfalls in Aussicht gestellt.

Der Rödermark-Lokalteil der Offenbach Post formulierte inhaltlich ähnlich, aber drastischer in der Überschrift:

Mordfall Zivar und Henry Kurz gelöst?
Ist Erck-Pharma Global in den Fall verwickelt?

Die Berichte wurden auch im Internet verbreitet und schon kurz nach ihrem Erscheinen entsprechend kommentiert.

*

Erck-Pharma Deutschland - Geschäftsleitung

Achim war in seinem Büro, als seine Sekretärin ihm die Zeitungsartikel des Neuen Heimatblattes Rödermark und der Offenbach Post auf den Schreibtisch legte. Es war ihre Aufgabe, Achim mit Informationen der Presse und des Internets über Erck-Pharma zu versorgen, damit er sofort reagieren und unter Umständen Gegenmaßnahmen einleiten könnte. Außerdem beobachtete sie stündlich den Aktienkurs Erck-Pharmas.

"Guten Morgen Dr. Seluschko, hier wie immer die neuesten Nachrichten über unsere Firma und den aktuellen Börsenkurs. Ich habe noch kein Feedback unserer Analysten, aber heute früh geht der Gradient der Kurve etwas nach unten. Es kann sein, dass dies schon eine Reaktion der Anleger auf die Nachrichten ist."

Achim kannte die grundlegenden Presseinformationen, die Eric an das Neue Heimatblatt und die Offenbach Post weitergegeben hatte. Aber die Reporter der Blätter hatten daraus reißerische Berichte gemacht. Er spielte jedoch den Ahnungslosen. Noch im Beisein der Sekretärin las er mit aufgesetzt entsetztem Gesicht die Überschriften. An Theatralik war er in diesem Moment kaum zu überbieten.

"Verdammt, ich habe es geahnt und den CEO gewarnt. Dieser arrogante Amerikaner nimmt aber wie immer Warnungen aus Europa nicht ernst. Der beginnende Fall des Aktienkurses spricht meiner Meinung nach Bände. Stellen Sie mir bitte sofort eine Verbindung mit dem CEO Charles Lind her. Er muss jetzt endlich meiner Warnung Gehör schenken."

*

Erck-Pharma Global - Konzernzentrale in Boston

Charles Lind starrte auf den Monitor in seinem Büro und studierte den Erck-Aktienkurs. Er war seit Jahren stabil auf ei-

nem enormen Hoch gewesen, aber heute Morgen war er zunächst leicht eingeknickt, hatte sich dann aber wieder auf einem etwas niedrigeren Kurs stabilisiert. Da summte das Telefon neben dem Monitor. Seine Sekretärin meldete sich.
"Hi Charles, Dr. Seluschko aus Deutschland ist am Telefon. Er möchte Sie dringend sprechen."
"Was will dieser abtrünnige Quälgeist schon wieder von mir?"
Die Sekretärin wusste vom angespannten Verhältnis der beiden.
"Soll ich ihn durchstellen oder vertrösten?"
Charles wusste, dass Achim keine Ruhe geben würde.
"Stellen Sie ihn bitte durch."
Es knackte in der Leitung, dann waren Charles und Achim verbunden.
"Guten Tag Charles. Hast du unseren Aktienkurs verfolgt? Der Knick von heute Morgen ist aufgrund von Pressemeldungen hier in den lokalen Zeitungen erfolgt, so sehe ich das zumindest."
"Welche lokale Zeitungen meinst du?", fragte Charles genervt.
Achim wusste, dass Charles noch nie etwas vom Neuen Heimatblatt Rödermark oder auch der Offenbach Post gehört hatte. Er nannte sie ihm trotzdem.
"Das sind nur kleine Zeitungen, aber selbst die werden gelesen, im Internet weiterverbreitet und schließlich kommen ihre Meldungen zu den Analysten und Investoren."
Charles ahnte, worauf Achim hinauswollte.
"Was willst du mir damit sagen?"
"Ich habe euch vor ein paar Tagen gewarnt, wenn ihr Frank beschäftigt, müsst ihr ihn ausliefern", wiederholte Achim seine alte Forderung.
Charles wurde wütend und wiederholte seine letzte Aussage gebetsmühlenartig.

"Wir hatten und haben keinen Frank hier beschäftigt! Von wem stammen denn die Pressemeldungen?"
"Ich habe die Redaktionen der Zeitungen nicht kontaktiert, um nach den Quellen zu fragen. Da würde ich bestimmt nur schlafende Hunde wecken", log Achim.
"Wenn unsere Großinvestoren die Nerven verlieren und Aktien im großen Stil verkaufen, wirst du keine andere Wahl mehr haben. Mein Tipp: Du kannst dich nur an der Spitze halten, wenn du Frank, egal wo er heute lebt, ausliefern lässt. Das heißt, wenn du schon bei der Story bleibst, dass er nicht für euch arbeitet, gib der Polizei einen Hinweis, wo er zurzeit lebt, so dass sie ihn festnehmen können und unter Umständen ausliefern."
Charles versuchte auf Zeit zu spielen.
"Ich muss mit unseren Anwälten reden und auch unsere Detektei auf den Fall ansetzen."
"Lass dir nicht zu viel Zeit! Die Situation ist sehr ernst. Dein Job steht auf dem Spiel", war Achims abschließende Bemerkung.
"Vielleicht siehst du ja auch nur zu schwarz und in einigen Tagen ist Gras über die Sache gewachsen", versuchte Charles Achim zu beruhigen und sich wieder in eine bessere Position zu bringen.

*

Nachrichten in den Lokalzeitungen Rödermarks

Nachdem erneut einige Tage vergangen waren, ohne dass eine Veränderung der Situation zu bemerken war, schickte Eric die nächste Mitteilung an seine Reporterkontakte, die nun auch die überörtlichen Zeitungen in Deutschland und die Washington Post bedienten. Auch diese waren darauf aus, ihre Leser mit noch reißerischen Überschriften zu ködern:

Die Arbeit der Pharma-Agenten
Geht Erck-Pharma auch über Leichen?

Tod am Aje See
Erck-Pharma und der rumänische Geheimdienst

Erck-Pharma nicht kooperativ
Was weiß CEO Charles Lind?

Im Internet und auch in den Leserbriefspalten der Zeitungen ergoss sich ein Shitstorm über Erck-Pharma Global. Der Börsenkurs ging die nächsten Tage rasant nach unten. Großinvestoren übten Druck auf den Aufsichtsrat in Boston aus und CEO Charles Lind hetzte von einer Krisensitzung zur nächsten. Er musste eine Lösung finden.

*

Erck-Pharma Global - Konzernzentrale in Boston

Das Erck-Triumvirat Charles, Dirk und Nic treffen sich schon kurz nach der zweiten Informationswelle zur Krisensitzung. Es war ein emotionsgeladenes Treffen. Dirk ließ mit deftigen Worten Druck aus dem Kessel.
"Dieser kleine Scheißer von deutschem Kommissar. Er hat nur Vermutungen, keine Beweise, lanciert aber seine Berichte so geschickt, dass die ganze Welt über uns herfällt. Warum glaubt uns denn niemand, dass wir Frank nicht kennen?"
Charles versuchte ruhig zu bleiben.
"Er hat keine Beweise. Nur wir wissen, wer Frank heute ist. Wir dürfen es aber nicht sagen, denn wir sind alle in diesen Fall verwickelt. Auch hatten wir damals die Fäden in der Hand. Wir hätten den Mord an Zivar und Henry Kurz verhindern können, aber wir waren zu gierig nach der Amphore mit diesem mysteriösen Pulver, das uns letztlich so viel Gewinn eingebracht hat. Was mich heute irritiert, ist, dass dieser Kommissar nur uns an die Wand nageln will. CIA und Vatikan sind aber genauso schuldig."
Dirk Rain schüttelte den Kopf.
"Naja, nicht ganz. Weder CIA noch Vatikan haben Blut an den Händen. Der rumänische Agent wurde von einem Erck-Mitarbeiter umgebracht, man könnte im weitesten Sinn auch sagen, es war ein tödlicher Unfall."
Nic stimmte zu.
"Ja, ich kann mich noch gut an die Nacht- und Nebelaktion erinnern, als wir aktiv werden und die Spuren an diesem See verwischen mussten. Das nächste war dann, die deutsche Kriminalpolizei in die Irre zu führen. Immer wenn Schwab schon vor 23 Jahren eine Spur hatte, mussten wir ihn ins Leere lau-

fen lassen. Die Hinweise, dass Henry oft im Ostblock unterwegs gewesen war, gab es ja schon. Es war daher nicht schwer, mafiöse Verbindungen zu kreieren, die aber alle im Nichts endeten."

Nic schaute in die Runde. Es lag eine gespenstische Ruhe im Raum. Man konnte förmlich fühlen, dass in den nächsten Minuten im sprichwörtlichen Sinne eine Bombe platzen würde.

"Dirk, kannst du dich noch daran erinnern, wie schwierig es war, einen Gesichtschirurgen zu finden, der dir ein neues Gesicht verpasste und deinen kleinen krummen Finger, den du dir beim Skifahren fast gänzlich zertrümmert hattest, wieder funktionsfähig und ansehnlich zu operieren?"

Dirk nickte. Er spürte, wie sich die Schlinge um seinen Hals immer enger zusammenzog. Von der ersten Minute an, als er Eric Schwab gesehen hatte, wusste er, dass seine Tarnung früher oder später auffliegen würde. Schwab würde seine Auslieferung durchsetzen, wahrscheinlich sogar unterstützt vom eigenen Aufsichtsrat, der nie auch nur die leiseste Ahnung von den Verwicklungen Ercks in den Doppelmord von Rödermark gehabt hatte. Seine Auslieferung würde Charles und Nic mit ins Abseits katapultieren. Sie hätten aber wahrscheinlich nichts zu befürchten, denn ihre Vergehen waren verjährt. Aber Mord verjährt nie. Bei Totschlag käme es auf die Umstände an. Sarkasmus machte sich bei ihm breit.

"Okay, ich kann jetzt nur sagen, wie damals Saddam Hussein, als man ihn zum Tode durch den Strang verurteilte -'Game Over'-. Untertauchen ist auch keine Option. Man würde mich finden, egal, wo ich mich versteckte. Meine Hoffnung ist, dass

der Totschlag am rumänischen Agenten verjährt ist und es mein Anwalt schafft, mich von der Schuld der 'Anstiftung zum Mord' reinzuwaschen. Ich habe niemals den Auftrag erteilt, Henry umzubringen.
Bevor ich aber alles gestehe, versuche ich eine letzte falsche Fährte zu legen. Vielleicht kann ich so einer Anklage und gar dem Gefängnis entgehen.
Ich setze mich noch heute in ein Flugzeug, fliege nach Deutschland und präsentiere Eric Schwab einen meiner früheren Kollegen, der schon seit zehn Jahren tot ist, als Frank."

Charles hatte insgeheim gehofft, Dirk hätte noch ein Ass im Ärmel. Für einen kurzen Moment war er zwar erleichtert, obgleich er wusste, dass seine Chancen, sich an der Spitze des Konzerns zu halten, gegen Null gingen, selbst wenn die deutsche Polizei Dirks Finte glauben würde. Er hatte mittlerweile beim Aufsichtsrat zu viel Vertrauen verspielt.

"Okay Dirk, ich weiß jetzt nicht, wie ich es formulieren soll. Ich wusste damals über jeden deiner Schritte als Assistent des damaligen Vorstandsvorsitzenden Bescheid. Ich deckte auch jeden deiner Schritte nach der unglücklichen Nacht, damals in Deutschland. Die Firma ist dir zu großem Dank verpflichtet. Ohne deinen Einsatz damals könnten wir heute keine lebensverlängernden Mittel herstellen und gut verkaufen. Sobald du im Flieger nach Deutschland unterwegs bist, werde ich die Presse informieren und ebenfalls abdanken. Ich werde den Erck-Pressedienst informieren, vielleicht finden sie ja eine Möglichkeit, wie Erck aus dieser Angelegenheit herauskommen könnte. Natürlich verpflichte ich noch die besten Verteidiger für dich, für den Fall, dass man dir nicht glaubt."

Nic sagte nichts. Auch er rechnete sich keine großen Chancen aus, an der Spitze Erck-Global Securitys bleiben zu können.

*

Dirk packte noch am selben Tag seinen Koffer und ließ sich von Erck-Pharma ein Ticket nach Deutschland buchen. Er ließ es sich aber nicht nehmen, vorher mit Eric Schwab zu telefonieren und seine Ankunft am Frankfurter Flughafen anzukündigen.
"Herr Schwab, bitte holen Sie mich morgen früh am Flughafen Frankfurt ab, ich glaube, wir haben viel zu besprechen. Tun Sie mir bitte einen Gefallen, lassen Sie die Handschellen in ihrem Büro, denn ich bin unschuldig."
Eric ahnte, warum Dirk nach Deutschland flog, war aber trotzdem bestürzt, denn er hatte Dirk nicht auf seiner engeren Fahndungsliste.
"Wieso haben Sie nicht schon in Boston mit mir gesprochen?", war Erics erste Frage.
"Man hat Sie so schnell des Landes verwiesen, dass ich dazu keine Zeit mehr fand", redete sich Dirk heraus.
"Aber lassen Sie uns morgen weiter alles klären."

Das war nun die nächste überraschende und unerwartete Wendung. Eric war gespannt auf den nächsten Morgen. Ja er konnte es eigentlich kaum erwarten, bis er Dirk wieder gegenüberstand.

"So kann man sich täuschen. Ich bin gespannt, was er morgen für Informationen oder vielleicht auch Geständnisse präsentieren wird", mehr Gedanken verschwendete Eric nicht. Er fühlte keine Genugtuung und auch keinen Triumph.

"Geld regiert die Welt. Achims Strategie ging voll auf."

CIA-Zentrale in Langley – Abteilung fremde Technologien

John starrte auf den Bildschirm auf seinem Schreibtisch. Wie jeden Morgen überflog er die Nachrichten der großen Tageszeitungen. Eine Notiz auf Seite drei des Boston Globe stach ihm ins Auge.

Rücktrittswelle bei Erck-Pharma Global
CEO, Chef der Forschungsabteilung und Chef von Global Security treten zurück

Es wurde berichtet, dass Charles Lind, Dirk Rain und Nic Snider zurückgetreten seien. Alle Drei seien wohl in irgendeiner Weise in einen Doppelmord verwickelt, der schon über zwanzig Jahre zurückliege. Zudem wurde konkret der Verdacht geäußert, dass Dirk Rain sich auf dem Weg nach Deutschland befände, um mit der Kriminalpolizei jene Vorkommnisse von vor 23 Jahren aufzuarbeiten. John wählte die Nummer seines Vorgesetzten. Noch bevor er etwas sagen konnte, sprach ihn dieser an.
"Ich habe es schon gelesen. Dieser Dirk Rain weiß doch zu viel. Ich habe vor kurzem einen Mitarbeiter nach Deutschland geschickt, den wir für Spezialaufträge einsetzen können. Er soll das Problem Dirk Rain lösen. Ich schicke ihm sofort ein Bild von Rain. Wer kennt denn noch die Details der Tontafel bzw. der Kristalle?"

John antwortete, dass er sich nicht darum gekümmert habe. Er sei aber der Meinung, dass Kriminalkommissar Eric Schwab auf alle Fälle etwas wisse. Von wem Eric seine Erkenntnisse aber hätte, entzöge sich seinem Wissen.

"Was ist denn mit Charles Lind und Nic Snider? Die haben sich doch bestimmt auch mit Dirk Rain über den Inhalt der Tontafel unterhalten?"

John wusste, worauf er hinauswollte.

"Kann durchaus sein."

Der Direktor machte sich ein paar Notizen. In seinem Weltbild gab es nur die Sicherheit der Vereinigten Staaten, die es zu schützen galt, egal wie.

"Eric Schwab lassen wir in Ruhe. Wir wollen keinen Ärger mit der deutschen Polizei generell und speziell mit dem BKA. Vielleicht kann ich über meine Kontakte zur Hackerszene in Deutschland herausfinden, wer Details aus dem Inhalt der Tontafel kennt oder mit Schwab zusammenarbeitet."

John wusste, dass die CIA auch für diese Art von Arbeit ihre Verbindungen hatte. Wahrscheinlich würde das BKA schon in den nächsten Stunden auf Cyberebene angegriffen.

*

Flughafen Frankfurt Main

Die Lufthansamaschine aus Boston landete pünktlich gegen 10 Uhr. Wie immer wurden zuerst die Passagiere der Business Class aus dem Inneren der Maschine entlassen, bevor die anderen Passagiere folgten. Dirk Rain war sich bewusst, dass dies unter Umständen seine letzten Schritte in Freiheit sein

konnten. Es kam jetzt ganz darauf an, ob Eric Schwab seiner Fährte würde Glauben schenken oder falls nicht, auf die geschickte Strategie seiner Verteidiger. Er brauchte ungefähr 10 Minuten bis zur Passkontrolle. Er war gespannt, ob gegen ihn schon ein Haftbefehl vorlag oder ob er passieren konnte. Der Zollbeamte schaute sich seinen Pass genau an, scannte ihn in das Datennetz des BKA ein, drückte gelangweilt einen Eingangs-Stempel auf das Visum seines Reisepasses und wünschte einen guten und erfolgreichen Aufenthalt. Dirk spielte einen Moment mit dem Gedanken, irgendwo in Deutschland unterzutauchen. Doch er verwarf ihn ganz schnell, da er befürchtete, in Deutschland noch schneller gefunden werden zu können als in USA.
Mit wenigen Schritten war er am Gepäckausgabeband. Er hatte Glück, sein Koffer kam als einer der ersten aus den Gepäckkatakomben. Jetzt musste er nur noch die stichprobenartige Zollkontrolle am Ausgang der Gepäckhalle passieren ….. und dann würde da wahrscheinlich die deutsche Polizei in Person von Eric Schwab auf ihn warten. Er hatte wieder Glück. Der Zoll ließ ihn ohne weitere Gepäckkontrolle passieren. Er betrat die Ankunftshalle und schaute sich instinktiv nach Eric Schwab um. Viele Abholer hielten Schilder mit den Namen der abzuholenden Gäste hoch, aber sein Name stand auf keinem Schild. Er ging durch die Menschenmenge in Richtung Ausgang. Gerade als das Gedränge am dichtesten war, spürte er einen kleinen Einstich am linken Oberarm, kaum spürbar, ähnlich wie bei einem Insektenstich. Nur kurze Zeit später litt er aber unter großen Beklemmungen in der Brust. Ein Gedanke voller Panik schoss ihm durch den Kopf.
"Scheiße, die Aufregung der letzten Tage war zu groß."
Dirk fasste sich mit beiden Händen an seine Brust. Der Druck und die Atemnot nahmen zu. Ihm wurde schwarz vor Augen,

er verlor das Gleichgewicht. Als er zu torkeln begann, wurde er von einer Person aufgefangen. Er erkannte sie, wie durch einen engen Tunnel schauend.
"Danke, Mr. Schwab. Ich bekomme keine Luft." Dann verlor er das Bewusstsein.

Eric fühlte seinen Puls. Kein Puls. Sofort begann er mit den Erste Hilfe-Maßnahmen. Er öffnete Dirks Hemd mit zitternden Händen, wie eben jemand, der zwar die Erste Hilfe beherrscht, aber immer hoffte, sie nie im Ernstfall anwenden zu müssen. Jemand brachte ihm einen Defibrillator, ein anderer Passant wählte die 112. Eric erinnerte sich, was er tun musste. 30-mal Herzmassage, 2-mal beatmen. Dann klebte er die Elektroden des Defibrillators an Dirks Brustkorb und sofort maß der Automat die Herzfrequenz bzw. das Maß des Herzkammer-Vorhofflimmerns. Nach kurzer Zeit meldete sich die Automatenstimme und erteilte an die Umstehenden die nächste Anweisung.

"Zurücktreten!"

Und dann nach weiteren wenigen Augenblicken die Anweisung.

"Schock auslösen."

Eric drückte hastig den roten Knopf am Defibrillator. Unmittelbar bäumte sich Dirks Körper unter der Schockwelle leicht auf.

Dann wieder der Befehl.

"Fortfahren mit der Herzmassage!"

Nach einigen Minuten Erster Hilfe, immer im Wechsel Defibrillator und Herzmassagen, war Eric total erschöpft. Die Sanitäter waren zum Glück in kürzester Zeit vor Ort gewesen und übernahmen den Patienten Dirk Rain. Sie brachten ihn in den Rettungswagen, den sie vor der Ankunftshalle geparkt hatten, und kämpften dort weiter um sein Leben. Bevor sie sich in Richtung Klinik in Bewegung setzten, kam einer der Sanitäter zu Eric.
"Sind Sie ein Verwandter des Patienten?"
Eric schüttelte den Kopf.
"Vielen Dank, dass Sie sofort Erste Hilfe geleistet haben. Wenn er es überlebt, dann hat er es nur Ihnen zu verdanken. Aber es sieht nicht gut aus. Wir verlieren ihn immer wieder."
Eric gab dem Sanitäter seine Karte.
"Wo bringen Sie ihn hin? Wenn er zu sich kommt oder verstirbt, sagen Sie mir bitte Bescheid. Er bat mich, ihn abzuholen."
Der Sanitäter nahm die Karte und legte sie zu seinem Protokoll.
"Wir bringen ihn ins Universitätsklinikum. Sie erhalten Bescheid, wenn es etwas Neues gibt."

CIA-Zentrale in Langley – Abteilung fremde Technologien

John erfuhr von seinem Chef direkt von den Vorkommnissen bei der Einreise Dirk Rains nach Deutschland. Scheinheilig und zynisch kommentierte der Direktor den Zwischenfall am Frankfurter Flughafen.

"Die Aufregung war wohl zu viel für das Herz Dirk Rains. Ich glaube kaum, dass die Injektionsstelle an seinem Oberarm entdeckt werden wird, und wenn schon. Er erhielt kurz vor der Ausreise noch eine Corona-Impfung. Das kann verwechselt oder falsch interpretiert werden, falls er stirbt und obduziert wird. Das injizierte Gift ist schon kurze Zeit später nicht mehr nachweisbar. Wir sind da den gegnerischen Geheimdiensten ebenbürtig."
John kannte seinen Chef. Nach außen charmant, aber in der Sache entschlossen und brutal in der Ausführung.
"Ich gehe heute davon aus, dass Dirk Rain den Anschlag nicht überleben wird", schloss der Direktor das Kapitel Dirk Rain.

Die nächste Neuigkeit berichtete der Direktor aus der deutschen Hackerszene.
"Es gibt zwei Menschen, die den Inhalt der Tontafel und das Geheimnis der rumänischen Bucegi-Höhle detailliert kennen. Die eine Person ist Sarah Winter, und die zweite Person ist Tim Baumgar. Es wurde noch von einer dritten Person, einer Professorin mit Namen Chrissi Roth berichtet, aber von der geht keine Gefahr für ein Datenleck aus. Sie ist Chefin des Instituts zur Erforschung des Phänomens der Seelenwanderung, das in der Bevölkerung entweder gar nicht gekannt oder nicht ganz ernst genommen wird. Unser Mitarbeiter, der die Causa Rain so hervorragend gelöst hat, soll sich auch um Sarah und Tim kümmern. Schade, denn es sind noch sehr junge Menschen, die wahrscheinlich noch gar nicht genau realisiert haben, welches Getriebe sie da stören."

*

Kriminalpolizei Offenbach

Eric Schwab saß nachmittags in seinem Büro und ließ sich die Ereignisse der letzten Tage und Wochen im Fall Zivar und Henry Kurz nochmal in aller Ruhe durch den Kopf gehen. Er war fasziniert, wie Chrissi Roths Forschungsprojekt und die Erlebnisse Sarah Winters, quasi aus der Zwischenwelt, im Zusammenspiel den Fall Zivar und Henry Kurz vor eine finale Lösung gebracht hatten. Er ahnte, dass Dirk Rain der gesuchte Frank war, nur hatte er noch keine Bestätigung, denn Dirk Rain kämpfte jetzt schon Stunden um sein Leben.

Das Telefon klingelte und riss Eric aus seinen Überlegungen.

Ein Arzt der Uni-Klinik meldete sich. Eric hielt inne, er ahnte, was jetzt kommen würde.
"Es tut mir leid Ihnen mitteilen zu müssen, dass es der Patient Dirk Rain nicht geschafft hat."
Eric war geschockt, obwohl er schon am Flughafen Dirks Überlebenschancen skeptisch beurteilt hatte. In den ersten Sekunden wusste er nicht, was er sagen sollte. Nur langsam kamen die Worte über seine Lippen.
"Das tut mir leid. Bitte veranlassen Sie die Überführung der Leiche in unsere Rechtsmedizin nach Offenbach. Wir werden versuchen, die Todesursache herauszufinden."

Schon zwei Stunden später lag Dirk Rains Leichnam auf einem der Seziertische der Rechtsmedizin in Offenbach und erste Untersuchungsergebnisse erfolgten schnell.
Eric hetzte deshalb aus seinem Büro zwei Stockwerke tiefer in die Rechtsmedizin. Seine Bronchien wehrten sich hustend ge-

gen den penetranten Desinfektionsgeruch, der ihm entgegenschlug. Bevor er die eigentlichen Untersuchungsräume betreten konnte, musste er den Raum mit den Kühlboxen für die Leichen passieren. Auch hier beschlich ihn immer ein beklemmendes Gefühl, als ob er beobachtet werden würde. Er drückte auf den Knopf am Eingang des ersten Untersuchungsraums, in dem Dirk Rains Körper auf dem Seziertisch lag. Die Schiebetür schob sich automatisch in die Wand und dahinter stand ein völlig entspannt wirkender Arzt, der an einem Pult pausierte und genüsslich eine Zigarette rauchte, zwischendurch an einer Kaffeetasse nippte. Prüfend schaute er sich dabei die Röntgenbilder an. Aus den Augenwinkeln nahm er Eric wahr.
"Hallo Eric, möchtest du auch eine Tasse Kaffee?"
Eric, der den Geruch von Desinfektionsmittel und geöffneter Leiche nur schwer ertragen konnte, hielt sich ein Taschentuch vor die Nase und antwortete gepresst.
"Danke, nein. Auch nach Jahrzehnten werde ich mich nie an diese Umgebung und", jetzt rang er nach Worten, "Schlachthausatmosphäre gewöhnen. Was hast du denn schon herausgefunden?"
Der Mediziner stellte seine Kaffeetasse auf den Tisch und begann mit einem Kurzbericht:
"Der Tote hatte vor langer Zeit, ich schätze mal so vor zwanzig Jahren, eine Gesichts-OP. Man erkennt das an verschiedenen kleinen, sehr gut gemachten Einschnitten im Halsbereich, an den Ohren und unterhalb der Nase. Eine Besonderheit: Er hat verschieden farbige Augen und der kleine Finger der rechten Hand weist ebenso gut verheilte OP-Narben auf."
Wie ein Inka-Priester, der einem Geopferten gerade das Herz aus der Brust geschnitten hat, zeigte er Eric nun eine blutige

Masse in einer Nierenschale und deutete auf die Herzkranzgefäße.

"Was seltsam ist, er wurde mit dem Verdacht auf Herzversagen in die Uni-Klinik eingeliefert, aber seine Herzkranzgefäße weisen kaum Ablagerungen auf. Ich habe sein Blut untersucht und finde auch keine Giftstoffe. Aber das muss jetzt nichts heißen. Es gibt Gifte, die zersetzen sich schon nach kürzester Zeit und sind dann nicht mehr nachweisbar."

Eric hatte jetzt schon genug gehört. Er ging nervös am Seziertisch auf und ab und konnte es kaum erwarten, diesen Ort zu verlassen. Trotzdem stellte er noch eine Frage.

"Also Todesursache unbekannt?"

Der Pathologe atmete den eingeatmeten Zigarettenrauch aus und stieß dabei gekonnt einen Rauchring in die Luft.

"Nicht ganz unbekannt, aber auch nicht bekannt. Ich habe mir seine Oberarme angeschaut. Am linken Oberarm hat er zwei kleine Einstichstellen. Man kann das nur unter starker Vergrößerung erkennen. In einer Einstichstelle konnte ich noch minimalste Reste eines Corona-Vakzins isolieren. In der anderen fand ich nichts, absolut nichts. Jetzt könnte man sagen, nichts ist nichts. Aber, wie schon gesagt, es gibt Gifte, die diffundieren innerhalb weniger Stunden so stark, dass man sie dann nicht mehr nachweisen kann."

Eric nickte. Er glaubte jetzt, dass Dirk eliminiert wurde, allerdings fehlte der finale Beweis.

"Okay, vielen Dank für die schnelle Analyse und Zuarbeit. Mir genügt das vorerst. Schicke mir bitte später den Abschlussbericht."

Dann drehte er sich um und verließ schnell die Rechtsmedizin, den Ort seines persönlichen Grauens.

*

Die Erkenntnis, dass Dirk Rain sehr wahrscheinlich Frank gewesen war, musste er Achim, Sarah und Tim schnellstens per Telefonkonferenz mitteilen.

Sarah war das aber fast schon unwichtig, denn sie freute sich, nun bald wieder ein normales Leben führen zu können. Da sie gerade eine kleine Grillparty mit Tim und Danielo vorbereitete, verließ sie die Konferenz umgehend.

Achim glaubte ebenfalls, dass Dirk Frank gewesen war, musste aber Eric ein zweites Mal an diesem Tag enttäuschen. "Ob Dirk und Frank identisch waren, hätten uns nur Charles Lind und Nic Snider bestätigen können, aber das geht ja nun nicht mehr."
Eric unterbrach Achim abrupt.
"Was heißt denn das nun schon wieder?"
"Sie sind beide tot", konstatierte Achim.
"Wie ist das passiert? Das sind jetzt zu viele Tote in kürzester Zeit!"
Achim las Eric eine E-Mail des Erck-Pharma Aufsichtsrats vor:

"Mit Bedauern müssen wir den tragischen Tod von CEO a.D. Charles Lind und Chief Global Security a. D. Nic Snider mitteilen. Charles Lind erlag gestern seinen schweren Verletzungen nach einem Verkehrsunfall. Nic Snider wurde gestern das Opfer eines Raubüberfalls. Er erlag kurze Zeit später seinen Schussverletzungen. Unser tiefes Mitgefühl gilt ihren Familien."

Eric atmete erregt, ein Zeichen, dass sich seine Gedanken überschlugen.

"Innerhalb eines Tages stirbt das gesamte ehemalige Führungstriumvirat von Erck-Pharma Global. Tod durch Unfall, Überfall und Herzversagen. Mir kommt das wie geplante und verdeckte Operationen vor. Irgendjemand hatte Angst, dass sie etwas verraten könnten." Eric stockte im Redefluss. Er tippte sich an die Stirn.

"Verdammt, Verrat, das ist der Schlüssel! Wer kann noch etwas verraten? Wer ist daran interessiert, dass nichts aus meinen Ermittlungen an die Öffentlichkeit gerät?"

Achim räusperte sich.
"Es kommen noch fünf Leute in Betracht, die in Gefahr schweben: Sarah, Tim, Chrissi, du und ich."
"Und ich tippe auf die CIA als Auftraggeber für alle Morde", stieß Eric hervor.
Eric versuchte erneut Sarah und Tim nochmal zu erreichen. Seine Finger flogen schnell über die Oberfläche seines Handys. Er hörte, wie die Verbindung aufgebaut wurde. Sarah und Tim gingen aber beide nicht an ihre Handys. Sie gehörten zu den wenigen jungen Menschen, die nicht immer ihre Handys mit sich herumschleppten.
Und das Festnetztelefon war tot, mehr als beunruhigend für Eric.
Er drückte eine Taste am Telefon seines Schreibtisches.
"Hier SEK-Leitung", kam es über den Lautsprecher.
"Bitte sofort ein SEK-Team nach Rödermark Ober-Roden in die Pfarrgasse ins alte Pfarrhaus, Nr. 6. Es geht um Leben und Tod! Ich vermute dort einen Attentäter in der Nähe oder im Haus oder der Wohnung von Sarah Winter."
"Okay, wir rücken sofort aus."
"Danke."

Chrissi erreichte er zum Glück sofort. Er empfahl ihr dringend, zuhause zu bleiben. Eine Polizeistreife sei schon unterwegs. Er würde ihr später alles erklären.
"Achim, wir beide müssen auf uns alleine aufpassen. Schließe dich daheim ein. Ich fahre schnellstens nach Ober-Roden. Hoffentlich ist es für die beiden noch nicht zu spät!"

*

Rödermark – Ehemaliges Pfarrhaus

Der Duft gegrillter Würstchen und Steaks hüllte die geräumige Terrasse des ehemaligen Pfarrhauses ein. Tim stand entspannt am Terrassengeländer und schaute in den angrenzenden Kirchgarten. Er gönnte sich gerade ein Glas Primitivo, als gegenüber die Glocken von St. Nazarius den Abend einläuteten. Für fast fünf Minuten konnte man sein eigenes Wort nicht verstehen. Nur Sarah liebte das Läuten der Glocken. Es war für sie ein Stück vertraute Heimat. Sarah hatte Danielo und ihn eingeladen, denn sie freute sich über den wohl baldigen Abschluss des Doppelmordfalles Zivar und Henry Kurz. Noch nicht einmal fünf Minuten vorher hatte Eric sie informiert, dass der gesuchte Frank aus Henrys Reisegruppe sehr wahrscheinlich einem Herzanfall bei der Einreise nach Deutschland erlegen war. Sie ließ ihr Handy in ihrem Arbeitszimmer liegen und holte den nach Mutters Rezept zubereiteten Kartoffelsalat aus der Küche und trug ihn hinunter auf die gemeinsame Garten-Terrasse zu den Grillwürsten und Steaks. Jeder sollte sich selbst bedienen.

"Danielo, greif zu, so einen tollen Kartoffelsalat bekommst du niemals im Vatikan", ermunterte sie Danielo.
Tim, der mittlerweile Sarahs Salate zu schätzen gelernt hatte, fragte augenzwinkernd, ob sie auch einen Nudelsalat gemacht hätte.
"So groß soll die Feier nun auch wieder nicht werden", schmunzelte Sarah.
Es schmeckte allen und jeder erzählte während des Essens von seinem bisherigen Leben, auch zaghafte Blicke in die Zukunft wurden gemacht. Danielo wollte im Auftrag der Kurie weiter die Welt kennenlernen. Tim deutete an, eventuell nach seiner Promotion als Assistent der Geschäftsleitung arbeiten zu wollen. Sarah war zögerlich mit Zukunftsprognosen. Seit sie Danielo das erste Mal gesehen hatte, war sie sich ihrer Gefühle für Tim nicht mehr so sicher. Aber sie verdrängte auch an diesem Abend den Zwiespalt ihrer Gefühle.

Sie waren so vertieft in ihre Gespräche, dass sie nicht bemerkten, wie sie durch das nahe Buschwerk des Kirchgartens beobachtet wurden. Der Fremde verglich die Gesichter Sarahs und Tims, die er durch das Zielfernrohr seines Gewehres anvisierte. Die Fotos, die sein Auftraggeber zur Verfügung gestellt hatte, waren aktuell.
Er nickte.
"Wer der Dritte am Tisch ist, kann ich nicht sagen. Wenn er Probleme bereitet, wird er auch dran glauben müssen."
Er visierte Sarahs Gesicht an.
"Ladies first."
Sarahs Nasenwurzel war jetzt genau im Fadenkreuz. In dem Moment, als sich der Finger des Attentäters ganz gekrümmt hatte, bückte sich Sarah nach einem Stück Grillwurst, das ihr auf den Boden gefallen war. Der Schuss krachte laut in die

Scheibe des hinter dem Tisch liegenden Wohnzimmers. Die Glassplitter verstreuten sich über den Tisch und die Terrasse. Danielo sprang auf und riss Tim und Sarah zu Boden. Er warf dabei auch den Tisch um, so dass sie alle drei hinter der Tischplatte Schutz suchen konnten. Er zog zur Überraschung beider seine Dienstwaffe aus dem Schulterhalfter.
"Bleibt unten. Ich versuche den Drecksack zu erwischen."
"Du kennst den Schützen?", schrie Tim entsetzt.
Es blieb für Danielo nicht viel Zeit für Erklärungen.
"Ich kenne ihn nicht, aber Kardinal Marcello schickte mich inoffiziell hierher, um Sarah zu schützen. Nur ein Zufall hat eben Sarah das Leben gerettet. In den Büschen da drüben kauert wohl ein Profikiller. Bleibt in Deckung. Ich versuche ihn auszuschalten."
Danielo sprang auf und schoss blitzschnell in das 30 Meter entfernte Buschwerk, in dem er den Attentäter vermutete. Dann warf er sich wieder in Deckung und robbte geschmeidig durch Gestrüpp und Hecken in Richtung Feind. Die Büsche wiegten sich und Danielo glaubte, eine Gestalt zu erkennen. Er feuerte einen Schuss ab und sogleich hörte er den verzweifelten Schrei eines wohl Getroffenen. Danielo robbte weiter. Plötzlich vernahm er hinter sich ein Geräusch.
"Pech, du kleiner Scheißer! Es ist immer wieder interessant zu sehen, wie man leichtsinnig wird, wenn man Schreie nach einem Schuss hört."
Danielo wusste, dass er verloren war. Er fühlte, wie sein Gegner das Gewehr auf ihn richtete. Doch er wollte seinen Mörder mit in den Tod nehmen. Er warf sich auf den Rücken und konnte so seine Beretta in eine gute Schussposition bringen. Keine Sekunde später trafen zwei Geschosse seinen verdutzten Gegner in die Brust, aber gleichzeitig wurde auch Danielo von zwei Kugeln in den Oberkörper getroffen. Blut schoss aus

seinen Wunden und auch aus seinem Mund. Er fühlte, dass es zu Ende ging.

Sarah hielt es nicht mehr in der Deckung aus. Sie rannte zum Ort der Schießerei, obwohl sie nicht beurteilen konnte, ob der Attentäter noch am Leben war. Es war ihr gleichgültig. Zu viel hatte sie in den letzten Wochen erfahren und erlebt. Sie erreichte Danielo, der stark aus der Brust blutete, sah aber auch, dass der Attentäter bewegungslos am Boden lag.

"Danielo, bleib ruhig liegen, ich helfe dir."

Sie zog ihre Jacke aus und drücke sie fest auf die Wunden, um den Blutfluss zu stoppen. Danielo packte ihre Hände und bewegte krampfhaft seine Lippen. Unter Schmerzen flüsterte er ihr ins Ohr.

"Ich sehe jetzt alles klar vor mir. Ich habe schon mehrmals gelebt. Ich kenne dich vom See der Seelen. Verzeih mir. Ich war dein Mörder vor ganz langer Zeit. Meine Schuld ist jetzt endgültig beglichen und ich werde wieder zurück zum See der Seelen gehen."

Er spukte einen Schwall Blut aus und mit letzter Kraft flüsterte er:

"Ich habe mich in den wenigen Tagen hier in dich verliebt und glaube, dass ich dir auch nicht gleichgültig bin. Aber sage es nicht Tim. Er ist okay. Ich wünsche euch eine gute gemeinsame Zukunft."

Und mit allerletzter Kraft bat er Sarah:

"Berichte bitte Kardinal Marcello, ich hätte seinen Auftrag mit Erfolg ausgeführt."

Sarah konnte jetzt ihre Tränen nicht mehr zurückhalten. Sie hielt den Oberkörper Danielos fest.

"Ja, Danielo. Deine Schuld ist gesühnt. Ich hatte schon damals am Aje und an der Thomashütte geahnt, wer du warst.

Ich werde Marcello berichten, wie tapfer du gestorben bist."
In dem Moment, als Danielo seinen letzten Atemzug machte, wurde die Umgebung in Blaulicht gehüllt. Sirenengeheul schreckte alle Bewohner der Pfarrgasse und drumherum auf. Sekunden später wurde das Gebäude Pfarrgasse 6 von Beamten des SEK Offenbach gestürmt.

*

Terrasse und Erdgeschoss waren eine Trümmerwüste. Im angrenzenden Kirchgarten hatte man in den Büschen die Leichen Danielos und des Auftragsmörders gefunden. Forensiker und KTU waren an der Arbeit. Fotos beider Opfer wurden geschossen und irgendwann, als es nichts mehr an ihnen zu untersuchen gab, wurden sie abgedeckt und in Leichensäcke gehüllt, so dass man nicht mehr in die weit aufgerissenen Augen schauen musste.
Sarah saß zitternd neben Tim, der erstaunlich gefasst Eric den Hergang des Überfalls berichtete.
"Wir waren beide überrascht, als Danielo eine Waffe zog. Bis zu diesem Zeitpunkt dachten wir beide, er sei ein Mitarbeiter Kardinal Marcellos, der die bald beginnenden Ausgrabungen begleiten sollte."
"Ein Mitarbeiter Marcellos war er ja auch. Einer mit Waffe und mit Verstand." Sarah stockte und hielt inne. Sie rang nach Worten, denn das, was sie jetzt sagen wollte, sollte einen Schlussstrich unter den 23 Jahre alten Cold Case Zivar und Henry Kurz ziehen.

"Danielos Seele war die Seele meines Mörders. Ich ahnte schon so etwas, als es ihm am Aje beim Anblick des Autowracks schlecht ging. Als er im Sterben lag, sah er es auch ganz deutlich. Seine letzten Worte und meine jüngsten an die Oberfläche meines Bewusstseins gebrachten Erfahrungen aus der Zwischenwelt stimmten voll überein."

Spät nachts beendeten alle Kriminaltechniker die Spurensicherung und die Leichen Danielos und seines Mörders wurden nach Offenbach zur weiteren forensischen Untersuchung gebracht. Um das ehemalige Pfarrhaus hatte sich schon kurz nach dem Eintreffen des SEKs eine Menschenansammlung von Ortskernbewohnern und auch Zeitungsreportern gebildet. Schnell war die Information durchgesickert, dass ein Vertreter des Vatikans einem Attentat zum Opfer gefallen war. Opfer und Täter seien tot. Der Ortskern war um eine traurige Sensation reicher. Gegen Mitternacht löste sich die Menschenansammlung langsam auf. Das Haus Pfarrgasse 6 wurde polizeitechnisch versiegelt. Sarah hatte das Nötigste gepackt und war mit Tim zu dessen Wohnung gefahren. Vorher hatte Eric Sarah und Tim für den nächsten Tag in sein Büro gebeten. Er wollte mit ihnen zusammen mit Marcello Kontakt aufnehmen und das weitere Vorgehen und die zu ergreifenden Schutzmaßnahmen für alle besprechen. Er hatte Angst um Sarah und Tim und wollte sie nochmals eindringlich warnen, dass sie im Focus weiterer Auftragsmörder stehen könnten. Sie standen ab sofort unter Polizeischutz.
Die letzten Polizeiautos und Rettungswagen verließen gegen Mitternacht die Pfarrgasse und es kehrte wieder Ruhe ein in die beschauliche Altstadt Ober-Roden. Es war eine gespenstische Ruhe. Zwei Menschen löschten sich gegenseitig aus, aber

auch zwei junge Menschen haben durch den heldenhaften Tod Danielos überlebt.

*

Kriminalpolizei Offenbach

In Erics Büro herrschte an diesem Morgen eine beklemmende Stille. Die Ereignisse des Vorabends lasteten wie eine dunkle Wolke über allen. Hasso hatte behutsam seine Schnauze wie zum Trost auf Sarahs Oberschenkel platziert. Der Polizeihund hatte wohl ein Gespür für die Gemütslage der Menschen in seiner Umgebung.
Das Klingeln des Telefons riss alle aus der Lethargie. Eric beeilte sich, den Hörer abzunehmen. Die Rechtsmedizin meldete sich.
"Okay, die Untersuchungen an Danielos Leichnam sind abgeschlossen, die Staatsanwaltschaft hat die Leiche freigegeben. Dann können wir jetzt den Transport organisieren, wahrscheinlich zurück nach Rom. Ich nehme gleich Kontakt mit Kardinal Marcello auf."
Bei diesen Worten kamen Sarah erneut die Tränen. Sie streichelte sachte Hassos Kopf, um sich von ihrem Seelenschmerz abzulenken.
Eric wählte die Telefonnummer von Kardinal Marcellos Sekretär, der sie auch sofort verband. Erics Stimme stockte, als sich Marcello meldete.
"Guten Morgen, Kardinal Marcello", dann herrschte eine abrupte Stille. Eric rang nach Worten.

"Gestern Abend ist ihr Mitarbeiter im Einsatz ums Leben gekommen, als er Sarahs und Tims Leben schützen wollte."
Eric hörte den hektischen Atem Marcellos und dann nach einigen Momenten die zögerliche Frage:
"Wie kam er ums Leben und wie geht es Sarah und Tim?"
Da es eine Telefonkonferenz war, konnte sich jeder in das Gespräch einschalten. Sarah beruhigte Marcello, dass es ihr gut gehe.
"Danielo starb, als er Tim und mich vor einem Auftragsmörder beschützen wollte. Zwei Kugeln setzten seinem jungen Leben ein Ende. Er war sehr pflichtbewusst und sein letzter Wunsch war es, dass ich das Ihnen mitteilen soll."
Dann rang sie sich zu einer Frage durch.
"Kardinal Marcello, hatten Sie geahnt, dass Danielos Seele identisch war mit der Seele meines Mörders?"

Marcello ließ seinen Blick aus dem Fenster seines Büros zu den vatikanischen Gärten schweifen. Ihm rannen jetzt Tränen übers Gesicht.
"Ich habe von Anfang an geahnt, dass ihn irgendetwas mit mir verband. Im Einstellungsgespräch hatte er mir mit jugendlicher Leichtigkeit gesagt, dass er hier viel Gutes tun und auch etwas für sein Seelenheil tun könnte. Er war als Historiker mit vorausgegangener militärischer Ausbildung zum Einzelkämpfer prädestiniert gewesen für Aufgaben in meinem Bereich. Aber so seltsam es auch klingen mag, ich habe ihn eingestellt, weil er etwas für sein Seelenheil tun wollte. Es war ein Bauchgefühl, das mich leitete. Aber, um auf ihre Frage zurückzukommen, ich wusste nicht, dass Danielos Seele mit der Seele ihres Mörders identisch ist. Gottes Wege sind eben unergründlich und vielleicht gibt es doch so etwas wie einen Seelenplan für jeden Menschen. Als ich ihn zu Ihrem Schutz

nach Deutschland schickte, war dies aus einem Bauchgefühl heraus."
Jetzt herrschte Stille im Raum, die wie eine Ewigkeit wirkte.

Kardinal Marcello durchbrach die Stille. Er bat Eric, den Leichnam Danielos nach Rom zu überführen. Er wolle sich dafür einsetzen, dass Danielo auf dem Friedhof der Vatikanstadt beigesetzt werden könnte.

*

Marcello fragte Eric, ob er einen Verdacht hätte, wer hinter dem Anschlag auf Sarah und Tim stecken könnte. Eric war froh, dass Marcello von sich aus diese Frage jetzt schon stellte. "Natürlich habe ich einen Verdacht. In den letzten Tagen ist die gesamte ehemalige Führungsspitze von Erck-Pharma ausgelöscht worden. Jetzt der Anschlag auf Sarah. Warum man Dr. Seluschko, Chrissi Roth oder mich noch nicht umgebracht hat, kann ich nur vermuten. Das Motiv für die Anschläge hängt mit den Nachforschungen zum Doppelmord und wahrscheinlich auch mit dem Geheimnis der Bucegi-Höhle zusammen. Da es dem militärisch-medizinischen Komplex angehört, kommt für mich nur die CIA infrage."

Eric stockte nun, denn er war sich nicht sicher, ob er den Kardinal so kurz nach dem Verlust seines engsten Mitarbeiters so involvieren wollte.

Marcello war allerdings ein sehr empathischer Mensch.

"Kann ich Ihnen irgendwie helfen? Wie kann der Vatikan all seine Macht einsetzen, um sie alle aus der Schusslinie zu bekommen?"
Eric hatte da einen Plan. Ob er funktionieren würde, wusste er nicht, aber versuchen mussten sie es.
"Meine Bitte an Sie, Kardinal, nehmen Sie mit John Kontakt auf, tragen Sie meinen Verdacht vor und setzen Sie als Vertreter der Kurie die CIA unter Druck. Ich habe hier Dokumente vorbereitet, die an die Öffentlichkeit gehen, wenn Sarah Winter, Tim Baumgar, Chrissi Roth, Dr. Seluschko oder auch mir ein Haar gekrümmt wird oder wir in Kürze einen unnatürlichen Tod erleiden."

Kardinal Marcello machte seiner Wut Luft.

"Ich kann Ihre Befürchtungen nachvollziehen, auch wenn sie nicht oder noch nicht beweisbar sind. Auf jeden Fall werde ich noch heute John anrufen und eine offizielle Protestnote des Vatikans zum gewaltsamen Tod Danielos übermitteln. Bei dieser Gelegenheit werde ich auch die Dokumente erwähnen."

*

CIA-Zentrale in Langley – Abteilung fremde Technologien

John hatte schon öfters Fehlschläge übermittelt bekommen. Im Falle Sarah Winter war er jedoch sogar froh, dass der Auftrag nicht ausgeführt werden konnte. In ihm regte sich das schlechte Gewissen. Er wollte gerade seinen Chef über den

Fehlschlag informieren, als seine Sekretärin den wütenden Kardinal Marcello zu ihm weiterleitete.
"Guten Morgen, Eminenz."
Marcello, normalerweise die Ruhe in Person, blaffte John an.
"Sparen Sie sich die 'Eminenz'. Letzte Nacht hat einer Ihrer Agenten meinen Mitarbeiter erschossen. Ihre Methoden widern mich mehr und mehr an. Schon vor 23 Jahren hätte ich mich gegen diese Methoden stellen müssen."
John gab sich wie immer, wenn CIA-Aktionen aufgeflogen waren, uninformiert.
"Eminenz, ich weiß jetzt gar nicht, was Sie meinen!"
Marcello fand nach diesem ersten Wutausbruch wieder zu seiner Fassung zurück.
"Also, was Sie wissen und was Sie nicht wissen, ist mir jetzt erst einmal egal. Der Mord an meinem Mitarbeiter und die Todesfälle um das Erck-Pharma-Triumvirat zeigen eindeutig die Handschrift der CIA. Aber lassen wir nun einmal die Frage, wer es war oder auch nicht. Wenn auch nur einer weiteren Person aus diesem Kreis etwas Mysteriöses passiert, gehen alle Dokumente und Unterlagen der Bucegi-Höhle, des Doppelmordes Kurz und der jüngsten Todesfälle an die Presse und die wichtigsten Internetstellen."
John unterbrach Marcello und stellte sich völlig unwissend.
"Welchen Kreis meinen Sie?"
Marcello fuhr ihn an.
"Lassen Sie die Spielchen. Sie wissen genau, wen ich meine. Wie gesagt, die Unterlagen gehen an die Öffentlichkeit. Glauben Sie mir, das würde niemanden in Ihrer Organisation freuen."
Fast genüsslich fügte er hinzu:
"Und was glauben Sie, wer dann für das Datenleck verantwortlich gemacht und entsprechend abgestraft werden wird?

Ich kann mir gut vorstellen, dass der Name John dann in verschiedenen Traueranzeigen und Nachrufen auftauchen wird. Also, wenn Sie noch etwas länger leben wollen, blasen Sie weitere Anschläge ab. Verhindern Sie Mordaufträge an Sarah Winter, Tim Baumgar, Chrissi Roth, Dr. Seluschko und Eric Schwab."

John ignorierte diese Drohungen und reagierte betont ruhig. "Eminenz, ich weiß zwar immer noch nicht, von was Sie da reden, aber natürlich kann die CIA diese Personen unter ihren Schutz stellen, wenn Sie das zufrieden stellt"

Kurzzeitig herrschte eisige Stille zwischen John und Marcello.

"Ein Schritt in die richtige Richtung. Der Vatikan wird diese Schritte wohlwollend beobachten und begleiten und gegebenenfalls beim Präsidenten der Vereinigten Staaten intervenieren. Soviel ich weiß, ist er katholisch und stets um ein gutes Verhältnis zum Vatikan bemüht." Dann legte Kardinal Marcello abrupt auf, ohne weitere Worte zu verlieren.

*

Rom - Vatikan

Sarah begleitete Danielos Sarg nach Rom und schließlich in den Vatikan. Marcello arrangierte für sie im Gästehaus ein Zimmer für die Dauer von Danielos Beisetzung. Auch setzte er sich an höchster Stelle dafür ein, dass Danielos Leichnam in der Schweizerkapelle der Kirche Santa Maria della Pieta aufgebahrt werden konnte. Die Schweizerkapelle liegt in der Südostecke der Kirche und die Schweizergarde feiert dort ihre Gottesdienste. Die Kirche liegt auf dem Gelände des Campo Santo Teutonico und ist, wie der Friedhof, nur über die Vatikanstadt zu betreten, obwohl das gesamte Territorium auf italienischem Gebiet liegt.

Den Vorabend der Beerdigung verbrachte Sarah alleine am Sarg. Nur Kerzen spendeten Licht, die Umgebung war in friedliche Stille gehüllt. Die Tränen waren versiegt und ihre Trauer wurde durch das Wissen um die Seelenwanderung gemildert. In Gedanken befand sie sich in der Vergangenheit, in der Zwischenwelt, als sie mit ihrem Mörder am See der Seelen gesessen hatte. Irgendwann hörte sie leise Geräusche am Eingang der Kapelle, dann leise Schritte. Es war Kardinal Marcello, der ebenfalls Abschied nehmen wollte.

"Darf ich mich zu Ihnen setzen?"

Sarah nickte und rückte ein wenig weiter in die Sitzbank hinein.

"Als ich Danielo nach Deutschland zu Ihrem Schutz schickte, ahnte ich, dass seine Mission im Vatikan zu Ende gehen würde. Dass dieses Ende gleichbedeutend mit seinem Tod sein könnte, kam mir nicht in den Sinn. Ich mache mir Vorwürfe, ihn in den Tod geschickt zu haben."

Sarah drehte sich zu Marcello und vergaß für einen Moment den Standesunterschied. Sie nahm seine Hände und spürte sofort, dass es ihm guttat.

"Vergessen Sie diese Gedanken. Wenn Sie sich im Kopf so im Kreis drehen, werden Sie irgendwann nicht mehr aus dieser Gedankenspirale herauskommen und in Depressionen versinken. Lösen Sie sich davon. Niemand kann seinem Schicksal entrinnen. Seine Zeit war gekommen, er hat sein Karma verbessert. Sein Seelenplan in diesem Leben war mit seinem letzten Einsatz erfüllt. Eines Tages ist auch unser Seelenplan erfüllt und wir gehen wieder hinüber, aber es ist gut, dass wir den Zeitpunkt nicht kennen."

Marcello lächelte und nickte dankbar für die Worte der jungen Studentin. Er ging zum Sarg, legte eine Hand auf das Kopfende und schloss für ein paar Minuten die Augen. Obwohl für ihn der Tod kein Schreckgespenst war, benetzten jetzt seine Tränen den Sarg, als er an die gemeinsamen Erlebnisse mit Danielo im Einsatz für die Kurie dachte. Er sah zu Sarah, die ahnte, was ihm durch den Kopf ging. Er löste sich vom Sarg, nahm etwas Weihwasser und segnete ihn.

"Che gli angeli vi accompagnino in tutti i sentieri che percorrerete. Mögen die Engel dich begleiten, auf allen Wegen, die du noch gehen wirst!"

Dann verließ er die Kapelle, so leise wie er gekommen war.

*

Die Beerdigung wurde auf Danielos Wunsch schlicht zelebriert. Als der Sarg ins Grab hinabgelassen wurde, stimmte Kardinal Marcello das Schlussgebet an:

Zum Paradies mögen Engel dich geleiten,
die heiligen Märtyrer dich begrüßen und dich führen in die Heilige Stadt Jerusalem.
Die Chöre der Engel mögen dich empfangen
und mit Christus, der für dich gestorben,
soll ewiges Leben dich erfreuen. Amen.

Mit drei kleinen Schaufeln Sand, die er auf den Sarg warf, begrub er Danielo symbolisch, daran erinnernd, dass der physische Leib aus Staub ist und wieder zu Staub zerfallen wird. Er drehte sich um. Danielo hatte keine Verwandten mehr, die zu seiner Beerdigung hätten kommen können. Sarah und einige Freunde Danielos standen noch viele Minuten still am Grab, ganz so wie Danielo es sich gewünscht hatte. Sarah begann zu schluchzen. Jetzt brauchte sie die Nähe des Kardinals. Sie flüsterte schluchzend:
"Kardinal Marcello, seit ich Danielo zum ersten Mal sah, und später mit ihm einige Zeit verbrachte, bin ich mir nicht mehr sicher, ob ich mit meinem jetzigen Freund Tim zusammenleben kann. Können Sie das nachempfinden? Wie soll ich mich Tim gegenüber verhalten?"
"Ja, Sarah, ich kann das verstehen. Lassen Sie sich Zeit. Überstürzen Sie nichts. Gott wird Ihnen einen Weg weisen."

*

Epilog

2023 hieß der neue CEO von Erck-Pharma Global Dr. Seluschko. Er übernahm die schwere Aufgabe zu entscheiden, was mit dem Medikament 'Immuno' geschehen sollte. Es verlängerte statistisch nachweisbar das Leben der Menschen. In Expertenrunden wurde innerhalb der WHO darüber diskutiert, ob es für die Menschheit sinnvoll sei, die durchschnittliche Lebenserwartung für alle Menschen um ein oder zwei Jahrzehnte zu erhöhen. Dr. Seluschko hatte dazu eine persönliche Meinung, wollte aber der Kommission nicht vorgreifen.

Sarah Winter legte kurz nach den dramatischen Ereignissen erfolgreich die Prüfungen zum Master in Biologie ab. Die letzten Worte Danielos hatten bei ihr einen langen Prozess des Nachdenkens ausgelöst. Sie war sich nicht mehr sicher, ob Tim wirklich die große Liebe ihres Lebens war. Nach einer Phase der Trennung, in der sich Sarah und Tim über ihre Gefühle klar geworden waren, heirateten sie schließlich.
Das Ziel der Hochzeitsreise war Rom. Kardinal Marcello löste sein Versprechen ein, Sarah eine Privataudienz zu gewähren und ihr zwei Tage die mystischen Orte des Vatikans zu zeigen.

Ab 2024 arbeiteten Sarah und Tim in der Konzernzentrale von Erck-Pharma Global in Boston.

Eric Schwab kündigte Ende 2022 bei der Kriminalpolizei Offenbach. Er wollte am Schluss seiner beruflichen Laufbahn noch einmal etwas Neues kennenlernen, folgte dem Ruf Dr. Seluschkos nach Boston und übernahm die Leitung des Bereiches Erck-Pharma Global Security.

Es blieb Sarahs fester Wille, sich nie mehr in eine Rückführung in frühere Leben zu begeben.

Der reale Hintergrund zum Buch

Im Frühjahr 1999 wurde die hessische Kleinstadt Rödermark durch einen bestialischen Doppelmord zutiefst erschüttert. Der Mordfall ist bis heute ungeklärt.

Die im Roman geschilderten Handlungen im Zusammenhang mit der Mordtat an der Ärztin und Psychologin Zivar Kurz und ihrem Ehemann Henry sind in Anlehnung an frei zugängliche Presseverlautbarungen und aus der TV-Fahndungssendung "Aktenzeichen XY" entstanden, die im Frühjahr 1999 und im November 2021 über den realen Doppelmord berichteten.

Die Hintergründe des Mordes und die genannten Personen und deren Verstrickungen sind im Roman jedoch frei erfunden. Etwaige Ähnlichkeiten mit realen Personen sind daher rein zufällig und keinesfalls beabsichtigt.
Das im Buch genannte rumänische Höhlensystem existiert allerdings tatsächlich und wird in esoterischen Büchern ähnlich beschrieben. Auch sollen nach diesen Quellen CIA, rumänischer Geheimdienst und Freimaurerlogen die Erkundung des Höhlensystems vorangetrieben haben.

Vielleicht animiert die Lektüre dieses Romans geneigte Leserinnen und Leser sogar das Bucegi-Gebirge in Rumänien selbst zu besuchen.

Danksagung

Ich bedanke mich ganz herzlich bei meiner Frau Sabine, die es immer wieder geduldig akzeptiert, dass ich unzählige Stunden mit dem Schreiben verbringe.

Besonders bedanke ich mich bei Elisabeth Legel für viele wertvolle Tipps aus der Sicht einer Lektorin sowie bei meinen Freundinnen und Freunden des Rödermärker Autoren- und Musikerkreises. Die Autorin Jenny Roters alias Verena Rot sei dabei besonders erwähnt.

Mein Dank gilt ebenfalls meiner treuen Testleserin Rosi Wich sowie dem treuen Testleser Dr. rer. nat. Herbert Wallner. Sie waren die ersten, die die Urschrift beurteilten und wertvolle Ideenanstöße gaben.

In das Cover des Buches flossen Inspirationen von Sonja Jochem und Herbert Wallner ein. Vielen Dank auch hierfür.

Arno Mieth

Bisher erschienen:

Jonathan Saunders, ein amerikanischer Frontsoldat im Ersten Weltkrieg, und Armin Laqua, ein Ingenieur Anfang des 21. Jahrhunderts, entdecken zufällig und unabhängig voneinander einen Weg, die Evolution der Menschheit über gezielte Bewusstseinserweiterung durch posthypnotisch ausgelöste Erinnerungen nach Reinkarnationen zu beschleunigen.
Dabei geraten sie zwischen die Fronten zweier Mächte, die sich seit Beginn der Zeiten bekämpfen.

Eine gute Macht fördert die gezielte Reinkarnation und eine

böse diabolische Macht versucht, sie mit allen Mitteln zu verhindern.

Es beginnt für Jonathan Saunders und Armin Laqua sowie deren Begleiter ein Abenteuer durch die Zeit, durch Zwischenwelten und über Kontinente hinweg. Geschehnisse der Vergangenheit und Gegenwart wie die Pilgerbewegung nach Santiago de Compostela, Kriege, Aufrüstung und Attentate, auch das auf John F. Kennedy, erscheinen vor dem Hintergrund des Konfliktes in einem anderen Licht.

Der hinduistische Priesteranwärter Himanshu entdeckt in der Palmblattbibliothek von Haridwar in Indien ein Palmblatt-Dokument, aus dem er Rückschlüsse auf globale, radikale politische Strömungen zieht. Er will dies seinem Lehrer Harminder mitteilen, wird aber noch in der Bibliothek ermordet und das Palmblatt geraubt. Im Todeskampf schafft es seine Seele, sich Harminder mitzuteilen, bevor sie in die Zwischenwelt eintritt.
Der Mörder nimmt auch den Lehrer ins Visier. Ihm gelingt allerdings die Flucht nach New Delhi und später zu seinen Freunden nach Europa, zur Allianz der Seelenwanderer, beschützt durch einen geheimnisvollen Fremden.
Zeitgleich geschehen mysteriöse Angriffe und Morde im

Vatikan, die von der Allianz im Zusammenhang mit dem geraubten Palmblatt gesehen werden.
Auch ein Angriff auf die bevorstehende Konferenz der Weltreligionen auf amerikanischem Boden wird befürchtet.

Wer steckt dahinter?

Obwohl die Feinde verborgen sind, sind sie doch gefährlich nah und letztlich schon bekannt.

Der Autor

Arno Mieth wurde 1955 in Ober-Roden/Hessen geboren und lebt mit seiner Frau Sabine in Rödermark, der Kleinstadt, die 1977 durch die Gebietsreform aus dem Zusammenschluss der Nachbargemeinden Ober-Roden und Urberach entstanden ist.
Nach dem Abitur 1974 und seiner Zeit als Wehrpflichtiger studierte Arno Mieth Maschinenbau an der Technischen Universität Darmstadt. Von 1982 bis 2016 arbeitete er bei einem großen, international agierenden Elektrokonzern zunächst im Kernkraftwerksektor und ab 1989 als Gesamtprojektleiter im konventionellen Kraftwerkbau. Gegen Ende seiner beruflichen Ingenieur-Laufbahn reifte in ihm der Entschluss, Informationen und Erzählungen über das

Geheimnis der Seelenwanderung und andere Mysterien, die er bei seinen zahlreichen Reisen gesammelt hatte, in seine Romane einfließen zu lassen.